KB176706

길

다니다보면

원래는

길

없다　있다

김
상
곤

지음

사진 속의
추억들

1953. 3.
제4기 졸업사진
개평진
제6소학교

1965. 7. 20
제16기 졸업사진
개현서해
조선족소학교

1973. 1. 14
료녕성 조선족 사범학교
룬훈반

1981. 7. 29
연변대학
78급 졸업

연변대학 졸업증
중학교 고급교사증
료녕성 우수교사증

론문증서

영예증서

료녕성 조선어학회
료녕성 조선어문
교수연구회
4 차년회

1984. 5. 22
동3성 조선어문
교수연구회 성립대회

1993. 4
전국 소학교 조선어문
교수개혁 경험교류회

1995. 12. 1
전국조족소학교
교장 교육연구회

2001. 7. 21
중국조선어 학회
제6차 회원대회

료녕성 조선어문교수
연구회 제 5 차 년회
이사기념 사진

2008. 7
영구시 발어권 조선족
소학교 전체 선생님들

1995. 10. 16
료녕성 조선어문
교수연구회 6차년회
론문 발표 장면

1979. 6. 12

개현서해농장조선족학교
제2기 초중 졸업

1980. 7. 30

개현서해조선족학교
제3기 초중 졸업

1991. 7

장백산 폭포
휴식의 한 때

1996. 10
학교 추기 운동회

동료들과 함께
초중 3학년 졸업
수학여행

서해중학교
졸업사진

서론

    2012년 5월 나는 정년퇴직을 하였다. 퇴직을 하니 내가 황혼빛에 물 들어가고 있었다. 이제 나는 교육무대에서 물러나 화장을 벗고 인생 2막을 걸어 가게 되었다. 1970년 19살 나이로 교육의 문턱을 들여 놓는 그 순간 부터 퇴직 할때 까지 42년간 긴 로정을 걸어 왔다. 지루하지도 않았던지 옆으로 새지도 않고 줄기차게 앞만보고 달려왔다. 뒤돌아 보니 백설우에 찍힌 발자국이 역력하였다. 이것이 내가 걸어온 길이였구나! 이길은 마치 바다의 윤슬마냥 반짝거리고 있었다. 나는 일개 평민으로서 호언장담도 없다. 그러나 보이지 않는 인생길을 헤쳐오느라 무진 애를 썼다. 퇴직해 보니 없던 길을 헤쳐온 것이 사실이다. 우리 중국의 로신 선생은 이렇게 말하였다. [[길 은 본래 없다. 사람이 다니다 나면 길이 된다.]] 심오한 이 뜻을 이제야 알 것 같다. 모든 사람들에게 누구도 길을 주지 않았다. 그러나 사람들은 태어 나면서 자기만의 인생길을 택하여 걸어가는 것이다. 그길이 어떠 길인지 누구도 모른다. 길인지 흉인지걸어 보아야 알 수 있다. 미궁에 빠지면 다시 돌아와 정신을 가다듬고 다시 길을 찾아야 한다. 누구에게나 길은 있다.

보이지 않을 따름이다. 누구에게나 인생길엔 희노애락이 동반되어 간다. 가는 길에 어떤 난관에 부딪칠줄 모른다.

나는 동년시절 큰 사고를 당하였다. 그랬지만 소년시절 까지 근심걱정 없이 살았다. 철이 없었던 것이 다행이었다. 철이 없던 탓으로 즐겁게 뛰놀 았다. 장래에 어떻게 살아가느냐에 대하여 한번도 생각해본 적이 없었다. 천진난만 하였다. 열일곱살 중학교를 졸업하고 사회에 나오자 고민이 시작 되었다. 양부모가 일할 수 없게 되었는데 나는 무직업자로 어떻게 부모를 부 양하겠는가? 앞길이 막막 하였다. 길이 보이지 않았다. 그러나 죽음의 길은 없다.

이때 학교에서 예비반 대과교원으로 초빙되었다. 나는 이것 저것 가릴것 없이 무조건 출근하였다. 이 직업마저 없어지면 어떻게 하나면서 살얼음 걷는 신세이기에 가슴이 조마조마 하였다. 살아남기 위하여 아둥바득 애를 쓰고나니 십년이 넘게 되었다. 온신의 열정을 붓고나니 두각을 내밀기 시작하였다. 길이 선명해지니 더욱 지겹게 달라 붙어 교육을 연구하기 시작 하였다. 초중 1 학년밖에 다녀보지 못했던 내가 대학을 졸업하였고 수십편의 론문과 칼럼을 써서 초고급 교사까지 되었다. 그리고 료녕성 [[우수교사]]까지 되었다. 인생의 첫막은 끝났다. 후회 없이 일해 보았다. 보람찼고 즐겁고 행복하였다. 인생의 제2막도 서서히 열렸다. 그러는 동안 나는 또 없는 길을 걸었다. 한국역사, 중국역사, 세계역사를 독학하였다. 그리고 자서전 집필에 몰두 하였다. 여유시간에 취미로 볼펜화를 그렸다. 누구나 없는 길을 가고 있다. 수천 수만의 인생길에 수천 수만의 스토리가 담겨있다. 사람들은 만나면 어떻게 살아왔냐고 묻는다. 즉 인생길을 어떻게 걸어왔느냐고 묻는 것이다. 분명 같은 인생길이지만 대방의 다큐멘터리가 궁금한 것이다.

순박한 인생, 행복한 인생, 어떤 길이던 자신이 선택하였고 자신이 걸어간 길이였다. 길은 없었지만 걸어가면 길이 되였다. 길은 없었지만 걸어가면 길은 분명히 있는 것이다. 삭막한 길이라면 운명으로 받아들이 고 그길을 헤쳐나가 보라. 절대 불행한 길만 아닐 것이다. 어려운 길목만 지나면 대통로가 기다릴 것이다. 내일의 희망을 보고 살자. 분명 길은 있을 것이다.

목차

다니다 보면
원래는
길
없 있
다 다

⫾⫾⫾ 시간에 대하여

사람은 태어나면서 시간을 분배 받는다. 누구나 똑같이 하루에 24시간이다. 사람은 정해진 시간대로 살아가는 것이다. 시간은 남았어도 팔지 못하고모자라도 어디에서 빌릴 수도 없는 것이다. 변함 없는 것도 시간이고 고정된 것도 시간이다. 시간은 아무리 절약해도 모아지지 않고 아무리 탕진해도 없어 지지 않는다. 시간은 잡아야 한다. 시간은 잡지 않으면 달아난다. 누구도 모르게 사라진다. 시간을 잡는 사람이 성공한다. 한가하고 뒷공론만하는 사람은 시간이 가는줄 모른다. 사람들은 재물은 아낄줄을 아는데 시간은 아낄줄 모른다. 시간을 아끼는 사람한테는 무엇이라도 차려지는데 시간을 홀대 하는 사람에게는 아무것도 차려지지 않는다.억지로 딴 참외는 쓰다. 순리대로. 그러나 최선을 다하라. 시간을 잡아서 쓰라. 차곡차곡 실력을 쌓으라. 그것이 인생의 밑거름이 된다. 시간은 끊임없이 흐르고 인간은 시간속을 거니노니 주름잡아 달리는 이는 누구뇨.

제1편

순리
대로

바람 부는대로 돛을 달라. 역행 하면 힘들
다. 기회는 있으니 타이밍을 놓치지 말라. 부
지런한 사람에겐 기회가 찾아오니 때를 기다
려라. 순리대로 따라 가면서 기회를 엿보라.
만단의 준비를 하고 기다려라. 번개불에 콩튀
겨 먹겠느냐? 가는 세월 붙잡을 수 있냐고?
순리대로 그리고 남을 탓하지 말라.

①

나의 고향

　내가 태여나서 자란곳은 료녕성 개주시 서해양 쌍천안 촌이다,
쌍천안동네는 료동반도 서북쪽 동경 122"50', 북위 40"31', 개주
시 북쪽에 위치하고 있다, 춘하추동이 분명하고 여름의 평균 온도
는 32C, 겨울의 최저 온도는 -25C이다. 509세대가 살고 있으며
인구는 1870명이다. 그중 한족이 450명이다. 동네는 가운데 산을
사이에 두고 앞동네 뒷동네로 갈라져 있는데 앞동네는 354세대가
살고 뒷동네는 155세대가 살고 있다. 쌍천안 동네는 바다를 끼고
있는 산간 마을이다.서쪽은 바다이고 동남북은 산으로 둘러 싸여
병풍같다.

　[[개주시지]](蓋州市志)기재에 [[16세기초 박씨성을 가진 조선사람이
조선반 도로부터 건너와 박가골에서 살았다. 청조초기 박씨는 만족
한테서 벼슬아치를 하였다. 신해혁명후 한족으로 고쳤다. 박씨 조
선사람은 15대를 이어왔다. 민국 6년(1917년) 개평현내에 조선사람이
12명 있었다. 1982년 박가골의 78세대 박씨 성을 가진 309명 모
두가 한족으로 부터 조선족으로 회복하였다]] 이들은 조선족으로

자기의 뿌리를 찾았다지만 이미 한족으로 동화되였다. 진정 조선족으로 자리 매김을 한것은 쌍천안 조선족들이다.(西村福太郎) 이 중국 노동력과 근로봉사대를 이용하여 일본(愛媛縣)에서 74세대의 130명 일본인을 데려와 황지를 개간하여 벼농사를 짓게 하였다]] 서해벌은 일본인이 개척하였지만 불과 이년도 못되어 1945. 8. 15 일본천왕이 투항을 선포하여 일본 사람들이 본국으로 돌아 갔었기에 논밭이 다시 황지로 환원되였다. [[개주시지]]는 그때의 상황을 이렇게 기재하였다.

  [[1947년12월23일 하인도, 김령세, 박원길, 고정태, 강달형, 최영환 등 11세대의 조선족들이 반산에서 떠나 조선반도로 돌아 갈려고 개평현을 지나가게 되였다.현정부에서 이사람 들을만류하여 개평현 내에 머물게 하였다,이렇게 되여 조선족들이 개주시에 눌러 앉았다. 현정부에서는 조선족들이 수전농사를 잘 짓는다는 것을 알고 서해에 일본 개척단이 수전풀이를 하다가 버린것이 있으니 한번 해보라고 청을 들었다. 그당시 개주시에 수전이 없었다. 그리하여 성안으로 부터 역전, 역전으로 부터 동해산체의 한족 집을 얻어 거주하면서 오륙리 되는 서해벌을 오가면서 수전풀이를 하였다.1952년 현정부에서 조선족들이 논이 멀어 불편하겠다면서 쌍천안촌의 뒷동네에 거주하게 하였다. 뒷동네에 돌집 열네채 있었는데 흩어져 살고 있던 조선족 42세대를 입주시켰다. 이렇게 되여 입소문이 동북3성에 퍼져 우리 동네로 이사오게 되였다. 1952년 현 정부에서 목재를 무대가로 지원하여 집을 더 짓게 하였다. 30여채의 초가집을 더

지었지만 이사오는 사람이 많아져 앞동네를 확장하게 되었다.앞동
네는 갈대가 무성져전형적인 산간 습지였다. 집을 짓는 동시에 학교
까지 지었다. 집을 지을 때 애초에 계획을 세워 가로세로 줄을 맞추
었다. 그리고 한채에 세집 살림을 하게 하였다. 학교는 1956년봄에
역전에서 쌍천안 앞동네로 이사를 왔다.

　아버지는 1942년 2월에 료녕성 대와현 전장태(田庄台)에 괴나리
보짐을 풀어 놓았다. 1948년 12월에 전장태에서 개주시 역전까
지 150리 길을 걸어 이사를 왔다. 개주시 역전 짠툰(詹屯)에 와서 세
를 내고 살았다. 1952년 이른 봄 쌍천안의 뒷동네로 이사왔다. 나
는 그해 음력5월에 태여났다. 1958년 아버지를 촌에서 앞동네의
생산대장으로 파견하였다. 우리 가정은 아버지를 따라 앞동네로
이사를 왔다. 아버지는 1962년 기관지염이 엄중하여 과수대장으
로 파견되였다. 1966년까지 일하다가 신체가 허약해져 일손을 놓
았다. 나는 부모들이 개척한 땅에서 태여나고 자랐다.조선사람들
은 1900년 대에 두망강과 압록강을 건너 다니면서 밭을 일구었다.
1930년대 대량으로 동북3성에 조선사람들이 유입되였다. 이때 만
주로 들어 온 조선사람들은 만주에 땅이 넓어 마음대로 땅을 파고
심을수 있다기에 왔다. 일부는 개척단으 왔고 다른 일부는 조선독
립을 위하여 왔다.

멀고 먼 옛날 한 장수가 싸우려 가다 갈증이 나서 두 손가락으로 땅을 찌르니 우물이 되었습니다. 장수도 물을 마시고 말도 물을 마셨답니다. 그랬더니 말이 마신 우물은 물이 말라 버렸고 장수가 마신 우물은 마르지 않아 지금도 우물로쓰고 있습니다. 장수는 목추김을 하고 말을 타고 전장터로 떠났다. 후세 사람들이 이 마을에 모여 살면서 장수가 파놓은 우물을 잘 수선하였다. 동산에서 바라보면 두 우물이 반짝이는 두눈 같아서 [[쌍천안]] (双泉眼)이란 이름을 지어 주었다.

역사적으로 고찰할 때 개주시는 서기 404년 고구려의 19대왕 [[광개토왕]]이 점령하고 [[평곽현]] (萍郭縣)을 [[건안성]]이라 하였다. 그후 660년경에 연개소문과 여동생, 연개소정이 청석관을 쌓고 고구려성을 지키고 있었다. 당태종 이세민이 군사를 이끌고 이곳에 와서 연개소문과 혈전을 벌였다.고구려가 패하였다. 연개소문은 이곳에서 전사 하였다. 1195년 [[건안성]]을 [[개평]]으로 고쳤다. 그뜻인 즉 연개소문을 이곳에서 평정했기에 [[개평현]] (盖平縣)으로 고쳤고1990년대 [[개주시]]로 (盖州市) 개명하였다.

우리 동네의 동산을 넘으면 바로 우우산 (羽牛山) 인데 산아래 동네가 비운채이다.(飞云寨) 비운채는고구려의 군마장으로 연개소문의 여동생이 지키던 곳이다. 지금도 이 동네의 이름을 [[비운채]] 라 한다.(飞云寨) 지금도 고구려의 흔적으로 청석관, 고구려성, 건안성, 토성을 볼수 있고 산중턱의 샘물 등을 찾아 볼수있다. [청석령지](青石岭志)에 상세하게 기록되어 있다. [[개주시지]]에는 이렇게 기록하고 있다. [[원흥3년(404년)고구려족이 평곽을 점령하였다.(현재의 개주시) 고구려는 평곽경내에 열곳넘게 산성을 구축하였다. 태연 2년(446년)5월 북위가 북연을 공격하였다. 북연의 왕 풍홍 (冯弘)이 료동으로 도망쳐 고구려에 투항하여 평곽성에 안치하였다. 대업팔년(612년) 1월 수양제가 24로군을 통솔하여 고구려 정복에 나섰다. 고구려도 료동을 수복하는 전쟁에 나섰다. 수양제는 좌5로군을 명령하여 건안성을 공격하게 하였다.(지금의 청석령진 고구려성) 그러나 탈취하지 못하였다.정관19년(645년) 6월 당태종 이세민이 수륙군10만을 통솔하여 료동 수뇌부 고구려를 진공하게 하였다.장량 (张亮)이 거느린 수육군은 8월에 결국 건안성을 탈취 하였다. 이세민은 신산(辛山)지금의 【赤山】 부근에서 고구려 지원병을 격파시켰다. 고구려 장령 고연수, 고혜진 (高延寿, 高惠真)이 병사를 데리고 투항하였다. 이세민은 신산에 비석을 세워 그날의 일을 써넣어 경축하였다. 태장 원년(兒章) 668년12월 [[신당서]] 기재에 따르면 (당왕조는 평곽현을 고구려인들이 건안성으로 고쳐 버렸기에 평곽의 고현이라 하였음) [[건안주 도독부를 설치하고 안동 도호부에 속하게 하였다.(기타는 지금 료양시에 속하게하였다.)]] [[신당서지리지]]의 기재에 따르면 [[안동도호부 서남으로부터 건안성 삼백리를 고평곽현에 속

한다.]] 이로부터 알 수 있는바 평곽성은 개주성 부근에 있다는 말이다. (실제 상황과 비추어 볼때 시간차이가 있다.) 개주시는 유구한 역사를 지닌 유서 깊은 곳이다.

한때는 전고소리 요란하고 말발굽소리 요란한 서리발치는 전쟁터였다. 퇀산의(団山) 봉화대 , 시허커우의 (西河口) 탕왕징 (唐王井) 칭스링의 (青石岭) 우우산 (羽牛山) 봉화대,잉커우 알도우거우(营口二道沟), 홍치 황랑두이(红旗黄根堆), 츠산 (赤山)등 건안성을 중심으로 한고구려와 싸웠던 처절한 전투 현장이다.고구려성 산에 올라가면 지금도 한눈에 다볼 수 있다. 연개소문이 개주에서 패전하면서 고구려의 전세가기울기 시작하였다. 지금으로부터 1500년이 지났지만 청석령, 고구려성이나 비운채에 가면 남녀로소 할 것 없이 연개소문에 대한 전설이야기를 들을 수 있다. 청석령과 고구려성 사람치고, 비운채 사람치고, 연개소문에 대한 전설 이야기를 모른다면 그곳 사람이 아니다. 세세대대 전해져 내려온 이야기므로 누구나 다 알고 있다.연개소문은 키가 작고 수염을 길렀는데 쌍활을 날렸고 긴칼을 썼으며 풍수지리에 정통한데다가 명필이고 천문을 관찰할줄 알아서 바람을 빌려오고 비를 내리게 하는 문무 겸비한 장군이라 한다. 그들의 이야기를 듣노라면 연개소문이 살아서 돌아온 듯하다. 청석령의 고구려성은 동남서쪽은 산으로 둘러 쌓여있고 북쪽이 트이였다. 대련-할빈 국도가 비운채와 고구려성사이를 남북으로가로 지나갔다. 서북쪽은 확 트이였는데 발해만이다. 영구시를 어렴풋이 볼 수 있고 발해에서 고기잡는 배가 왔다갔다 하는 것을 볼 수 있다. 고구려성은 난공불락한

요새로써 석달열흘 포위해 놓아도 굶어죽일 수 없는 곳이다. 저절로 탄복된다. 고구려성 동쪽에는 궁전이 있는데 지금은 흔적만 남아 있다. 서쪽에는 산이 기복을 이루었는데 낮은 곳의 봉우리를 흙으로 채워 두 봉우리를 이어 놓았다. 1970년대 고구려성에서 서쪽으로 낮은 곳을 골라 길을 틔우려고 하였다. 성안에 갈려면 서북쪽으로 갔다가 남쪽으로 가야 하기에 길을 에돌아 다녔다. 길을 단축하려고 서쪽의 낮은 봉우리를 파헤쳤다. 파헤쳐보니 돌은 없고 몽땅 흙이였다. 흙이 싯겨 내려 갈가 봐 장대기를 빼곡히 박아 놓았다. 세월의 흐름 속에서 장대기는 없고 구멍만 송송 뚫여 있었다는 것이었다. 지금은 사람들도 오가고 소차들도 다닌다. 아직도 그곳에서 구멍들을 찾을 수 있다고 한다. 동남서의 릉선에는 성곽을 쌓았다. 높이 1.5메터, 밑면은 3메터로 쌓았고, 50메터사이 보루가 있다. 성곽은 그 흔적이 아직 남아 있다. 산꼭대기에서 아래로 내려다 보면 아늑한 마을이 들어 앉았다. 1979년 서남쪽 산에서 샘물을 발견하였다. 마을에서 서남쪽산을 넘어 채석장을 차려놓았다. 어느 하루, 일꾼들이 일하러 가다 한길되는 지레대를 손에서 놓쳐버렸다. 지렛대가 미끄러져서 없어진 곳을 찾다가 샘물을 발견하게 되었다. 샘물 뚜껑을 파헤치니 직경이 1메 더 되는 청석돌이었다. 이 부근에는 청석돌이 없고, 샘물도 청석돌로 정갈하게 쌓아 올렸다. 깊이는 3미터 남짓하였다. 동네에서 몇 곳에 우물을 파려고 시도했지만 실패하고 말았다. 그런데 이렇게 높은 산중턱에 샘물이 있다니? 모든 것은 우연이 아니구나. 이것은 사람들이 임의적으로 파놓은 것이었다. 옛날 이곳에 사람들이 살지도 않았는데? 이 샘물은 다른 사람이 쓰지 못하게

제1부 순리대로

덮어 놓은 것이 분명하였다. 이 샘물은 사시장철 솟고 있다고 한다. 장마철에 넘쳐나지 않고 가물이 들어도 마르지 않는다고 한다. 그해 할빈-대련 국도서쪽 비운채로 들어가는 개활지에서 또 우물을 발견하였다. 그때 황지를 개간하여 논밭으로 만들라는 국가의 지시가 있었다. 그래서 개활지를 뜨락또르로 갈아 번졌다. 그 와중에 청석돌이 나왔다.역시 산에서 발견한 청석돌과 같았다. 이번은 샘물이 아니고 우물이였다. 깊이가 15m되였는데 지금은 5m좌우 되였다. 물도 없었다. 그런데 왜 덮어 놓았을가 의심하였다. 그후 사람들은 고구려성 동쪽산과 북쪽산을 뒤져 보았는데 북쪽산에서 또 샘 물하나를 발견하였다. 그래서 사람들은 연개소문이 풍수지리를 안다고 추측한것같다. 묘하기는 묘하다. 1500년전에 어떻게 알아냈지? 정말 고구려성은 명당자리다. 연개소문의 여동생 연개소정 무덤이 우물 주위에 있다고 하여 돌아 보았는데 부서진 청기와만 무더기로 있었다. 비운채 사람들도 전설 이야기에 의해 오래 전에 소정의 묘를 찾아 보았으나 찾지 못하였다는 것이였다. 있을만한 곳을 다찾아 보았으나 없다는 것이였다. 우물가 주변은 물론 우우산 봉화대, 고려산성 궁전도 찾아 보았지만 헛수고 였다는 것이다. 연개소정이 이곳에서 전사했다면 꼭 묘가 있을텐데 아직까지 발견하지 못하고 있다. 이 군마장과 이일대에는 고구려 사람만 살고 중국사람 심부름군 몇명 밖에 없었다는 것이다. 연개소문이 패전해 이곳을 떠난후 사람들이 모여 살면서 부락이 형성 되였다는 것이다.

남북을 가로 지른 대련-할빈 국도 서쪽은 군마장이 였고 길 동쪽

산을 넘어서면 고구려성이 있다. 군마장은 연개소정이 지키고 고구려 산성에는 연개소문이 있었다. 대련-할빈 국도를 따라 남쪽으로 가면 청석관이 있다. 이 청석관을 연개소정이 지키고 있었다. 고구려성은 아주 완벽하고 견고한 성벽이였다. 청석관은 청석령의 높은 고개인데 두 고개사이에 설치하였다 이 청석관은 남북을 통하는 관문이였다. 지금은 그 관문을 찾아 볼수 없다. 1986년 개주시 정부에서 청석관 동쪽에 그 모양을 본따서 조형물을 만들어 놓았다. 연개소문의 애첩이 [[마비운]]인데 지금도 그이름을 따서 비운채라 한다. 이미1000년이 넘었다.

어느날 청석관문 앞에서 당나라 장군이 성루에 대고 욕질을 하였다. 약이 오를 대로오른 연개소정이 화가 나서 칼을 비켜들고 관문을 나갔다. 연개소정과 당나라 장군은 한데 뒤엉켜 싸웠다. 아무리 싸워도 승부가 나지않았다. 연개소정은 난생 처음 훤칠하고 출중한 사내를 처음 보았다. 무승부로 끝날 무렵 당나라 장군이 술한잔 주겠냐고 물었다.

[[이 못난이는 설인귀라 하오. 여자 하나 제끼지 못했으니……]]
[[잔말 말고 찾아오면 대장부고 못찾아 오면 졸장부지.]]
[[예, 알겠습니다. 오늘 밤에 꼭 찾아 가리다.]]

그날 밤 설인귀는 연개소정을 찾아 갔다. 두 장군은 스스럼 없이 오랜 친구 같이 권커니잦커니 하면서 술을 들이켰다. 연개소정이 술에 취하자 설인귀는 비수를 날렸다. 그리고 곧장 청석관으로 달려가 보초병을 죽이고 성문을 열 어주었다. 성문밖에 매복했던 당조 병사들이 청석관을 점령하고 곧장 비운채 군마장으로 잠입하여 불을 질렀다. 삼단같은 불길이 하늘높이 치솟았고 말울 음소리가 고요한 적막을 깨뜨렸다. 고구려성에서 소스라쳐 깨여나 보니 억이 막혔다. 철옹성 같은 청석관이 눈깜짝 할사이 함락되고 마초가 재더미 되니 전세가 기울어 졌다. 게다가 용맹한 장수 연개소정마저 잃었으니 고구려는 뿌리채 흔들렸다.연개소문이 패전을 하면서 개주시, 해성, 료양, 철령, 무순, 부신, 흑산 차례로 무너졌다. 당태종은 고구려 정복에 큰 승리를 거두었고 고구려는 겨우 뿌리를 살려 돈화(敦化)를 거쳐 목단강으로 가서 발해국을 세웠다.

나는 고구려성과 비운채를 두 차례 답사하였다. 한번은 연세대 교수와 갔고 한번은 한국 목사님과 갔던 것이다. 지금은 국가로부터 외국 사람이 현지를 방문하면서 촬영하거나 비디오를 찍지 못하고 문물을 가지고 갈수가 없다. 역사는 누구의 것인가가 중요한 것이 아니라 역사 그 자체가 중요한 것이다. 개주시는 역사적으로 고찰할때 당조와 고구려 군사들이 치렬하게 싸웠던곳이다. 사마광이 쓴 [[자차통감]], [[영구시 명승고적]], [[개주시지]], [[청석령지]] 등 책에 [[건안]] 이란 이름을 찾아 볼수 있다. (资治通鑑), (营口市名勝古迹), (盖州市志), (青石岭志) 그리고 그때의 사실을 기록하였다.

이런 유적지에서 태여났다. 1950 [[동방집단농장]]으로 동북3성에 이름 떨친 고장이기도하다. 동북3성에 3개의 집단농장이 이름이 뜨르르 하였는데 연변의 [[김시롱농장]], 흑룡강의 [[샛별 농장]], 료녕성의 [[동방홍 집단농장]]이였다. 이3개 집단농장은 조선족들이 창립한 소련식 집단농장으로 동북3성에서도 처음이자 전국적으로 처음이다.

앞동네광장 (지금은 마을 쉼터로 바뀌였다.)

쌍천안 노래 (김덕균 작사, 작곡)

반세기 넘은 초가집

2004-2007년에 지은 아파트

청석관 성문 1996년 정부에서 수복

앞동네 중심거리. 2008년

② 나의 고국

    1967년 16살 나던 해 아버지는 연삼일 두쟁을 받았다. 문화대혁명은 모택동이 자신의 보좌가 흔들리는것 같아 1966년 의심나는 신변의 사람들을 제거하기 시작하였다. 명목은 자본주의 도로로 나가는 당권파를 잡아 낸다는 것이였다. 중앙에서 부는 바람이 제일 하층인 촌까지 불어와 서기, 대장까지 때려 잡는 것이였다. 아버지는 생산대장, 과수원대장, 지부위원, 치보주임 등 직을 맡았다. 아버지는 투쟁을 받으면서 치욕을 당한적은 없다. 아버지는 사업하면서 집체의 짚한오리, 사과한알 가져오지 않았고 대공무사 하였다. 의혹의 쟁점은 한국에서 왜 중국에 왔냐? 그리고 서기의 비축자금을 아는가? 아버지는 먹고 살기 위하여 중국으로 왔고 학교문도 잡아 보지 못했고 서기의 비축자금이 있는지 모른다. 나는 회계가 아니고 서기 또한 나에게 비축자금을 말한적이 없었다고 하였다. 아버지는 연삼일 투쟁받고 끝났다. 다행이였다. 더는 아버지에게 태클을 걸지 않았다. 먹장구름이 가시여졌다. 아버지가 투쟁받는 삼일동안 나는 다 참석하였다. 이것이 계기가 되여 아버지에게 가정사를 물어 보게 되였다. 모를 때는 알고싶고 알고나니 허전하였다. 아버지는 가정사에 대하여 한번도 말한적이 없었다. 아버지는 말을 뗐다. 눈물겨운 과거사를 말하고 싶지 않았기 때문이었을 것이다.

　아버지는 삼형제 중둘째로, 큰아버지는 감판귀, 아버지는 김판남, 작은 아버지는 김판순이다. 아버지가 6살 되던 해에 할아버지가 세상을 떠나 할머니가 생계를 유지했다. 밭 한 떼기 없이 어떻게 살아 가겠는가? 봄에는 산나물을 뜯어서 끼니를 이어갔고 보리고개가 되자 할머니는 여섯살 난 아버지에게 조그마한 자루를 메워주어 먼 친척집에 가서 낟알을 꾸어 오게 하였다. 이것이 동냥의 첫 걸음이었다. 먼 친척집은(당숙네집)큰 고개를 하나 넘어야 했다. 아침에 할머니가 쥐여준 자루를 들고 아장아장 걸어서 친척집에 도착하면 점심녘이였다. 숙모는 일꾼들 밥주랴, 식구들 밥줄랴 정신없이 돌아쳐 부엌 한쪽에 서서 기다려야 하였다. 점심식사가 끝나고 설것이 까지 끝나야 당숙모가 뜬쌀을 두어공기 떠서 자루에 넣어 주는 것이었다. 아버지는 서너근 되는 뜬쌀을 둘러메고 오후2~3시 되어서야 산길을 오르곤 하였다. 산골에는 해가 빨리 진다. 산마루에 올라서면 날이 어두어 지기 시작하였다. 할머니는 집에서 기다리다 못해 산마루까지 올라와 아버지를 마중하였다. 그러면 할머니는 아버지를 붙잡고 대성 통곡하였다.

　[[판남아, 미안하다. 어린 것에게 이런 일을 시키다니? ……]]

　할머니도 울고 아버지도 울고 실컷 울고나서야 집으로 돌아 왔다.어떤 때는 빈손으로 올때도 있었다. 쌀꾸려 가는 것도 창피한데

빈손으로 올때는 맥이 풀려 더욱 힘들었다. 온 집식구가 눈빠지게 기다리고 있을 텐데, 엄마도 마중 나와 빈자루를 보고 서로 부둥켜 안고 울었다 한다.

[[판남아, 이제 우리는 어떻게 살아 가야 하니? 쌀 한알없이⋯⋯?]]

설음 많던 고개길, 동냥 다니던 고개길, 자국마다 눈물이 고였다. 언제 가면 동냥하지 않고 살수 있을가? 어린 가슴에 한이 맺혔다. 큰아버지는 장남이라고 서당공부를 시켰다. 큰아버지의 큰아들 동곤형님도 장손이라고 서당 공부를 시켰다. 아버지는 쉬는 날도 없이 뼈빠지게 일했지만 살림이 늘어 나기는 커녕 식솔만 늘어나 13명이었다. 13명이 단칸 방에서 뒹굴었다. 그런데다 빚이 늘어 빚달련에 견디어 낼수가 없었다. 1943년 31살 나던 해에 비장한 결심을 내렸다. 이 대가정을 이끌고 사는 것보다 살사람은 살아야 되지 않겠느냐 하는 생각으로 아버지는 7살 나는 누님(김계순), 어머니, 할머니를 데리고 떠나려 하였다. 아버지가 떠나려 하니 작은 아버지와 작은 어머니가 (금방 결혼함) 따라나섰다. 그리고 큰집의 동곤 형님도 따라나섰다. 목표는 중국이였다. 그때 소문에 중국 만주에는 땅이 넓어 아무데나 가서 밭을 일구어 살수 있다고하였다. 살길을 찾아 운명을 바꾸어보려고. 그래서 찾아 온것이 료녕성 대와현 전장태(田庄台)였다. 그때는 이미 조선 사람들이 5000세대가 살고 있었다. 중국 사람들은 이곳을 조그마 조선이라고 하였다. 1945년 8월15일 일본이 전세계에 무조건 투항을 선포한 후 조선은 광복되였지만 남북

제1부 순리대로

조선이 끊기여 오고갈수 없는 신세가 되었다. 사실상(대와현) 반금시는 1930년대 일본이 대동아 전쟁을 노리고 조선 사람들을 모집하여 개척단을 꾸렸다. 이곳은 료하 삼각주로서 갈대가 유명하다. 일망무제한 갈대밭을 논으로 개간하였다. 여기에서 생산된 쌀은 일본군으로 보내는 군량미 였다. 일본이 패망하자 중국 경내에는 공산당과 국민당이 토지 쟁탈전이 시작되였다. 오늘은 공산당 군대가 점령하고 내일은 국민 당군대가 와서 점령하고 게다가 지방 세력까지 와서 노략질을 하니 백성들만 죽어났다. 혼전시기여서 백성들은 가슴을 죽이며 살았다. 1948년 개주시가 해방되여 조용하고 신풀이가 시작되였다고 소문이 들려왔다. 그래서 온 가정을 데리고 150리를 걸어서 대와현 전장터에서 개주시 서해향으로 왔다.

아버지는 살아 생전에 큰아버지네를 무척 그리워 하였다. 지금 어떻게 살고 있는지? 조카들도 잘 크고 있는지? 살아 생전에 고향에 한번 가보고 싶어 하였다. 그러나 아버지와 어머니는 그 소원을 풀지 못하고 저세상으로 떠났다. 어머니는 형제가 3자매인데 어머니가(송영애) 큰언니고 그밑에 송순애, 송삼순이였다. 아버지는 1954년에 야학에 몇일 다녀서 기성명이나 할줄 알았고 어머니는 낫 놓고 기역자도 모른다. 어머니는 죽을때까지 돈 셀줄도 몰랐다. 아버지가 경제권을 가지고 있어 더욱 그렇게 된 것 같다. 누구를 원망하랴? 지나간 옛이야기 생각만 해도 가슴 아픈 일이다. 살길을 찾으려고 흩어진 것이 영원한 이별로 되여 버리고 말았다. 지금은 하늘에서 만나고 있는지?

우리 부모는 어디에서 태어났을가? 거기에도 산이 있고 계곡이 있고 새들이 있을가? 그곳의 사람들은 어떻게 살가? 아버지가 6살 때 동냥 다니던 고개는 아직 있을가? 한 많은 고개길 , 동냥의 고개길, 아버지의 어린 가슴에 눈물로 써 놓았던 고개길, 어떻게 그렇게 까지 고생시켰을까? 정든 고향 등에 지고 낯설은 타향살이는 얼마나 힘들었을까? 나라 잃은 백성의 슬픔이여!

　2006년 9월 나는 한국에 올 기회가 생겼다. 나는 아버지가 태여나서 자란 곳을 무척이나 가보고 싶었다. 마침 이모와 연락이 되여 찾아 볼 수 있었다. 나는 둘째 이모가 작은 아들 집에 있다고 하여 대전에 갔다. 이모는 무척 반가와 하였다. 나의 손목을 잡고 얼굴을 뚫어지게 쳐다보는 것이였다. 마치 내 얼굴에서 무엇을 찾아 내려는 듯 이모는 몇마디 말하고는 눈물을 흘리고 또 말을 이어가다 가는 눈물울 흘리곤 하였다. 아마 이모는 나를 보는 것이 우리 어머니를 보는 것만 큼이나 반가웠던 것 같다. 너는 중국에서 어떻게 살아 왔냐고? 어머니는 언제 세상을 떠났냐고? 열다섯 나던해 동생(삼순)을 데리고 언니 찾아갔었는데 그것이 마지막 만남 이었던것 같다. 그후로 언니를 만나지 못했다. 언니가 부엌에 묻어 두었던 감자를 꺼내주었다. 나는 어머니의 생전을 소상히 알려 주었다. 어머니는 14살에 시집와서 아이 13명 낳았으나 딸 하나 아들 하나 밖에 살리지 못했다고 합니다. 이모는 잠자리를 펴고서 자기 옆에서 자라고 하였다. 잠자리에 누워서도 나의 손을 잡고 있었다. 나는 흥분되어 잠을 이루지 못하였다. 어머니가 살아 계셨다면 얼마나 좋았을까? 이모가 나를 보고 이렇게 반가와 하는데 만약 어머니를 만났다면 얼마나 좋아 했을까? 이모는 잠이 들었다. 이모의 숨결이 조용하면서도 고르롭게 들려왔다. 이따금 숨을 들이 쉬다가 끊었다가 숨을 [[푸]]하고 내쉬였다. 마치 어머니의 숨결을 듣는 듯 하였다. 어머니와 이모의 숨결이 똑 같았다. 어머니가 환생 한 듯 하였다. 이튿날 나는 전주에 갔다. 전주에서 이모의 큰아들 심성무 형님을 만났다. 성무형님은 나보다 세 살 이상이였다. 점심을 치르고 여기까지 왔는데 막내 이모를 만나러 가자고 하였다. 막내 이모는 오수면 사랑 요양원에 계셨다. 막내 이모는 성격이 활달하였다. 목소리도 굵직 하고 일처리도 시원시원 하였다. 그리고 전라도 방언이 심하였다. [[그랬어, 잉]], [[하문]], [[좋다는 개로]] 이런 말을 잘 하였다. 막내 이모는 둘째 이모의 아들 춘식이가 이 부근에 사니 만나보고 가라고 하였다. 우리는 또 차를 타고 이동 하였다. 막내 이모는 내가 떠난다고 돈을 넣어 주었다. 대전에서 작은 이모가 나한테 돈을 넣어주더니 막내 이모도 또 돈을 주는 것이였다. 년로하여 일손도 놓으셨는데 무슨 돈을 준다고 하는지 내가 더욱 미안 하였다. 나는 완강히 거절하였다. 이렇게 보는 것만으로도 다행이고 행운이고 행복인데 이모들은 나한테 돈을 주지 못해 안달이 나는가? 내가 오히려 돈을 드려야 하는데. 우리 일행은 춘식이네 집을 바라고 떠났다. 진안군 백운면 동창리였다. 춘식이네 집에 도착하여 집을 둘러 보았다. 옛날 집이였다. 꽤나 오래 된 집인 것 같다. 집터는 넓고 정원도 있었다. 춘식이는 나보다 어리여서 동생이다. 춘식이에게 성수면 좌산리를 아느냐고 물었다. 이 산고개를 돌아가면 바로 좌산리라고 하였다. 어떻게 아느냐고 되물었다. 우리 아버지의 고향이라고 하였다. 한 10 키로 떨어져 있다고 하였다. 아버지의 고향에 가보고 싶었지만 그곳에 큰집 자식들이 다 떠나고 없기에 가지 않았다. 춘식이 한테 온 것만으로 만족 하였다. 여기까지 온것이면 아버지 고향에 온것이나 다름이 없었다. 산들이 좀 높아 보였다. 계곡에는 물이 흐르고 외가리 몇마리가 계곡을 오르내리며 긴 주둥이로 고기새끼를 잡아 먹고 었었다. 계곡에 사람들이 다녀도 외가리는 못 본듯이 제할 일을 하고 있는 것이었다. 사람과 새들이 한 공간에서 사이좋게 살아가고 있었다. 정말 평화로 웠다. 그러나 옛날 이곳에서 살수 없어 부모들은 떠났다. 그렇게 떠난것이 몇십년, 다시는돌아오지 못하고 타향에서 생을 마감하였다. 나무잎은 떨어지면 뿌리에 떨어진다고 했거늘 유해조차 타향에 묻어야만 하니 얼마나 기막힌 사연인가? 살아생전에 고향 땅을 밟아 보았으면 했던 소원이 2세대에 와서 뒤늦게 실현 되였으니 마음이 착잡하다. 1958년 할머니도 저세상으로 갔다. 왜 헤어져야만 하나? 이 장본인은 누구냐? 통탄할 노릇이다.

1942년 아버지는 중국에 와서 배를 곯치 않은 듯 하였다. 1949년 중화인민공화국이 건립되면서 더욱 안전한 생활을 하였다. 1959년 3월 재해를 제외하고 충족한 삶이였다.

한국에 와서 큰아버지의 자식들을 다 만나 보았다. 사촌 형제들도 크면서 고생이 이만저만이 아니였다고 하였다. 큰어머니가 일찍 세상을 떠나 새어머니가 들어와 자식들이 많아지고 일군이 없어 쩨지게 가난하게 살았다 한다. 눈물 겨운 이야기, 떠올리고 싶지 않은 과거사, 죽지않고 살아남은 것만도 다행이고 행운이다. 우리 집안에는 출세한 사람도 없고 큰 부자도 없다. 아주 평범한 집안이었다. 다른 사람 피해준 일도 없었다. 근근득생 하였다. 이것이 우리 가문에 주어진 운명이였다. 후세에 기탁해 본다. 내일은 오늘 보다 더 나을 것이다.

2012년 구정
개봉에서 사촌 형제들과 한자리에 모였다.

③

아버지와 어머니

　어렸을 때 아버지에 대한 인상이 그리 좋지 않았다. 아버지는 집에만 들어오면 어머니한테 꼭 트집을 잡아 설전을 벌이곤 하였다. 그런가 하면 어머니에게 경제권을 주지 않아 죽을 때 까지 돈 셈을 몰랐다. 집안의 수입과 지출은 아버지가 관리 하였다. 소금, 간장, 주방용품까지 구입하였다. 어쩌다 어머니가 물건을 구입하면 아버지가 곰곰히 물어 보고 챙기셨다.

　[[됐어, 다음부터 내가 사오지 않을테니 사리마다 감도 사와요.]]

　이러다 보니 어머니는 죽을 때까지 돈을 몰랐다. 내가 결혼하여 한달이 되였을 때 아버지가 며느리 한테 재산을 물려 주었다. 그때는 빚 없는 집이 드물었다. 아버지는 현찰로 70원을 주었다. 그때는 큰 돈이였다. 석탄 한톤에 18원이였다. 아버지는 경제상에서 대단히 깐깐하였다. 아마 어려서 부터 가난한 생계를 끌고 가야하기 때문에 한푼 이라도 쪼개쓰지 않으면 도저히 살아 갈수없기에 그런 습관이 몸에 배인듯 하였다. 아버지는 내가 중학교에 다닐때도 나에게 식권과 용돈을 합쳐서 8원 밖에 주지 않았다. 다행이 일요일마다 집에 왔기에 식권을 남겨서 용돈으로 썼던 것이다. 그러기에 용돈이 충족하였다.

내가 소학교 다닐때 아버지는 나의 장래에 대하여 노심초사 하였지만 나를 가르쳐 준적이 없었다. 아버지는 서당문이 어디에 있는지도 몰랐기에 나를 가르쳐 줄 수가 없었다. 어쩌다 밥상에서 숙제를 했냐고 물어 보는것이 교육이었다. 그러기에 아버지와 나의 대화는 이것 뿐이였다. 아버지는 생산 대장, 과수 대장으로 일했기에 같이 식사하는 날도 적었다. 어쩌다 밥상을 마주하면 이렇게 말했다.

[[얘, 너는 다른 애들과 다르다, 남들은 성하니 무슨 일이나 다하지만 너는 붓대들고 벌어 먹어야 해, 그러니 공부를 잘 해야지]]

어렸을 때 그 말이 무슨 뜻인지 몰랐다. 17살 사회에 발을 들여 놓으면서 그뜻을 알았다. 일자리가 없어 집안에 박혀 2년이란 시간이 흐르면서 나는 비로서 아버지의 그 뜻을 알게 되였다. 고독과 절망이 한데 뒤엉켜 우울증으로 번져 자살까지 시도하였다. 일이 풀리지않으면 원망은 구름처럼 찾아 온다. 이것은 매우 위험한 결과를 초래한다. 인생을 살아 가면서 원망으로 살지 말고 운명으로 받아들이고 견디어 내야만 새로운 삶의 터전을 만들어갈 수 있다.

나는 17살에 1968년 8월에 환향하였다. 문화대혁명 때문에 3년이란 중학교 생활을 날려 보냈다. 사회에 내려와서 부터 점차 아버지를 이해하게 되였다. 아버지에 대한 전설적인 이야기를 듣게 되였다. 아버지는 공정하였고 책임성이 강했고 선과 악에 대하여 분명하였다 한다. 동네에서 [[판남대장]]하면 모르는 사람이 없었다.

　[[야, 너네 아버지 정말 무서웠어, 너는 모를 거야!]]
　[[판남대장 한테 걸리면 아무리 사정해도 소용 없어]]

　생산대에서 모내기를 할 때면 아버지는 논빼미 마다 걸어 다니면서 질량 검사를 하였다. 벼모가 뜨거나 중둥모를 꽂았다면 아버지는 가차 없이 몽땅 다시 꽂게 하였다. 매 한포기가 산량과 직접 관련이 있기 때문이다. 모줌이 많아도 않되고 적어도 안되는 것이다. 모내기가 끝나면 김매기인데 아버지는 곁면에서 돌지않고 논판 가운데 들어가 검사하군 하였다. 논이 1000무가 되여서 검사원들을 내세웠지만 아버지가 검사하는데 비하여 엄하지 않았다. 논판 옆이나 깨끗이 매고 가운데는 슬쩍슬쩍 지나가 버린다. 돌피를 그대로 두었다면 된욕을 피면 하지 못하였다 한다. 그때는 자기 논이 아니기에 일하는 것이 집단 로동이여서 책임성이 없었다. 이렇게 아버지는 누구라 없이 똑같은 잣대를 대였기에 사람들의 존경을 받았다 한다. 아버지는 50살이 되면서 기관지염이 엄중하여 생산대장을 그만 두고 과수대장으로 파견 되였다.

　과수원 대장으로 갔어도 다를바 없었다. 과수밭에 김을 매거나 약을 칠때면 생산대에서 일군을 데려다 쓰곤 하였는데 일군들이 사과를 따먹으면 꼭 알고 있다는 것이다. 아버지는 매 사과나무의 가지에 몇알 달렸다는 것을 알고 있다는 것이다. 사과나무가 한 그루도 아닌데 어떻게 다 기억 할 수 있을가? 탐복하지 않을래야 않을수 없다는 것이였다. 얼마나 과수원을 누볐으면 그렇게 속속들이 파악 했냐 말이다. 쉴참이면 떨어진 사과가 더 맛있다며 한 광주리씩 가져다 주곤 하였다 한다. 아버지의 책임성 진정성은 뭇사람들을 감동시켰다고 한다.

아버지는 과수대장으로 있으면서 종래로 사과 한알 가져오지 않았다. 내가6학년이 되였는데도 그런 일이 없었다.

[[여보, 아들 하나 키우면서 너무 야박 하지 않소? 어쩌면 사과 한알 못가져 온단 말이오, 하다 못해 떨어진 사과 한알이라도, ……]]
[[아니, 내가 그렇게 하면 과수원에 사과 한알 남아 있겠소? 그 사과는 우리 집의 사과가 아니오.]]

아버지는 볼멘 소리를 하였다. 어느날 밤에 바람이 세차게 불면서 가을비가 억수로 퍼부었다. 아버지가 새벽에 원두막에서 돌아왔다. 날씨가 추웠던 모양이였다. 뜻하지 않게 사과 두알을 가져왔다. 나도 잠에서 깨여났다.

[[옛다, 먹어 봐라, 어제 밤에 바람이 세게 불어 사과들이 많이 떨어져 주어온 것이니 맛봐라.]]
[[에잇, 어쩌면 저럴가 잉, 떨어진 사과도 많았을라 잉, 어쩌면 달랑 두 알만 가져오오.좀 몇알 가져오면 못쓸가 잉? 그래야 나도 맛볼것 아니오.]]

어머니는 핀잔을 주었다. 아버지는 이상하게도 처음이자 마지막으로 그때 두알의 사과를 가져오고 그만 두었다.

아버지는 1977년도에 세상을 떠났다. 온동네 사람들이 조문해주었다. 동네 어른들이 빈소를 지켜주었다. 빈소를 지키면서 어르신들이 아버지의 위인에 대하여 직언하였다.

[[판남대장 같은 사람 없지유. 냉철한 사람이지유. 걸렸으면 잘못 했다고 말해야지 다른 방법이 없지유. 그런데도 인정 또 한 많았지유.]]
[[그랬지. 그때 집집마다 가난하여 초담배 살 돈도 없었구만. 그랬을라 무니. 판남대장은 아침에 논에 오면 쉼터에 불룩한 담배 쌈지를 걸어 놓곤했구만. 일 마치고 돌아 갈때면 담배 쌈지가 홀쭉 했지. 어디 그런 사람 있겟수. 참 좋은 사람이지.]]

아, 아버지는 인정이 있었구나. 엄마와 나한데 무정했지만 동네 어른들에게는 유정 했구나. 사람은 죽었어도 미담은 살아있는 사람들에게 여운을 남기누나. 그래서인지 나도 다른 사람에게 베풀 때는 대가를 바라지 않고 그냥 주는 것이다. 그래서 피는 못 속이는가 보다.

우리 나라는 1959년 3년 재해로 극심한 식량난을 격었다. 먹을 것이 없었다. 우리 동네도 예외가 아니었다. 그때 탈곡장에 벼낟가리를 쌓아 놓고 전기가 없어 탈곡을 못하고 있었다. 이 기회를 놓칠

세라 사람들이 벼를 훔치기에 여념이 없었다. 보초군을 내세워 총까지 꺼내 들었지만 굶주림에 허덕이는 사람들을 막을 길이 없었다. 보초군이 동쪽으로 가면 서쪽에서 달려들어 훔쳤다. 굶주리면 체면도 없고 죽음도 겁내지 않는다. 더우기 집체의 것이고 국가의 것이니 두려울 것이 없었다. 먹을 것이 없어 배를 졸졸 굶으면서도 아버지는 어머니를 집밖에 나가지 못하게 하였다. 그때 간부 건, 공산당원이 건 너나 할것 없이 훔치지 않은 사람이 없었다. 결국 어머니가 쓰러지셨다. 된 감기에 걸린 듯 하였다. 더우기 먹는 것이 없으니 탈수 현상이 일어난 것 같았다. 연 이틀 자리에 누워 있었다. 어머니를 비롯 하여 우리 세 식구는 물로 허기를 채웠다. 3일째 되던 날, 야밤삼경에 밖에서 문 두드리는 소리가 났다. 화들짝 놀라 문을 열어 주었더니 권분기라는 어머니의 친구가 찾아 온 것이다. 평시에도 어머니를 찾아와 말동무를 잘하곤 하였다. 그러나 오늘 이렇게 야심한 밤에 찾아 올리는 없겠는데? 권분기라는 그 분은 방문을 열고 누워 있는 어머니를 보고 말하였다,

[[형님, 이렇게 아파서 어째? 오늘 형님이 앓고 있다는 말을 듣고 달려왔구만, 먹지 못해 그렇구만, 지금 내가 탈곡장에서 벼이삭을 훔쳐 왔으니 밥을 지어잡수. 그러면 훌훌 털고 일어날거구만, 보초군들이 얼마나 많은지, 이태까지 요것밖에 못챘구먼.]]

이때 밖에서 뚜벅뚜벅 발자국 소리가 났다. 우리 네사람은 보초군이 따라 온 줄 알고 등잔불을 끄고 숨소리 조차 내지 못하였다. 다행

히 발자국 소리가 지나가고 점점 멀어졌다. 그때서야 조심스레 불을 켰다. 불을 방금 켰는데 또 발자국 소리가 다가왔다.

[[에이, 일없구만, 나처럼 도적질을 해서 돌아가는 사람들이구만. 입 있고 걸어 다니는 사람들은 모두 탈곡장에 나왔구만. 보초군이 누굴 잡겠소? 다 도적놈이라 하겠소? 먹지못해 죽게 생겼는데.]]
[[그럴가?]]

아버지는 무척 조심 하였다. 아버지는 입김으로 등잔불을 끄려다 밖의 동정에 귀를 기울렸다. 또 혹시나 보초군이 들이 닥칠까 봐.

[[에이, 괜찮다는데도, 탈곡장에 달려 드는 도적떼들도 미처 못 쫓는 마당에 언제 부락까지 따라 오겠어요. 총메고 지켜도 소용 없구만, 너나 할것없이 몽땅 도적놈이여, 굶어 죽게 되였는데 이판사판이지, 가만 있을 사람어디 있겠소, 판남대장이네나 이렇게 굶어 죽기를 기다리 겠지.]]
[[공산당원인데다 대장이니 어찌겠수, 내가 도적질을 하면 군중들에게 무슨 본을 보여 주겠어요, 그렇게 하지 못하지, 아무튼 고맙소.]]
[[동상, 고맙네, 내 이 은혜 잊지 않겠네.]]
[[앗따, 형님, 별 이야기 다 하네, 집에 쌀 한알 없을 것이 번한데 어찌 가만 있겠어, 형님이 굶어 죽게되였는데, 그리구 내 어디가서 벼채다가 판남대장네 집에 갔다 주었다고 말하지 않겠구만, 형님, 맘 놓으시우.]]

[[동상네는 식구도 우리 보다 많고 더 곤난 할텐데……]]

어머니는 감동의 눈물을 흘렸다.

[[우리 집엔 채다 놓은 것이 있으니 걱정마슈, 내 집에 갈거구만, 가져온 벼이삭을 어디에 놓겠수, 형님, 아프신데 절구질 할만 하우?]]
[[그것도 못하면 죽을 라구.]]

나는 처음부터 이상 하였다. 벼이삭을 채왔다고 하는데 아무 그릇도 없이 홀몸으로 들어 오는 것이 분명하였다. 벼이삭을 채왔다고 하니 어리 둥절 하였다. 거짓말이야 아니겠지.?

[[요놈새끼, 아까부터 이상한 눈치로 나를 쳐다보네, 하,하,하, 네이모가 들키지 않으려고 몸빼 속에 넣왔다. 여기까지 걸어 오느라 힘들어 혼났다. 잉. 이놈아 ,엄마랑 맛있게 해먹어라 잉, 형님, 저 집에 갈거여, 벼를 부엌바닥에 꺼내 놓겠어.]]

권분기 이모는 몸빼를 벗어 벼이삭을 꺼내 놓았다.

[[형님, 나 가겠어, 먼동이 터일라 하네요, 지금 빨리 찧어 잡수소.]]

권분기이모는 씽~하니 가버렸다.

[[날 밝기전에 쪽닥질을 해 놓아야지. 좀 지나면 아침인데.]]

어머니는 혼자 말을 하면서 자리를 털고 일어 났다. 먹을것이 눈앞에 있으니 힘이 생긴 것이다. 정말 기적 같았다. 먹지 못해 어머니는 온 몸이 퉁퉁 부었고 입술은 갈라 터졌다. 다시는 일어나지 못할까 봐 걱정했는데 어머니가 일어나니 집안에 활기가 되살아 났다. 이 몇일 아버지는 애꿎은 담배만 태웠다. 마침 우리 집에 통나무 절구가 있어 어머니는 절구를 찧기 시작하였다.

[[쿵!쿵!]]

우리 집은 죽음의 문턱에서 넘어 온 기분이였다. 쿵쿵 소리는 마치도 봄우뢰 같았다. 희망이 넘치였다.

[[여보, 살랑살랑 절구질 하라 잉, 누가 듣겠다구.]]
[[소리 안나게 어떻게 절구질을 하란 말이오, 지금 다 자고 있으니 걱정하지 말라니까.]]

절구 밑에 가마니를 깔아 놓아도 소리는 잦아 들지 않았다. 나는 부뚜막에 앉아 어머니의 절구질을 바라 보았다. 어머니는 절주 있게 절구질을 하였다. 절구공이를 힘있게 내리쳐 벽바닥이 쿵쿵 울리는 것이 땅속 지심까지 울리는것 같았다. 나는 처음으로 어머니가 멋있게 절구질을 하는지 알았다. 몸빼에 넣고 왔다는 벼이삭은 조그마한 산처럼 쌓였다. 놀라지 않을 수 없었다. 절구질 하고 키질을 하여 자루에 넣으니 가득 하였다. 아마 열댓근 넘을 것 같았다. 먼동이 밝아서야 절구질을 끝냈다. 등잔불을 끄고도 집안이 어슴프레 보이였다. 절구질을 하는동안 아버지의 심장은 콩닥콩닥 뛰였을 것이다. 아버지는 절구소리가 울려 다른 집까지 알가봐 몹시 불안해 하였다. 자주자주 부엌을 향해 절구 소리가 크다고 귀띔해 주었다. 마지막에는 대충대충 하여서 빨리 끝내라고 하였다. 아마 어머니가 몸겨 눕지만 않았 더라도 아버지는 그 벼이삭을 받지 않았을 것이다. 이른 아침 어머니는 밥을 안치였다. 오랜만에 가마뚜껑을 열어 본것 같았다. 아침 밥상에 이밥이 올라왔다. 오래만에 보는 이밥이였다. 반찬이라곤 달랑 간장뿐이였다. 이밥을 보니 반찬 생각은 하지도 않았다. 밥을 지을 때부터 구수한 밥 냄새가 샛문틈으로 솔솔 들어와 시장기가 더났고 새희망이 넘쳤다. 어머니는 큰사발에 이밥을 무득 담았다.

[[여보, 많이 드쇼, 그래야 빨리 원기를 회복하지.]]
[[당신두 많이 들우.]]

그날 아침 밥을 어떻게 먹었는지 기억나지는 않지만 세상에서 제일 맛있는 밥이였다고 느끼고 있다. 아마 그와 같은 그날의 이밥은 없었을 것이다. 나는 간장도 찍지 않은채 밥만 먹은것 같았다. 꽁장히 게걸스레 먹은것 같 다. 어머니는 그길로 자리에서 일어난것 같다. 권분기 이모는 희망의 은인이였고 생명의 은인이였다. 이틀 지나서 이모가 찾아왔다. 어머니가 어떤가 해서 와 보았다. 어머니가 일어난 것을 보고 기뻐하였다.

[[보라니까, 내 뭐랬어 형님이 못먹어서 그랬으니 이밥 먹으면 살 아난다구.]]
[[다 동상 덕분이야, 정말 고맙다 잉, 니도 바쁘면 무엇이든 말해,

내 있는 것 도울테니까.]]

이 일이 있은 후 이모가 또 왔다. 그런데 이번에는 수심이 가득한 얼굴이였다.

[[집에 무슨 일이 있니? 얘 아버지가 아프다더니 좀 어떠냐?]]
[[점점 더 아픈것 같구마, 일하기 싫어 밴들밴들 한다고 빨리 콱 죽었으면 좋겠다고 했는데 정말 아팠던것 같아, 지금은 물 한모금도 못넘기네, 진작 죽게 되니 불쌍해 못보겠구만, 그래서 병원에 가보려 해도 돈도 없구 속상해 죽겠구만]]
[[내게 돈이 이것 다유, 먼저 쓰시우 잉.]]

아버지는 서슴치 않고 5원을 건네 주었다.

[[고마워요, 내 꼭 갚아 드리리다.]]

이모부는 병원에 갔다왔는데 치료 할수 없는 병이라서 약만 좀 가져왔다. 몇일후 이모부는 저세상으로 갔다. 졸상졸상 자식 넷이나 나두고.

이모네 집은 가난 하였다.

[[꿔 간 돈 아직까지 갚지 못해 미안 해요. 벌써 3, 4년 지났네요. 큰 딸이 나와서 벌어도 돈이 생기질 안네요. 그때 그돈으로 소원없이 얘, 애비 병원도 가보고 남은 돈으로 장사까지 치뤘으니, 요긴하

게 잘 썼는데 .]]

이모는 정말 미안해 하였다.

[[별소릴 다하네 잉, 내가 언제 갚으라고 했나 잉, 지금 우린 그 돈 없어도 살 수 있으니 신경 쓰지 말아요. 이일은 없던걸로 해요. 다시는 그 말을 꺼내지 말아요. 그때 제수씨가 벼를 가져오지 않았더라면 애 엄마는 죽었을 것이요. 생명을 하나 구해 주었는데 그 돈이 무엇이라고 잉.]]

이렇게 하여 그일을 매듭지어 버렸다.

3년 재해가 끝날무렵 1961년 겨울은 몹시 추웠다. 눈도 엄청나게 내렸다. 이봉규 서기가 우리 집에 찾아왔다. 오늘 밤 송아지 대가리를 가져오니말말고 받아서 먹으라는 것이었다. 지부회에서 생활이 곤난한 박대하씨와 판남대장과 두집이 나누어 먹게 하였다는 것이었다. 판남대장은 쌀 한 알 채지 않은 사람이라서 주는 것이라고 하였다. 송아지가 새벽에 낳다가 죽은 것이라고 하였다.

아버지는 공과 사에 계산이 아주 명확 했던 것이다. 인품으로 말하면 남의 것을 얻어 먹으려 하지 않고 다른 사람의 고통을 제일 처럼 생하고 동정 해주고 도와주었다. 사업에서는 철두철미 하고 완벽주의 자로서 건성건성 하는 것을 제일 싫어 하였다. 가정보다 집단과 사업을 더 중히 여기였다. 아버지의 이런 성품을 보면서 자랐기에 그후 나의 신조가 되였고 롤모델로 된것 같다. 나는 점차 아버지를 이해하고 존경하게 되였으며 이런 아버지가 있어 자호감을 느꼈다. 아, 역사는 지나간 현실이지 꾸며내는 이야기가 아니구나. 아버지가 떠난지가 30년이 지났지만 사람들의 마음 속에는 아직도 [[판남대장]]으로 남아 있다.

우리 어머니는 무식쟁이였다. 어머니 보다 무식쟁이는 없을 것이다. 기성명도 모르고 돈셈까지 몰랐으니 불쌍한 여자였다. 어머니 역시 가정형편이 어려운 데다가 공부할 기회가 없었을 것이다. 어머니는 14살에 시집 와서 열셋이나 되는 대 가정을 끌고 가야 했으므로 고생은 불보듯 번하였다. 이 대 가정에 일군이라야 아버지, 어머니, 작은 아버지 뿐이였다. 빚도 가득한데 월사금도 내야지 허리 끊어 지도록 일을 해왔지만 생활형편은 좀처럼 펴 날수가 없었다. 1942년 아버지 따라 중국에 와서 생활형편이 좀 나아졌다. 그러나 심리적 고통은 따날줄 몰랐다. 자식 농사를 지었지만 다죽고 둘만 남았다. 내우로 형님이 있었는데 세살 많다. 인물 체격은 잘 생겼지만 지능아였다. 부모대신 내가 보살펴야 했다. 1958년 봄, 일곱살 나던해 우리 집은 뒷 동네에서 앞 동네로 이사를 왔다. 바로 그 해 봄 , 철로 교통사고로 형님은 당장에서 사망 했고 나는 다리를 잘리우게 되였다. 참혹한 현실이었다. 사고가 있은 후 어머니는 아버지를 원망했다.

[[우리가 앞동네로 이사만 안왔어도 이런 꼴은 없었을 것 아니야.]]

[[앞동네에 대장이 없다고 지부에서 보내는데 어찌 거역 하겠소잉.]]

[[안 오면되지.]]

어머니의 말에 아버지는 아무런 대꾸도 하지 았다. 그러자 어머니는 더욱 약이 올라 한마디 더 붙혔다.

[[그날에 아프면서 뭘하려고 또 논에 나왔어 잉, 그때 그놈 데리고 가서 학교 입학 시켰으면 이런 봉변은 없었을것 아니야 엉.]]

일이 잘못되면 언제나 객관에서 찾으려는것이 인간의 본능인 것이다. 잘 된것은 제탓, 못된 것은 남탓이다. 사고란 것은 기다림이다. 꼭 그시간을 기다렸다가 사고를 내는 것이다. 그 시간을 피해 가는 사람은 없다. 사고를 막는 사람은 없다. 아무리 주의하고 피하려해도 피할 수 없다. 마치 소발자국 고인 물에 빠져 죽는 것과 같은 것이다.

어머니는 모든 사랑을 나에게 쏟아 부았다. 어머니는 가리는 음식이 많았다. 지상의 닭고기를 제외하고 모든 고기를 거절 했고 물고기는 다 좋아했지만 칼치를 더 선호했다. 어머니는 음식 솜씨가 좋았다. 전라도 사람이어서 짭짤한 반찬을 잘 만들었다. 칼치를 지질때면 콩기름을 닦아서 고추가루 간장에 퍼담아 놓고 무우를 깎두기 처럼 썰어 가지고 가마에 넣고 그우에 준비한 고추장 간장을 깔아 놓고 칼치토막을 올려놓고 남겨놓은 고추간장을 숟가락으로 떠서 부어 준다. 물을 적게 잡는다. 칼치가 끓을 때 나는 냄새는 정말 향기롭다. 비린내에 고소한 콩기름 냄새가 뒤엉켜 매운 향기와 간장 향기가 뒤섞여 코를 찌른다. 저절로 식욕이 당기면서 입안에 침이 가득 찬다. 그 향기 정말 절묘하다. 밥상우에 오른 칼치짐은 보기만 해도 군침이 돈다. 칼치가 새빨갛게 익어 기름이 반지르르 하다. 나는 맛나게 먹었다. 어머님은 내가 이학년 다닐때 까지도 고기뼈를 추려서 고기만 내밥그릇에 얹어 주었다. 4학년이되서야 나는 어머니의 비밀을 발견 하였다. 어머님은 종래로 고기를 먹지 않고 칼치 대가리와 무우를 잡수셨다.

[[엄마, 대가리가 맛있어요, 무우도 맛있어요?]]
[[응, 그래, 다 같은거란다.]]
[[여보, 당신 그냥 그렇게 하면 난 칼치를 먹지 않겠다. 잉.]]

그때 나는 무슨 말을 하고 있는지 몰랐다. 밥을 먹고 밥상을 물릴 때 내가 부엌으로 나가려고 문을 여는 순간 놀라운 것을 발견하였다. 어머님이 부뚜막에 앉아 고기뼈를 씹고 있었다. 어머님은 내가 나온 줄 모르고 오물오물 씹고 있었다. 억이 막혀 말이 나가지 않았다.

[[엄마! 고기뼈를 씹어요?]]
[[고기뼈가 고소하단다. 어른들은 목구멍에 걸리지 않거든, 아이들은 안된다.]]

정말인지 거짓말인지, 나는 어리둥절하였다. 너무나 뜻밖이였다.

그후 칼치짐이 올라 오면 내가 먼저 대가리와 무우를 먹어 치우군 하였다. 그리고 고기를 어머니의 밥그릇에 얹어 주었다.

[[이제부터 칼치를 사면 꼭 두마리 사세요, 그래야 실컷 먹지요.]]

어머니는 이때로부터 고기를 드셨다. 대가리와 무우는 내차례였다. 세상의 어머니들은 모두 이러 하겠지. 자식을 위하여 묵묵히 자기를 희생하면서! 그래서 어머니는 여자로서 가장 위대한 분이고 존경스러운 사람이다. 살인자도 어머니 앞에서는 무릎을 꿇는다.

어느날, 저녁무렵에야 집으로 돌아왔다. 어머니는 밥을 안혀놓고 반찬을 만들려고 하였다. 가마가 달아오르자 어머니는 솥에 콩기름을 부었다. 그리고는 병모가지에 흐르는 콩기름을 핥아 먹는 것이였다. 이상하네 그것이 맛있나! 그후 나는 어머니가 없을때 콩기름을 한방울 찌우고 어머니가 한것처럼 병모가지에 흘러 내린 콩기름을 핥아 먹어 보았다. 전혀 맛이 없고 콩비린내가 울컥 올라왔다. 그때서야 비로서 어마니가 그렇게 하는 까닭을 깨닫게 되였다. 비싼 콩기름이 한방울이라도 버리는것이 아까와 그랬구나! 어머니는 반찬할 때 콩기름을 많이 두는 적이 없다. 그저 붓는 지냥만 하였다. 지금도 나는 반찬 할때 어머니를 떠 올리곤 한다. 정말 아름다운 추억이였고 살림살이의 지침이였다.

내가 중학교에 입학하게 되였다. 아버지는 나를 한족학교로 보내기로 하였다. 그래서 나는 개평현 서관 중학교 (지금의 개주시 고중)에서 공부하게 되였다. 토요일 저녁이면 집으로 왔다가 일요일 저녁이면 학교로 가곤 하였다. 매 주말마다 집에 오니 어머니는 언제나 색다른 음식을 준비해 놓곤 하였다. 학교로 갈때면 도시락과 반찬을 싸주곤 하였다. 밥을 꽁꽁 다져서 싸주곤 하였다. 그래서 화요일 아침까지 먹곤하였다. 그러면 식권을 바꾸어서 용돈으로 쓸수있었다. 아버지는 나에게 화식비와 용돈을 8 원밖에 주지 않았다. 안산이나, 영구에 다니는 학생들은 15 원을 주었다. 어머니는 다른 학교에 다니는 학생들과 비교하여 배곯는가 하여 아버지에게 화식비를 더 줄것을 청구한 적이 있었다.

[[여보, 쟈 한테 한2원 더 보태여 주면 안될가요? 아들 하나 공부시키면서 너무 야박하지 않아요?.]]
[[저러니까 애들 궂히지. 공부해라 보냈지 돈쓰라고 보냈나?]]

퉁명스런 답변이였다.

한학기가 지나고 새학기가 시작되였다. 그해봄 어느 일요일날 집에 왔다가 학교로 가게 되였다. 도시락 가방을 메고 떠나려니 어머니가 따라 나섰다. 나는 홀몸으로 절뚝거리며 걸어 갔다. 어머니 보고 집에 가라고 해도 그냥 따라오는 것이였다. 가방을 빼앗아 메고 어머니를 돌려 보내려고 해도 가지 않고 따라 왔다.

[[엄마, 집에 돌아가요, 혼자서 갈수 있어요. 역전에 가서 버스를 타면 되요.]]

[[저기까지만…….]]

어머니는 조금씩 오다나니 고개마루를 넘어서게 되였다.(지금의 식자
재공장. 숟가락공장.)

[[어머니가 따라 오면 가지 않을래요.]]

나는 발걸음을 멈추 었다. 이때는 큰길이 눈앞에 보이였다.

[[얘, 다리 아프지 않니? 내 좀 업어 줄가?]]
[[아니요, 어머니 그만 집에 돌아가요.]]
[[내 좀 업어 줄가.]]

이제는 내가 커서 업지 못할텐데도 어머니는 나를 업었다. 십여메
터도 못가서 내려놓았다. 어머니는 헐떡 거렸고 땀이 얼굴에 송골송
골 맺혔다.

[[됐어요. 이젠 제가 커서 업지도 못해요. 그만 돌아가요.]]
[[응, 돌아가마.]]

어머니는 말을 마치고 치마자락을 헤쳤다. 손수건 주머니를 꺼내
였다.

[[이 돈 얼마 되지 않지만 받아라, 내가 조금씩 모은 돈이다.]]

1전, 2전, 5전 짜리 동전 이였는데 두줌은 될 듯 하였다. 그것을 본

나의 눈에서는 눈물이 핑 돌았다. 아들 주겠다고 일전이전 모은 돈이였다. 어머니는 일년에 한두번 상점에 갈가말가 하는데 언제 이돈을 모았을가? 아마도 이삼년은 모았겠지. 어머니는 이돈을 나한테 쥐여주고 싶어 여기까지 왔구나. 이것은 아버지 몰래 나한테 주는 쌈지돈이였다. 나는 받을 수 없었다. 그때 아이스크림 하나 2전, 버스표 한장 5전, 영화표 한장 5전이였다.

   [[엄마, 이것으로 칼치 한마리 사서 드세요.]]
   [[받으려무나, 내가 처음 주는 용돈인데.]]
   [[아니, 절대 받을수 없어요, 내게 용돈이 많이 있어요.]]

   나는 어머니에게 쌈지 돈을 돌려주고 뒤도 돌아 보지 않고 떠났다. 한참 가다가 돌아서니 어머니는 그자리에서 뜨지 않고 나를 바라보고 있었다. 어머니는 내가 돌아 선것을 보고 손을 흔들었다. 한참 가다가 다시 돌아서 보니 검은 그림자만 가물거리는데 아직도 그자리에 서있는지 뒤돌아서서 가는지 가늠이 가지않았다. 이때는 저녁 노을이 금방 사라졌다. 어둠이 찾아올 무렵이였다. 내가 손을 흔들어 보여도 그쪽에서 무반응 이였다. 어머니는 발길을 돌렸나 보다.

   아버지는 집안에서 존엄이 있어야 하고 어머니는 사랑으로 가꾸어야 한다. 자식은 부모사이의 심판원이 되여야한다. 아버지와 어머니는 종종 싸움을 잘 하였는데 사소한 일로 말이 생겨서 마지막에는 옛날 장부를 뒤져서 따지는 것이였다. 옛날 이야기만 나오면 아버지는 더는 말을 잊지 못한다. 아버지는 투항 하는것이나 다름이 없었다. 부부 싸움에서 남자가 이겨 보려 한다면 어리석은 일이다. 싸움이 일어나기 전에 이해시켜야 한다. 이것이 가정 예술이다. 아버지와 어머니의 갈등은 너무 깊어 해결하기 힘들었다. 다만 휴전 상태에서 평화를 추구하는 것이다. 어머니는 내가 장가간 다음에도 밥상에서 비뚤하게 앉아서 식사를 하였다. 눈도 마주치기 싫어 하였다. 아버지의 모든 것이 눈에 거슬리고 보기 싫었던 모양이다. 한번은 아버지와 어머니가 밥상에서 또 전쟁이 시작되였다.

[[왜, 사소한 일로 다투어요? 큰일도 아니구만, 누가 양보 했다해서 지는것도 아닌데, 다른 사람이 보면 얼마나 창피해요. 앞으로 며느리가 들어와도 이렇게 싸우겠어요. 다시는 이러지 말고 웃음속에서 살아가요.]]

그후로 내앞에서 싸우는것을 정지 하고 내가 없을때 싸우는 방법을 채택 하였다. 어머니는 옛날에 고생한 것을 별미로 삼아 공격을 하였다. 한맺힌 그 세월을 아버지 한테 호소하는 것이였다. 아버지 또한 그 상처를 잘 다독여 주지 못한것만은 사실이다. 1975년 어머니가 갑자기 쓰러지더니 말문이 막히고 정신을 잃었다. 그길로 세상을 떠났다.

[[여보, 나한테와서 고생만 하다가 가시는 구려, 손자까지 보았는데 먼저 가다니, 미안하오, 살았을때 잘해주지 못해 미안 해요. 한도 풀지 못한채 떠나가네요, 용서해주오.]]

어머니는 마지막까지 아버지를 포용하지 못했다. 2년 후 아버지도 어머니를 따라갔다. 하늘 나라에서 잘 지내고 있는지? 어머니 마음의 상처가 잘 치유되였는지? 어머니도 너무 그 상처에 집착하지 말고 훌훌 털어 버리고 행복하게 살기를 기도 한다. 마음의 상처를 뒤집어 내는것 보다 오손도손 말동무로 서로를 위로 하세요. 마음의 상처는 생각할수록 더 커지고 괴로워 지는 법이니까. 상처를 빨리 잊고 행복을 찾으세요.

1961. 9. 1 영구지구 간부좌담회
맨 앞줄 오른쪽 첫 사람

특등, 일등 선진 생산자 기념사진
앞줄 오른쪽 두 번째

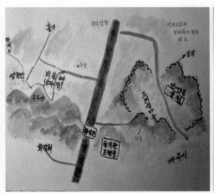

연개소문과 당태종이 혈전 벌였던 약도

1974. 5 초가집 앞에서

④

불운한 동년

부모들이 료녕성 개주시 서해향 쌍천안촌에 자리 잡고 뿌리 내린 때 나는 뒷동네에서 태여났다. 1958년 앞동네가 커지면서 아버지가 생산대장으로 파견 되였다. 아버지는 1956년 공산당에 가입 하셨다. 바늘 따라 실간다고 우리는 아버지 따라 앞동네로 이사왔다. 내평생에 이사를 한번 했다. 나는 60이 넘도록 내가 태여나서 자란 고향을 떠나지 않았다. 60평생 고향의 원혼으로 살았다. 나는 고향의 태줄을 물고 젖을 먹으며 자랐다. 고향은 나를 낳아 주었고 키워 주었다. 그래서 고향을 떠나지 못하고 살아온것 같다. 서해 갯벌에는 논밭을 풀어 일망무제한 황금벌이 있고 산에는 과수원이 있어 과일향기 넘쳐나고 동구밖 심대선 철도, 심대선 고속도, 국도가 평행선을 달리고 있다. 2015년 비행장까지 건설되여 국내 항공선이 개통되였다. 철도, 공로, 항운, 항공이 있어 사통오달 하고 어미지향으로 소문난 곳이다. 학교가 있고, 병원이 있고 상점이 있고 전기가 있고 수도가 있어 생활시설이 갖추어져 있다.

고향은 나에게 행복만 준것이 아니라 불행도 같이 안겨 주었다

1958년 이른 봄, (일곱살 나던 해) 나에게는 세 살 위인 형님이 있었다. 형님은 어렸을 때 뇌염을 앓아 그 후유증으로 지적 장애아로 되였다. 내가 몇 살때 부터인지 딱히 기억 하지 못하지만 내가 형님을 데리고 다녔다. 형님을 보살피는 것이 나의 신성한 임무가 되였다. 형님은 나의 그림자였다. 형님은 내가 매놓은 연이였다. 형님은 이상하게 [[아치아치.]]하는 소리를 내여 동네 아이들은 이름을 부르지 않고 [[아치]]라고 하였다. 멀리서도 형님을 놀려대느라고 [[아치]]하며 부른다. 형님은 [[아치]]라는 말만 들어도 흥분되여 좋아서 두 손을 들고 [[아치, 아치]]하면서 연속 퐁퐁 뛰는 것이다. 나는 너무도 창피 하였다. 어린 마음 이였지만 분노로 변하였다. 그렇지만 힘이 모자라서 감당 할수가 없었다. 그래서 나는 동네 아이들을 피하여 다녔다. [[아치]]는 형님 이름의 대명사였다. 어떤 때는 주변에 누가 없어도 [[아치]]소리를 내곤 하였다.

　[[또 아치 소리만 내봐, 다시는 데리고 다니지 않을 테야!]]

　내 질책을 듣고 다시는 [[아치]]소리를 내지 않겠다고 다짐하면서 자기를 버리지 말라고 하였다. 그후 점차 그 소리가 줄었지만 얘들이 놀려대면 분김에 [[아치]] 소리를 낸다. [[아치]]는 형님의 감성 표현인 듯하다. 화가 나거나 기쁠때 그소리를 내는순간 주변의 얘들은 우리 빙- 둘러싸고 짝짝꿍 소리를 내면서 깔-깔 웃어댔다. 이럴때면 형님이 더 얄미워 났다. 자기를 놀려대는 것도 모르고 좋아하니 나는 창피하여 죽을 지경이고 치욕스러웠다. 실컷 놀려대고 얘들이 떠나면 나는 형님을 데리고 다니지 않겠다고 또다시 으름장을 놓는다. 형님은 손이야 발이야 빌면서 다짐한다. 하지만 그때 뿐이였다. 개구쟁이들이 형님에게 사탕을 주면서 [[아치]] 소리를 내게 하였다. 형님은 그 사탕의 유혹에 못이겨 또 [[아치]] 소리를 내는것이였다. 형님은 채심하지 못하는 것이였다. 그런데다가 형님은 길가에 던진 깡치를 곧잘 주어먹는다. 내가 하도 나무람 하니 몰래 주어 먹는 것이였다. 내가 발견하였을 때는 이미 늦었다. 입 가장자리에 흙이 묻어 있었고 입을 쩍 벌리고 검사해 보라는 것이였다. 무엇을 먹었는지 도무지 알수가 없었다. 무엇을 먹었는지 걱정 스러웠고 누가 보았을 가봐 두려웠다. 또 다른 별명이 붙을 가봐. 그렇지만 형이니까 데리고 다녔다. 고우나 미우나 형님 하나 뿐이니까. 엄마아빠도 매일 형님을 잘 데리고 다니라고 당부하였다. 나는 종래로 엄마아빠한테 밖에 나가 창피당한 것을 말하지 않았다. 부모들이 속상해 할 가봐. 묵묵히 나혼자 삭이였다. 어려서부터 나혼자 삭이였다. 어려서 부터 내가 모든것을 걷어안고 삭이는 습관이 되여서인지 성년이 되여서도 버리지 못하고 있다. 입이 무겁다. 또 내가 어렸을 때 너무나 많은 창피를 당했던 것을 생각해서 다른 사람에게 창피주는 일을 하지 않는다. 다른 사람의 비밀을 알고 있지만 그것을 다른 사람에게 전달하지 않는다. 그래서 나를 형제처럼 지내는 사람이 많다.

불행은 좋은 사람 나쁜 사람 가리지 않는다. 불행이 나를 찾아 온 것인지 내가 불행을 찾아 가서인지 불행은 뜻하지 않게 찾아 온다. 1958년 봄이였다. 날이 희붐이 밝자 엄마아빠가 우리를 깨웠다. 종래로 이런 일이 없었다. 언제나 우리 형제가 깨여나면 엄마아빠는 일하러 가셨고 우리 둘이 차려진 밥상에 앉아 밥을 먹곤 하였다. 오늘 아침은 예외였다. 우리 둘은 자리에서 일어나 세수도 하지 않은 채 눈을 비비며 밥상에 앉았다. 식사를 하면서 아버지는 나더러 오늘 형님을 데리고 학교에 가서 입학 시키라는 것이였다. 그때는 봄에 진학 하였다. 식사를 끝마치고 아버지와 어머니는 일하러 가고 우리 두 형제는 다시 잠을 청하였다. 한잠자고 눈을 떴을 때는 아침해가 방안을 환히 비추었다. 나는 형님을 부랴부랴 챙겨서 학교로 줄달음 쳤다. 학교에 도착하니 어떤 교실에서는 학생들이 청소를 하느라 야단법석 이였고 어떤 학급에서는 학생들이 새교과서를 타가지고 나오고 있었다. 나는 형님을 데리고 이교실 저교실 기웃거렸다. 한 교실에서 선생님이 나오시더니 무슨 일이 있냐고 물었다. 자초지종 말해 주었더니 교장을 찾아 가라고 교무실을 알려 주었다. 교무실에 들어서니 위엄있는 선생님이 책상에 마주 앉아 글을 쓰고 계셨다. 아마도 교장선생님 같았다. 교장 선생님은 나를 보고 무엇하러 왔냐고 물었다. 내가 오게된 사연을 말하자 붙일수 없다고 단칼로 자르듯 말씀하시였다.

[[너는 형님 대신 학교에 부쳐주마.]]
[[안됩니다. 형님을 학교 부치라고 아버지가 부탁 했습니다.]]
[[네 형님은 안되고, 너는 한살 작지만 똑똑 하니 부쳐주마.]]
[[형님이 학교에 못 붙고 내가 붙으면 누가 형님을 데리고 다녀요? 우리 형님도 학교에 부쳐 주세요.]]

[[그럴순 없지, 네가 입학하지 않겠다면 그만둬, 집에 돌아 가거라.]]

나는하는수없이 형님을 데리고 김빠진 공처럼 맥없이 교무실을 나왔다. (참, 이상하네? 왜 형님을 입학 시켜주지 않을가? 아빠는 왜 입학시키라고 했을가?) 어린 아이였지만 이생각 저생각 굴리면서 집에 왔다. 집문을 떼고 들어서니 아버지께서 언녕 집에 돌아와 자리를 펴고 누워 계셨다. 아버지께서 처음으로 방에 누워 계신것을 보았다. 대단히 편찮은 모양이다. 아버지는 생산대장이였다. 아픈 몸으로 논판에 나가서 사원들의 일 안배를 겨우 하고는 집으로 돌아온 모양이다. 아버지는 나를 보더니만 아침에 부탁한 일이 어떻게 됐냐고 물으셨다. 형님은 안되고 나를 입학 시켜 주겠다고 하여서 그만두고 집으로 왔다고 말씀 드렸다. 아버지는 내말을 듣고나서 장탄식 하더니 방에서 떠들지 말고 밖에 나가서 놀라고 하였다. 나와 형님은 밖에 나왔다. 이때 만약 밖에 나오지 않았다면 사고를 피했을 텐데, 그때 마침 옆집 형님이 집안에서 나와 나물 캐러 간다고 하였다. 우리 둘도 따라 나섰다. 불행은 우리를 노리고 있었다. 우리 둘은 아무것도 모른채 함정에 뛰여 들었다. 사고는 한순간에 일어나는 것이다. 그 짧은 순간만 피하면 되는 것이다. 그러나 그 순간을 피하지 못하고 기쁘게, 즐겁게 불행속으로 들어 가는 것이다. 이것이 인생인가 보다.

동구밖 서쪽에는 심대선이(심양-대련 철도) 지나갔는데 마을과 철도 사이에 작은 들판이 있었다. 들판에는 이름 모를 꽃들이 노랗게, 빨강게 피였고 메나리, 민들레, 사구라들이 군데군데 가득 돋았다. 아, 봄은 정말 아름다웠다. 형님누나들이 봄나물을 뜯어서 묻혀도 먹고 된장국을 끓여서 먹어도 된다고 하였다. 나는 처음으로 봄을 보았다. 비록 동년시절 이였지만 나는 폐부로 약동하는 봄을 만끽 하였다. 꽃이 피고 새싹이 돋아나는 것이 봄이구나. 봄은 청신하고 신선하였다. 나물 캐는 아이들이 봄노래를 부르고 있었다. 봄이 와서 봄노래 하는 것인지 봄노래 해서 봄이 왔는지 하여튼 즐거웠다.

[[내가 살던 고향은 꽃피던 산골-]] 하고 노래하면 저쪽에서 이절로 화답하면서 나물캐는 그 모습이 평화롭고 자유스럽다. 불행의 서막은 아름다웠다.

내가 허리펴고 사방을 둘러 보는 순간 아뿔사, 큰일났구나. 남쪽 산골짜기 사이로 기차가 북쪽을 향하여 질풍 같이 달려오고 있었다 세상물정 모르는 형님이 철길 복판에 서서 기차가 온다고 좋아서 손을 흔들면서 마주 향해 걸어가고 있었다. 기차는 [[꽥-꽥]] 고동소리를 울렸지만 자기 죽는 줄도 모르고 마냥 앞으로 걸어 가고만 았었다. (아, 아, 이 일을 어쩌면 좋아, 하느님이 살려 주겠나.) 억이 막혀 소리도 못냈다. 순간 뇌리를 쳤다. (빨리 형님을 구해야지.) 나는 형님께로 달려 가면서 죽기내기로 소리쳤다.

[[빨리 내려와, 빨리- 철길에서 내려와!]]

그러나 나의 목소리는 기차의 경적소리에 압도되여 형님이 듣지 못하고 있었다. 나는 소리치면서 형님한테로 달려갔다. (걸음아 살려다오, 기차야 멈추어 다오!) 나는 생각 할 겨를도 없었다. 드디어 형님께 다가가 팔목을 잡고 내리 끌었다. 형님은 나의 말을 듣지 않고 굳어진 사람처럼 우뚝 서서 뻗치였다. 나는 형님의 옷자락을 잡고 레일에 발을 올려 놓고 내리끌었다. 육중한 기관차가 코앞에 닥쳤다. 순간 눈앞이 아찔해 났다. 검은 쇠덩이가 지나간 듯 하였다. 내가 정신을 차렸을 때는 철길 아래로 굴러 떨어져 누워있었다. 기차는 훨씬 앞에 가서 멈춰 서있었다 형님이 나와 같이 철길 아래로 떨어져 있으리라 생각 했는데 보이지 않았다. 형님을 찾아 보려고 자리에서 일어나 보니 형님이 철길 한복판에 누워 있었다. 창자가 배 밖으로 나와 있었다. 나는 형님을 부르면서 가려고 발을 내디디는 순간 걸을 수가 없었다. (웬일이지?) 아래를 내려다보니 왼쪽 발잔등이 칼탕쳐 놓은 듯 뼈와 살이 가죽에 붙어서 느질느질 한자 가량 늘어졌다. 당시 피 한 방울 나지 않았다. 나는 기절 하였다. 불행은 그렇게 우리 형제에게 덮쳐들었다. 불행한 사고는 하나 밖에 없는 형님의 생명을 빼앗아 갔고 나를 장애자로 만들어 놓았다.

내가 정신을 차렸을 때 저녁무렵이였다. 병원침대에 누워 있었다.내 옆에 앉아 있던 어머니가 나를 보고 좋아 하였다. 내가 일어나 앉아 보니 왼쪽 다리에 붕대를 칭칭 감아 놓았다. 다리를 들어보니 유별나게 가벼웠다.

[[엄마, 내발은? 내발이 없지않아, 어디 갔지? 형님은 어떻게 되

제1부 순리대로

었어?]]

어머니는 눈물을 흘렸다. 어머니는 얼마나 울었는지 눈이 퉁퉁 부어 있었다

[[발이 없으면 어떻게 걸어다녀?]]
[[괜찮다, 이담에 또 자란단다. 걱정마.]]

어머니는 울음 섞인 어조로 말하였다. 겨우 말을 마친 어머니는 돌아 앉아 눈물을 훔치였다. 나는 그때 어머니의 말을 굳게 믿었다. 어머니는 지고무상한 사람이니 절대 거짓말을 하지 않을 것이다. 붕대를 풀었을 때 나는 또 놀랐다. 발목까지 없었다. 발잔등까지 다쳤는데 어째서 발목까지 잘랐을가? 병원에서 퇴원하여 집으로 돌아왔다. 형님이 없는 방 안은 썰렁 하였다. 형님이 구석에 숨어 있는듯 하였다. [[아치, 아치!]] 하면서 뛰여 나오는것 같았다. 슬그머니 문 뒤에도 가보고 농짝 옆에도 가보았지만 형님은 없었다. 다만 짙은 침묵만이 흘러가고 있었다. 형님이 진짜 죽었구나를 실감하였다. 자나깨나 같이 있던 형님은 분명 나를 버리고 떠났구나. 내말을 듣지 않다가 결국 이렇게 되였구나. 내가 끌었을 때만 말을 들었어도-, 모두가 지난 이야기어라. 웃고 떠들어 대고 씨름도 하던 이 방, 두려웠다. 이렇게 조용할까? 똘스또이는 [[안나 까레니나]]란 책에서 행복은 사람마다 어슷비슷 하지만 불행은 집집마다 다르다고 하였다. 불행은 너무나 일찍 찾아 왔다. 몇달이 지났다. 그렇지만 좀처럼 발가락이 생겨나지 않았다.

[[엄마, 왜 아직도 발이 생겨 나지 않아?]]

[[인츰 자라겠니? 게들도 다리가 끊어지면 오래 있다가 생겨 난단다.]]

[[발이 생기면 원래 것 보다 작을까? 같을까?]]

[[아무래도 좀 작겠지?]]

[[만약 자라지 않으면 어떻게 하지? 끊어진 다리로 걸을 수 있을까?]]

어머니는 말문이 막혔다. 아마 어떤 어머니도 만족한 답안을 주지 못했을 것이다. 큰 애들이 나보고 절단된 다리를 보여달라고 하면 나는 서슴없이 보여 주었다. 그러면서 이제 며칠 지나면 발이 자랄 것이라고 하였다. 큰애들은 거짓말이라고 하였다.

[[아니야, 정말이야, 우리 어머니도 옆집 선용이 엄마도 그렇게 말하였어.]]

큰애들은 자기네 끼리 눈을 습벅이더니 [[맞아, 어른들이 말하는 것이 맞을거야.]] 라는 말을 남기고 가버렸다.

그러던 어느날, 나는 방문을 열고 토방에 절단된 다리를 디뎌 보았다. 걸을 수 있겠는가 시험해 보았다. 아직 발가락은 보이지 않았지만 혹시나 하여. 그 찰나 전신이 아찔해 나며 [[아-악]] 비명소리를 지르며 문 밖으로 곤두박질 하였다. 구들에 앉아 바느질을 하던 어머니가 고스라쳐 놀라 문밖에 굴러 떨어진 나를 품안에 안고 울었다.

[[아프지? 왜 그렇게 우둔한 짓을 하니?]]

절단된 다리로 문토방의 층게돌을 콱 디뎠으니 뼈아픔이 가슴을 [[쿡]] 쑤시는 듯 하였다. 심장이 뚝 멈추고 온 몸이 파르르 떨렸고 신음소리가 절로 났다. 그러나 이를 악물고 참았다. 아픔을 참는 첫 계기가 되였다. 그후 나는 그어떤 아픔도 참아내였고 이를 악물줄 알았다. 이후로 부터 다시는 어리석은 실험을 하지 않았고 세상에는 안되는 일도 있구나를 뼈저리게 느꼈다. 그해 가을 일곱살에 의족을 맞추었다. 이 사고 후 트라우마가 생겨서 철길 옆에서 지나가는 기차를 볼 수 없었다. 어른 되서야 사라졌다. 동네 어른들은 나를 보기만 하면 측은한 눈길로 바라보면서 혀끝을 찼다.

[[저렇게 잘생기고 똑똑한 놈이 저게 뭐람, 쯧쯧, 형만 데려가지.]]
[[잘 됐어, 그 형이 살았으면 쟈가 평생 끼고 살아야 하니, 그러면 더 애가 나지, 더 고생이야.]]
[[재 다리하고 그 형님 하고 바꾼거지.]]
[[쟈는 앞으로 어떻게 살아가야 하나? 일도 할수 없는 노릇이고, 천상 붓대만 쥐고 살아야겠네.]]

어른들의 뜻을 리해 할 수는 없었지만 나의 장래에 대하여 걱정해 주고 있다는 것을 느꼈다. 왜 하필이면 나에게 이런 불행이 덮쳤을가? 어머님은 가끔씩 어버지에게 시비를 걸어 자식들의 사고를 아버지의 탓으로 떠 넘기였다.

[[당신이 앞동네로 이사만 오지 않았으면 이런 일이 없지 않았을 것 아니오.]]

[[내가 오고파서 왔냐고, 앞동네에 대장이 없다고 지부에서 파견하여 왔지않아.]]

[[그놈의 대장 무척이나 좋네, 대장 안하면 그만이지.]]

[[그날 아이를 데리고 가서 입학 시켰어도 이런 일은 없지 않아.]]

자식 하나를 잃고 하나는 병신 만들어 놓았으니 부모로서 큰 상처가 아닐 수 없다. 이 사고의 장본인을 어머니는 아버지라고 여겼다. 세상의 모든 사고는 그 순간만 피하면 된다 사고를 피할수있는 시간은 있지만 어느 한곳도 피해 갈 수 없는 것이다. 오히려 그 사고를 향해 줄기차게 달려가게 되는 것이다. 이것이 운명이지 않을가? 운명을 거슬러 올라가는 것은 없다. 우리는 그 운명을 받아들여야 한다. 사고 날가봐 걱정하면 하면 아무것도 하지말고 누워 있어야 한다. 너탓내탓 해보아야 정답은 없다. 정답은 현실로 받아들이고 살아가는 것이다. 내가 갈 길이 어디 있는가? 갈 수 있는가? 어떻게 가야 하는가? 생각하면 묘연하다. 그렇지만 가야 한다.

나는 동네 어른들의 관심 속에서 하루하루 성장해 나갔다. 하지만 나는 나의 성장에 대하여 걱정 하지 않았으며 또래 애들과 같이 즐겁게 뛰놀았다. 위기감을 느껴보지 못하였다. 딱지도 치고, 썰매도 타고 스케이트도 탔다. 축구와 수영은 안했다.그외 어떤 운동이나 즐겼다. 어린 마음이어서인지 신체의 불편을 인정 하지 않았다.

언제나 내가 만약 다리가 있었다면 훌륭한 운동 선수가 되였들 텐데-, 내 비록 불구자이지만 너희들 못지 않게 운동 할 수 있다는 것을 보여 주고 싶었고 또 그렇게 노력해 보았다. 철없는 동년 시절에 장애인이였지만 운동에서 남한테 뒤지지 말아야 겠다는 승부욕이 강했던것 같았다. 이런 승부욕이 있었기에 그후 의지가 굳세지 않았겠나 생각된다. 나는 절망 하지 않았다. 무엇이나 다 해보고 싶었다. 운동 하는데서 스케트 타기와 자전거 타기는 큰대가를 치렀다.

스케이트는 내가 열세살에 배웠다. 스케이트날을 사서 널판대기를 발바닥에 맞추어 깎아 고정 시키고 고리를 달았다. 나는 스케이트를 가지고 얼음판에 갔다. 스케이트에 발을 놓고 끈으로 꽁꽁 매였다. 스케이트를 신고 얼음판 위에 섰다. 정말 기적적으로 설수가 있었다. 다른 애들은 처음 배울 때 미처 일어 서지 못하고 넘어 지는데 나는 설 수가 있었다. 희귀하다. 누구의 도움도 없이 혼자서 일어 섰다는 것이 신기하였다. 발을 슬슬 앞으로 밀어보니 얼음판 위를 살살 미끄러져 갔다. 희한한 일이였다. 감각이 무척 좋았다. 모든 것이 순탄하였다. 스케이트 타기에 성공 하였다. 나는 무등 기뻤다. 남들은 며칠 동안 배웠지만 나는 금방 배웠다. 관건 포인트는 몸의 균형을 잡는 것이다. 몸의 균형을 잡으면 넘어가지 않는다. 그러나 커브 도는 것이 문제였다. 커브를 어떻게 돌줄 몰라 일부러 넘어졌다가 다시 일어나 직진 하였다. 이것은 방법이 아니였다. 나는 다른 애들이 커브 도는 것을 유심히 보았다. 한발은 힘주고 다른 발은 살짝

힘을 넣어주면 얼음이 깎이면서 서게 된다. 나도 그렇게 해보니 정말 잘 되었다. 이 기쁨은 하늘 보다 더 높았다. 하늘에 떠도는 구름장 같았다. 그때 스케이트를 밀어서 갈 수 있고 커브를 할줄 안다면 다 배운 것이다. 성공이였다. 운동은 별거 아니구나, 마음 먹고하면 되는구나. 부모 몰래 용돈 모아 스케이트를 산 보람이 있구나! 부모님들은 나의 장래를 걱정하여 열심히 공부하는 것을 바랬지만 나는 틈만 있으면 옆구리로 새나갔다. 다른 애들처럼 뛰놀고 싶었다. 나는 초원의 양떼같았다. 맛있는 풀을 찾아 떠났다. 스케이트를 탈 수 있었다는 것이 얼마나 기쁜지. 남들이 하기 힘든 것을 해냈으니! 공부시간에도 스케이트 타는 모습을 그려 보면서 방과 시간만기다렸다. 방과만하면 곧장 얼음판으로 달려갔다. 연이어 닷새가 되는날, 늪에 도착하니 전날밤 추워서 인지 얼음판이 유난히 알른거리며 나를 반기였다. 스케이트를 신고 얼음판 위를 살살 미끄러져가는데 한마리 제비 같았다. 이제는 배우는 것이 아니라 즐기는 것이였다. 얼마나 신났는지 시간 가는줄도 몰랐다. 하나둘 아이들이 얼음판을 빠져 나가는 것도 모르고 나는 신바람 났다. 벌써 땅거미가 졌다. 얼마나 아쉬운지, 그놈의 햇님이 원망스러 웠다. 이렇게 해가 빨리 지다니. 난 아직 못다 놀았는데…. 저녁밥을 짓는 집에서는 굴뚝에 연기가 모락모락 피어올랐다. (이제 마지막 한 바퀴 돌고 집으로 가자.) 일은 언제나 마지막 한번에 사달이 난다. 마지막 한잔 술에 취하고 마지막 한 숟가락에 체한다. 마지막 한바퀴 멋있게 타려고 뒤짐도 지고 삿대처럼 두팔을 저으며 힘차게 나갔다. 감각에 멋있어 보였다. 원점으로 돌아서 가려고 커브를 도는데 그만 하늘 공중에 몸체를 날렸다가 얼음

제1부 순리대로

판으로 떨어졌다. 머리가 먼저 얼음판에 떨어져 찡 해나는 것이였다. 이렇게 크게 넘어간 적이 없었다. 일어나려 하니 의족이 말을 듣지않았다. 의족 양쪽에 쇠기둥이 있는데 안쪽이 끊어진 것이다. 의족을 신고 걸을 수가 없었다. 집에 갈려하니 집이 멀어보였다. 스케이트를 어깨에 걸고 걸음을 내디딜 때마다 두손으로 의족을 들어서 한걸음 한걸음 걸어 나갔다. 얼마나 힘들었는지 비지땀이 이마로 부터 뚝뚝 떨어 졌다. 속옷이 땀에 푹 젖어 몸에 휘감겼다. (집에 가면 아버지한테 작살 나겠구나.) 힘겹게 집에 도착하여 스케이트를 헛간에 대충 감추어 두고 집에 들어 갔다. 15분이면 도착할 거리를 반시간도 더 걸린 듯 하였다. 집에 들어서니 밥상이 다 차려져 있었다.

[[뭘 하다 이렇게 늦었니?]]
[[너 웬 땀이냐?]]

어머니의 의아스런 눈길이였다. 나는 아무 대꾸도 하지않고 밥상에 앉아 밥술만 폈다. 이렇게 엄청난 큰 사고를 냈으니까, (어쩌면 좋아? 마지막 한바퀴 타지 않았더라면 이런 일이 없었을 텐데……) 의족을 하려면 심양에 가야 하는데 아버지는 중국말을 못해 다른 사람을 내세워야하니 시끄럽고 번잡하다. 그러니 걱정이 아닐 수 없었다. 아버지는 꼭 화를 내실 거야, 그래도 아버지께 말씀을 올려 허락을 얻어야 하였다. 수리하지 않으면 걸을 수가 없기 때문에 방법이 없었다. (어떻게 아버지에게 여쭈어 볼가? 곧이곧대로 말하면 된욕을 피할수 없고, 거짓말 하자니 합리적인 말이 생각나지 않았다.) 나는 고민 끝에 한가지를 선택 하였다.

[[도랑을 건너 뛰다가 의족이 마사졌어요.]]

[[조심하지, 다리는 다친데 없니?]]

아버지는 의족을 눈여겨 보더니 집에서는 도저히 방법이 없기에 심양에 보내기로 결정을 내리셨다. 천만다행이었다. 영락없는 거짓말이었는데 아버지는 꼬치꼬치 캐묻지 않고 마무리를 지었다. (다시는 거짓말을 하지 말아야지. 거짓말 하기도 힘들고 들통이 날가봐 조마조마 하고 애당초 솔직한것이 편안하지.) 그후로 다시는 스케이트를 타지 않았다. 그것이 마지막이었다. 그래서 스케이트를 배우고도 자랑 한번 해보지 못하고 묵혀 버렸다. 비누거품 처럼 사라져 버렸다. 성공하고 자신만 알아야 했고 다른 사람과 공유도 못했으니 정말 아쉬웠다. 이렇게 하나하나 느끼면서 알아가는 것이 인생살이다. 누가 또 이런 것을 겪을 줄 알았겠냐. 그래서 나는 지금도 스케이트 시합을 즐겨 본다. 세상에 즐거움도 조건이 있어야 한다는 도리를 알았다. 다른 사람에게 상처를 주면서 나의 즐거움을 찾아서는 안된다. 스케이트 타는 것은 즐거웠지만 그것으로 인하여 부모에게 가슴 아픈 일을 만들어서는 안되는 것이다. 멋진 성공도 모래성 처럼 허무하게 허물어 진다는 것을 나는 경험 하였다.

자전거 타기는 내가 중학교 1학년 여름 방학 때였다. 그때 동네에는 자전거가 몇대 없었다. 사촌형님 (김동곤) 자전거는 중고였다. 형님은 자전거를 사서 배우는 것이 아니라 창고에 넣어 놓았다. 조카들도 작아서 탈줄 몰랐다. 자전거가 창고 안에서 울고 있었다. 남부럽지 않게 살고 있다는 것을 과시하고 싶었던 것 같았다. 형님은 고장 고장 하면서 짠돌이였다. 형수님은 대범하고 통쾌하였다. 성격상 두 분은 상극이였다. 형님에게 자전거를 빌린다는 것은 불가능 하므로 형님이 없을 때 형수님을 찾아갔다.

[[저그니가 다리도 없는데 자전거를 배울수 있나?]]
[[네. 배워 보다가 안되면 포기 할래요.]]
[[자전거를 배우다가 다치면 어떻게 해? 그럼 조심해.]]

형수님은 흔쾌히 허락하였다. 얼마나 기쁘고 감사 했는지 모른다. 그때는 혼수로 손목시계, 재봉틀, 자전거를 사주는 시기였다. 이렇게 큰 물건을 누가 밖으로 돌리겠는가. 그것도 배우는 사람에게. 오직 이일은 우리 형수님만이 해 낼 수 있는 일이였다. 형수님은 어렸을 때부터 나를 사랑하고 아끼였기에 잘알고 있었다. (형수님이 허락해 주셨으니 꼭 배워 내야할텐데. 그래야 빌려준 보람도 있고 배운 보람도 있지 않겠는가?) 나는 자전거를 끌고 학교 운동장으로 갔다. 자전거를 타려하니 생각과는 달랐다. 도저히 자전거에 올라탈 수가 없었다. 왼발로 페달을 밟고 오른 발로 밀어보려 하니 왼발로 설 수가 없었다. 이런 방법으로는 자전거를 배울수가 없었다. 나는 무턱대고 자전거 삼각대를 가로 타고 왼발을 페달에 올려 놓고 오른 발로 땅을 밀어서 자전거가 굴러 가게 하였다. 직진은 이상적이였는데 커브를 돌때에는 몸의 균형을 잡지 못해 몇번 넘어갔다. 물리 작용을 몰랐던 것이다. 두시간 연습을 하였더니 기본상 탈 수가 있었다. 올라타기와 내리기, 커브하기 등을 반복 하다나니 익숙해 졌다. 두시간 지나니 자전거 타기를 배워 냈다.

자전거 타기는 나의 보행 문제를 해결 하였다. 다리가 없는 장애자로서 걷기는 나의 큰 고통이었다. 자전거를 탈줄 알았기 때문에 아무리 멀어도 두려울 것이 없었고 시간을 단축할 수 있었다. 생각할수록 기쁨이 절로 나왔고 즐거웠고 흥분 되였다. 이제는 내가 자전거를 살 수 있다는 기대감과 희망이 부풀어 올랐다. 이보다 기쁜일이 어디있는가? 그때는 교통이 아주 낙후하여 동네에서 시내로 갈려면 무조건 4리 되는 길을 걸어 역전까지 가야 한다. 내가 다니는 중학교는 식품회사에서 내려 2리길을 더 걸어야 하였다. 이렇게 먼 길을 걷는다는 것은 나로 말하면 곤욕이 아닐 수 없다. 많이 걷게되면 다리와 의족이 서로 비벼서 살 가죽에 물집이 생겼다가 터져참으로 쓰리고 아팠다. 자전거를 타면 집 문 앞에서 부터 목적지까지 갈 수 있지 않는가? 자전거 타고 세계 각국에도 갈 수 있을 것 같았다.

이튿날, 나는 형수님 한테서 자전거를 또 빌렸다. 소뿔은 단김에빼라고 하였다. 오늘은 자전거를 타고 실전 연습을 하려 하였다. 장애물이 없는 넓은 운동장에서는 탈 수 있지만 큰길에 가서 탈수 있는지 시험 해 보고 싶었다. 자전거를 타고 내가 다니는 중학교에 가보려고 큰길에 나왔다. 그때 큰길에 다니는 차량이 드물어 두려울게 없었다. 어쩌다 자동차 한두대가 지나기에 얼마든지 피할 수 있었

다. 학교에 거의 도착하게 되었다. 큰길에서 학교길로 굽어 들어서
게 되었는데 도랑이 하나 있었다. 도랑은 내리막인데 커브까지 있어
초보 운전자로서는 아주 위험한 일이었다. 나는 핸들을 꼭 잡고 브
레이크를 힘껏 당겼다. 그런데 브레이크 고무가 다 닳은 줄을 몰랐
다. 내리막길로 들어서자 자전거가 씽-하고 앞으로 달리는 것이었
다. 아주 위험한 찰나였다. 도랑 너비가 3메터, 깊이가 1메터반 쯤
되니 장난이 아니었다. 순식간에 큰 사고가 날 직전이었다. 나는 자
전거에서 번개처럼 뛰여 내렸다. 자전거는 곧추 서서 내려가다가 방
향을 조금 틀면서 도랑을 훌쩍 날아 넘어서 저쪽 도랑 언덕에 처박
혔다. 요행 지나가는 사람이 없었다. 아찔 했던 순간이었다. 머리속
이 하얗다. 어떻게 자전거에서 뛰여 내렸는지. 큰사고를 피면 하였
다. 하나님이 나를 살려 주었다. 다리를 건너가 자전거를 끌어 올렸
다. 이때 두 여학생이 지나가면서 [[자전거를 타고 도랑을 뛰여 넘다
니? 간이 배밖으로 나온 모양이지?]] 하면서 비아냥거렸다. 사람들
이 지나가면서 비양거리던 말던 자전거를 끌어 올렸다. (수리할 수 있는
정도가 되어야 할텐데…)

　곰곰히 체크했는데 다행히 별문제가 없었다. 다만 손잡이에 흙이
묻어있었고 자전거 방울이 비뚤어졌다. 불행중 다행이었다. 사람도
다치지 않고 자전거도 무탈하니 안도의 숨이 나왔다. 인생길에 불행
만 있는 것이 아니다. 이번엔 불행이 나를 피해버렸다. 만약 내가 자
전거 탄채로 도랑에 곤두박질 하였더라면 또 한차례 참사가 벌어질
번 하였다.

형수님이 자전거를 빌려준 덕분에 나는 자전거 실전 연습을 승리적으로 끝내고 자전거 살 수 있는 조건을 갖추었다.

　[[아버지, 자전거를 사주면 걸어다니지 않아도 될텐데.]]
　[[다리 하나로 어떻게 자전거를 타겠니?]]
　[[자전거 타는 거 다 배웠어요.]]
　[[언제 배웠어?]]
　[[형수님이 자전거 빌려 주어서 배웠어요.]]

　그리하여 아버지는 자전거 사는 것을 허락 하였다. 나는 유인원이 직립보행을 완수한 놀라운 기적을 창조 하였다. 다른 사람에게는 하찮은 일이지만 나에게는 평생 이용 해야할 필수였다. 그후 나는 자전거를 타고 영구시 로변까지 가봤다. 왕복60리를 약 4시간 달렸던 이 경험을 살려서 대석교 만인갱까지 자전거를 타고 가보았다. 자전거를 타고 어디까지 갈 수 있는지 입증해 보았다. 앞으로 자전거 타고 세계 일주할 설계도까지 그려 보았다.

　동년시절 나는 참사를 당하여 한순간에 장애자로 변신하였다. 불편한 몸으로 소년시절을 보냈고 사춘기를 넘겼다. 몸은 장애인 이였지만 성성한 아이처럼 뛰놀면서 자랐다. 마음만은 건실 하였다. 이렇게 성장하면서 독립성, 자주성을 키웠고 강인한 의지를 연마 하였다. 성장 하면서 많은 것을 생각 하였다. 이것이 사회 진출에 밑거름이 되었다.

학교앞에서

2008. 5. 선인도에서

⑤

중학시절

내가 소학교를 졸업 할때 영구시 7중학교에 조선족 중학반을 설치하였다. (이것은 영구시 조선족 고중의 전신) 그리하여 영구지구의 조선족 학생들을 영구시 7중으로 보내게 되었다. 그 전에 안산시 조선족 중학교에 보냈다. 그런데 우리 학교만은 개평현 서관 완전 중학이나(한족 완전 중학 - 초고중이 있다. 지금은 개주시 고중이다.) 영구시로 보낼수 있다. 아버지는 중국 학교 가서 공부 하라는 것이였다. 앞으로 계속 중국에 살겠는데 조선글을 배워서 무슨 소용이 있겠냐고. 특히나 사업을 하다보니 중국어를 몰라서 막히는데가 많다는 것이였다. 언제 통일이 되서 남한에 가서 살겠냐고 아버지는 고향을 포기 한듯 하였다. 조선글은 기성명이나 하고 편지만 쓸수 있으면 된다는 논리를 펼치었다. 아버지의 생각은 아주 개화적이였다. 우리 동네만 벗어나면 중국어를 모르고 어디에도 다닐수 없으며 어떻게 사업을 할 수 있겠는가? 앞이 캄캄 하지 않겠는가? 그러니 결심 내리고 중국 학교를 가라는 것이였다. 아버지의 말씀을 들어보니 일리가 있었다. 중국에 살면서 중국말을 배워야 하는것이 당연한 것이 아니겠는가? 나는 개평현서관 완전 중학교에 지망하였다. 한 고향에서 태어나 고향의 젖을 먹고 자란 소굽 친구들과 갈라지게 되었다. 갈라지는 것이 정말 섭섭하였다. 배움의 활무대를 찾아서 우리들은 헤여져야만 하였다. 마음이 허전 하였다. 우리는 언제야 또 만날수 있는지? 그 어느 때인가 또 만날 수 있겠지. 언어가 통하지 않는 중국 학교에 가서 배워 낼 수 있을가? 하는 두려운 생각이 내 가슴을 엄습해 왔다. 우리는 처음으로 소학교 5학년 때 한어를 배웠다. 5~6 학년 2년동안 200자 정도 배웠다. 우리동네에는 뒤 동네만 한족이 몇 세대 있고 앞 동네는 한족이 없는 조선 동네였다. 동네에 병원, 상점, 학교가 있어 마을 밖에 다닐 필요가 없다니 중국어는 백짓장과 같았다. 양가죽 쓰고 범의 굴에 들어 가는 것이었다.

1965년 8월, 이불짐을 싸가지고 새로운 배움터 개주시 서관 중학교에 갔다. 대문안에 들어서니 오늘부터 나는 어엿한 중학생이 되었구나 하는 자부심과 긍지감에 부풀어 올랐다. 마음이 둥둥 떠다니는 것같았다. (그때는 소학교가 보급이고 중학교는 진학시험에 합격 되어야만 갈 수 있었다.) 대문에 들어서니 이층으로 된 교실이 보였다. 퍽이나 오래된 건물이었다. (2005년 개주시지 [[盖州市志]] 기재에 따르면 1930년대 지은 건물로 수많은 학생들이 졸업하였고 아직도 이 건물을 보존 하고 있다고 하면서 옆에 새교사를 지으면서도 헐지 않았다고 하였다.) 정원에는 아름드리 백양나무와 아카시아 나무가 학교의 견증인으로 우뚝 서 있었다. 나무 앞에는 큰 타원형의 화단이 대문을 마주 하고 있었다. 화단에는 여러가지 꽃들이 피여나 아름다웠다. 나무가지 사이로 참새들이 포르릉 포르릉 날면서 쨱-쨱 짖어대고 있는데 정말 귀 맛 좋게 들렸다. (여기서 내가 중국 말을 배우고 초고중을 끝내야 할 학교로구나. 오늘부터 시작이구나. 이왕에 왔으니 열심히 해 보자.) 화단 앞에 부쳐 놓은 신입생 분배방을 보니 우리 여덟명을 모두 갈라놓았다. 초중 1학년은 4개 학급인데 한반에 남여 한명씩 갈라 놓았다. 초중 2, 3학년은 각각 6개 학급, 고중 1, 2, 3학년에는 각각 2개 학급, 총 22개 학급에 학생수가 1500명이 넘는 학생이 공부하게 된다. 전시적으로 완전 중학교는 이것 하나 뿐이었다. 학교의 규모, 유구한 역사, 교수질이 높아 전성적으로 대학입학율이 앞자리를 차지하여 교육계나 사회적으로나 위상이 높았다. 늪이 크고 물이 많아 고기가 많이 모였다. 정말 학교가 마음에 들었다. 이 좋은 학교에서 마음껏 공부하리라 다짐 하였다. 기숙생이 800명이 되였다. 학교내에는 초중 3학년 6개 학급과 고중 3학년 2개 학급이 기숙하고 기타 기숙생은 3리 떨어진 남관에 기숙사가 있었다. 교외 기숙생은 아침 자습에 참가하고 저녁 자습이 끝나면 학급별로 줄을 서서 숙소로 돌아간다. 모든 것은 군사화였다. 나는 장애인이여서 교내의 3학년숙소에 끼워 주었다. 그것은 아버지가 이윤화 선생님께 부탁하여 학교와 교섭하여 안배해주었다.

중학생활이 시작되였다. 가장 안타까운 것이 언어였다. 무엇이라 말하는지 알아들을 수가 없었다. 선생님 강의도 알아 들을 수 없었다. 정말 꾸어온 보릿자루였다. 그래도 나는 뻗치었다. 배우노라면 알아 듣겠지, 똥물 싸개 삼년이면 바자를 넘는다는데 하루이틀 지나니 [[상커]](上课) [[샤커]](下课)를 (수업시작 합시다.) 알아 들을 수 있었다. 활언어로서는 [[츠판]](吃饭)이란 말을 할수 있었다. (밥 먹었어?) 수업 시간에는 로어 과목을 제외 하고 다른 학과목 선생님들은 질문을 하지 않았다. 로어 선생님만은 나에게 랑독을 시켰다. 로어는 누구나 같은 시발점에서 배운 것이기에 조건이 동등 하였다. 그런데 배워 갈수록 문법이 복잡하여 중국말로 설명 하는것을 알아들을 수가 없었다. 시험을 치면 문법 차이가 나므로 성적이 앞자리를 차지 할수가 없었다. 발음은 내가 최고 였다. (연필을 카란다스)라 하는데 중국 학생들은 [란]이란 발음을 낼수 없다. [란] 발음을 혀끝을 꼬부리면서 떨게 소리를 못낸다. 몇십 년이 지났지만 동창 모임에 가면 내가 아직까지 로어 단어를 제일 많이 기억 하고 있다. 발음도 좋았다. 한달이 지나니 많이 알아들을 수 있었고 간단한 대화도 할 수 있었다. 점차 재미가 생겼다. 한 학기 지나니 대부분 알아 듣고 쉬운 말을 할 수 있었다. 여기까지가 견디기 힘든 고개 마루다. 언어를 배우는 와중에 재미있는 이야기들이 많다.

개학하여 학교에서 처음으로 영화 보러갔다. 영화 제목은 [[해서파관]](海瑞罢官) 이었다. 옛날 이야기로서 사극인데 무슨 뜻인지 전혀 몰라 학교로 가려고 자리에서 일어나 현관문쪽으로 나왔다. 담임선생님이 나와 계셨기에 허락을 청구하였다.

[[워, 찐취 싱뿌싱?]] (나 들어가도 되요?)
[[니 찐취 칸바.]] (들어가 보시오.)

정말 답답하고 안타까웠다. 나는 나가겠다고 하는데 선생님은 들어가라고 하니. 이상하네? 왜 나가게 못하게 하지? 나는 더욱 당당하게 말하면서 대문을 손으로 가리켰다. 그때서야 선생님께서 나가라고 하면서 [[니 요우 추취야.]] (밖에 나가려고 해요?) 하면서 해석해 주었다. [[쩐]]은 들어가는 것이고 [[추취]]는 나가는 것이라고. 나는 [[쩐]]만 알고 [[추취]]를 몰랐던 것이다. (进, 出) 다른 언어를 배우려면 부끄러워 말고 보조적 언어를 써 가면서라도 해야 한다. 내말이 틀리리라는 것은 의심할 바 없는 것이다. 우리 둘은 같지 않은 언어를 써 왔기 때문이다. 절대 창피 하다고 생각 하지 말아야 하는데 내자신이 창피하게 느껴진다.

또 한 번은 이런 일이 있었다. 주말에 집에 갔다왔다. 밤자습이 되서야 교실에 들어섰다. 친구들이 어떻게 왔냐고 물었다.

[[치 궁궁 치처 래이 더.]] (버스 타고 왔어.)
[[니 저뭐 치 궁궁 치처야?]] (어떻게 탔냐고?)

중국어에서 [[치(骑)]]는 동물이고 [[쮀(坐)]]는 동력으로 만든 기계를 말한다. 한국어에서는 [[타다]]로 통용 되고 있다.

한번은 이런 일이 있었다. 밤자습 때 화장실에 갔다왔다. 앞에 앉은 친구가 물었다.

[[와벤 샤 쉐마? - 外边下雪吗?]] (밖에 눈이 내리는가?)
[[응, 샤세 - 下血]] (응 피가 내린다.)

친구들이 화들짝 놀랐다. 웬일이냐고? 어쩌면 피가 내리냐고. 하느님이 아무리 노여워도 피를 내릴수 있냐고? 친구들이 이상하지?

왜 저렇게 말하지?

[[워 쉬더 스 샤쉐 - 我说是下鞋]] (내가 말한 것은 신발이야.)

친구들은 더 놀려댔다. 이번에는 하나님이 더 노여워서 신발을 내려 보냈네. 이때서야 내 발음이 틀렸다는 것을 알았다. [[쉐, 쉐 세]] 발음과 성조에 따라 글자도 다르고 뜻도 완전히 달라진다.

또 한번은 이런 일이 있었다. 겨울의 어느날, 숙소 당번이어서 밤 자습을 하지않고 숙소의 화덕을 피워야 했다. 화덕을 피우느라 싱 갱이질을 하고 있는데 3학년 5반의 당번이 와서 6반의 당번은 오지 않았냐고 물었다.

[[따 거 메이 라이 - 大哥没来]] (꺽다리는 아직 안왔는데.)

[[나스 니 다 거마? - 那是你大哥吗?]] (갸는 네 형이냐?)

[[뿌쓰 - 不是]] (아니?)

[[나니 전뭐 쉬 쓰 따거니? - 那你怎么说是大哥那?]] (그런데 왜 형이라 고 해?)

[나는 [[거얼]]이라 했지 [[따거]]라 하지 않았어. [[따 거얼]]은 꺽 다리라는 뜻이고 [[따거]] 는 형님이라는 뜻이야, 뜻이 완전히 다르 지 않네] 라고 설명을 해 주었다. 중국어에 [[얼]] 음이 들어가는 것 이있다. (大哥, 大个儿)

나는 이렇게 부딪치고 느끼면서 중국어를 배워 나갔다. [[배움의 뿌리는 쓰다]] 말의 뜻을 진정으로 알게 되었다. 단어를 많이 모르면 중국어로 사유하기가 힘들다. 한국어로 사유하여 번역하고 말할려면 속도가 늦다. 중국어의 문장 성분과 한국어의 문장 성분은 같지 않다. 중국어는 주어와 술어가 같이 앞에 놓이지만 한국어는 주어가 앞에 있고 술어가 뒤에 있다. 중국어의 보어는 술어뒤에 놓이고 상황어도 술어 뒤에 놓인다.

유감스럽게도 나는 초중 1학년 다니고 [[문화대혁명]] 이라는 쓰나미에 휩쓸렸다. 중국의 엄청난 재난 이였다. 문화대형명 전까지 (1960년) 동남아는 같은 스타트선상에 있었다. 그러나 중국은 십 년이나 그자리에 머물고 싱가포르, 대만, 한국, 일본은 비약적으로 발전하여 아세아의 작은 용으로 불리웠다. 중국은 십년 대동란 시기 교육을 버렸다. 지식인들이 이어 나갈수없이 뚝 끊기어 황폐하였다. 초중2학년 진학시험을 끝마치었다. 로어가 87점, 국어가 60점, 수학 40점이었다. 두개 과목이 60점 이하면 낙제하게 된다. 담임선생님은 성적이 내린 6명 학생들을 불러 놓고 낙제를 통보 하였다. 나한테는 자신의 결정에 따른다고 하였다. 정말 뜻밖의 좋은 성적이였다. 배움의 쓴 맛을 잘 알았다. 이렇게 되니 공부에 신심이 생겼다. (그때 우리학급 68명이었다.)

나는 어려서 부터 그림에 흥취가 있었다. 중학교에 간 후 그림을 잘 그려 미술 써클에 들어가 기량을 닦았다. 장차 화가의 꿈도 키웠다. 좋은 꿈은 길지 않다. 1968. 8. 18 정든 모교를 떠나야 하였다.

배움의 단 맛을 보자마자 문화대혁명이 일어나 졸지에 희망이 물거품으로 사라지고 말았다. 황당하기 그지 없었다. 겨우 초중 1학년 배우고 2년 동안 혁명한다고 거리로 뛰쳐 나왔고 이제 와서 느닷없이 집으로 가라는 것이다. 공부는 여기에서 끝난 것이다. 언제 공부할지 앞날이 아득해 보였다. 모택동 주석은 청년들은 광활한 농촌에서 단련하고 의지를 키우라고 지시를 내렸고 정부에서도 그에 따라 학생들을 몽땅 농촌에 내려보내 빈하중농의 재교육을 받으라는 것이였다. 하루 아침에 전국적으로 초중, 고중, 대학생들을 몽땅 농촌에 내려 보낸 것이다. 울며 겨자먹기로 이불짐을 싸가지고 집으로 돌아가게 되였다. 도시 학생들도 예외는 아니였다. 단련하라면서 편벽한 농촌으로 보내였다. 우리 동네에도 안산학교에 다니던 학생, 영구학교에 다니던 학생, 개현 학교에 다니던 학생 세 학교에 다니던 학생 80여 명이 집으로 돌아왔다. 갑자기 동네가 활기에 차 넘쳤다. 하루사이 무식촌이 지식촌으로 탈바꿈 하였다. 저수지에 갇혔던 물이 수문을 열어 놓으니 사품치며 일사천리로 흘러 내렸다. 그때로부터 성숙되지 못한 지식분자들이 굴레벗은 망아지처럼 행방불명 헤매였다. 환향한 학생들은 그래도 부모 피줄을 이어받아 본분을 지키려 하지만 하향한 학생들은 절망과 환상 속에서 우왕좌왕 하였다. 17살 소년으로 전혀 준비 없이 상상도 못했던 사회로 진출하였다. 나는 어디로로 가야하나? 어떻게 해야하나? 미궁에 빠졌다. 길이 보이지 않았다. 가시덤불이였다.

2000. 10. 진도 호텔에서

안도만보신흥촌

한국에서

제1부 순리대로

⑥

삶의 방황

농촌에 내려온 첫해가 열일곱살이었다. 엄벙덤벙 하다나니 1968
년도 다 지나가고 새해가 시작되었다. 봄은 예전과 같이 약동 하는
봄이였다. 산과 들에 꽃이 피여나고 아지랑이 아물 거리고 밭갈이
하는 뜨락또르의 구성진 엔징 소리가 논밭에서 메아리쳐 온다. 계절
은 누가 재촉하지 않지만 때가 되면 찾아 오는 것이다. 봄은 세상을
찾아 왔지만 나는 반갑지 않았다. 아침해가 동산에 떠오르면 산촌마
을은 고요해 진다. 언녕 노동력이 일터로 나갔기 때문이다. 오직 나
혼자만이 파랗게 젊어서 동네를 지키고있었다. 그러니 어찌 고독이
아닐 수 있겠는가? 일 못하는 나로서는 사람들 보기가 창피하고 부
끄러워 밖에 나가지 않고 집구석에 처박혀 있었다. 늙으신 아버지와
어머니, 그리고 나, 온 가정이 일도 못하고 집안에 있었으니 말이 아
니였다. 온집 식구가 놀고있으니 부모님도 나의 장래에 대하여 걱정
은 하면서도 아무런 내색을 내지 않았다. 나는 아침이 되면 빨리 저
녁이 되기를 학수고대 하였다. 저녁이 되면 밥을 대충 먹고 친구네
집에 가서 놀다가 깊은 밤이 되서야 돌아오곤 하였다. 그때 나는 밤
이 낮보다 좋았다. 그러나 해가떠서 지는 것을 어찌 막으랴. 고독하

게 집에 있으면 별의별 생각을 다 하게된다. 세상에서 가장 두려운 것이 고독이다. 죄인을 감옥에 넣는 것도 고독을 주기 위해서다. 나는 장애가 되여 살아가는 것이 죄스럽게 느껴졌다. 왜 하필이면 다리가 없어졌노, 손 하나 없어 지지, 혹은 눈 하나 없어지지, 다른 데나 좀 아프지. 하면서 자신을 원망하기 시작하였다. 장차 나는 무엇을 하면서 살아가야 하나? 고민하기 시작 하였다. 상점의 점원, 생산대 회계, 동네 의사 이 몇 가지였다. 그것 조차 내가 들어갈수 없는 자리였다. 이미 사람이 다 찼기 때문이였다. 농촌에서 무엇을 할수 있는가 곰곰히 따져 보았다. 아무리 머리를 굴려 보아도 답안이 없었다. 내가 이렇게 계속 살아야 하는가? 이렇게 산다는 것이 무슨 의미가 있는가? 나는 나의 삶에 대하여 진지하게 생각해 보게 되었다. 그러나 길이 없었다. 전혀 보이지 않았다. 고민에 고민 나는 자신을 포기하기 시작하였다. 오늘 밤을 지내고 나면 내일 나는 무엇을 하지? 나에게 할일이 없다. 모든 것이 원망스럽고 귀찮았다. 벌써 모내기가 시작되었다. 새별을 이고 일하러 가고 달을 이고 집으로 오는 시기라 밤이 되었어도 친구 집에 놀러 갈 수도 없었다. 고민은 더욱 깊어만 갔다. 누가 나를 도와 줄 수 있는가? 창천에 대고 소리쳐도 대답이 없다. 이렇게 살바에 차라리 죽는게 났겠구나. 하는 생각이 뇌리를 쳤다. 열여덟살 꽃나이에 나는 자결을 선택하였다. 어쩔 수 없는 선택이였다. 내 앞에는 희망이라는 길이 없었다. 친구들은 년말이 되면 일한 몫으로 부모들이 얼마큼 떼여 주겠는가 돈타령을 한다. 그러나 나는 일언방구도 못한다. 친구들과 나는 마치도 딴 세상에서 사는 사람같이 느꼈다. 언제쯤이면 내가 할수 있는 일자리가 생기겠는지 묘연하였다. 신심이 점점 줄어드는 것이었다. 일도 못하고 집에 있는 양부모를 보면 더욱 죄송스러웠다. 부모님이 모아논 돈으로 지금 살아 간다치고 이제 일년 더 지나면 아무리 아껴쓴다 해도 거들 날 것이다. 그런데 아직 일자리가 없지 않는가? 나도 돈을 벌고 싶다. 그러나 현실은 나를 외면 하고 있다. 생각 할수록 천길 낭떠러지로 떨어지는 것만 같았다. 하나님이시여! 나에게는 앞길이 없습니까? 나는 어떻게 살아가야 하나요? 우리 부모를 장차 누가 부양해 주겠나요. 나는 부모 한테 용돈 달라고 해본 적이 없다. 구정 때 친구들은 부모 한테서 옷 한 벌 얻어 입지만 나는 고작해서 양말 한컬레였다.

4월의 어느날, 나는 골방에서 일어나지 않았다. (우리집은 방 한칸, 부엌 한칸으로 방을 칸막이를 하여 내가 뒷방을 썼다.) 나는 아프다는 핑게로 누웠다. 이튿날 어머니는 아프더라도 밥 한술 뜨고서 누워 있으라고 하였다. 사흘째 되던날 아버지가 이상한 느낌이 들었는지 내방으로 들어와 아프면 병원에 가라고 하였다. 그래도 일어나지 않았다. 도대체 무슨 일이냐고 물었다. 무엇이든 말해보라는 것이었다. 그래도 말하지 않으니 아버지는 더욱 화가 났다. 아버지가 씽하니 밖으로 나가버렸다. 좀 있더니 아버지가 괭이를 들고 내방으로 들어왔다.

[[네이놈, 일어 날 것이냐, 안일어 날 것이냐?]]

나는 아무 대꾸도 하지않고 눈도 뜨지 않은 채 누워 있었다.

[[이놈의 새끼, 나 죽고 너 죽자, 나도 오늘 부터 밥을 먹지 않을 테니까!]]

[[이놈새끼, 일어나지 않으면 구들을 몽땅 파헤쳐 버릴테다.]]

아버지의 최후 통첩은 창천을 가르며 나의 가슴을 때려 주었다. 아버지가 나를 위로해 줄줄 알았는데 이렇게 무섭게 호통칠 줄은 몰랐다. 강대강 기싸움이었다. 사람들은 고민이 한 곳으로 모이면 이 판사판 최후의 선택을 하게 되는 것이다.

[[이놈아, 나도 살기 좋아서 사는줄 아니? 나라고 안타깝지 않겠느냐? 나도 살기 싫다. 생산대에 찾아가서 말해 보았지만 마땅한 자리가 없다하니 난들 무슨 수가 있겠느냐? 기다려 보자구나, 네가 지금 이렇게 된 것을 누구를 원망 하겠느냐? 나를 원망 할래, 아니면 죽은 네 형님을 원망 할래? 난들 어떻게 하겠니?]]

아버지는 괭이를 구들에 팽개치고 울었다. 사내인 아버지가 가슴에 서린 한을 터뜨렸다. 마치도 화산이 폭발한 듯 하였다.

[[난 그래도 네놈을 믿고 살았다, 네가 없으면 우리는 어떻게 살겠니? 차라리 너 따라 죽겠다.]]

어머님도 말없이 흐느꼈다. 이때 옆집 김지서가 큰 방에서 몇 마디 말씀을 하셨다.

[[야, 상곤아, 생각해 봐라. 네가 이러면 아버지랑, 엄마랑 더 속상

할 것 아니냐? 자리 털고 일어나 아버지께 빌고-. 일자리야 차차 생기겠지. 좀 기다려 봐. 이왕 기다렸으니.]]

　어머니가 옆집 김지서를 부른 것 같았다. 사실상 내가 이렇게 된 것은 누구를 탓할 수 없는 노릇이다. 이것은 나의 운명인 것이다. 그리고 일자리는 찾노라면 있을 것이다. 내가 이렇게 죽는다면 어머니와 아버지는 어떻게 살아가겠는가? 내가 죽는다면 사람들은 얼마나 나를 욕하겠는가? 자기가 편안 하자고 부모를 버린 놈이라고, 어버지와 어머니가 나를 이렇게 태산 같이 믿는 줄을 처음 알았다. 부모가 나를 이렇게 믿는데 왜 죽음을 선택했지? 어리석게도 부모님 앞에서 굶어 죽겠다고 생각 한 것이 정말 창피 스러웠다. 그렇게 무서웠던 아버지가 미더운 아버지로 바뀌었고 존경스러워 보였다. 이 일을 통하여 아버지가 나의 마음 속 고통을 알고 있었구나를 알았다. 부모의 마음을 알게되니 마음이 후련 하였다. 나는 내가 할 수 있는 일자리를 기다리면서 무엇이라도 해야 하지 않겠는가? 그리하여 초중 1학년 때 배우던 책들을 꺼내어 다시 읽어 보았다. 그것도 하루 이틀 지나니 싫증이 났다. 책정리를 하다가 [[집 없는 소년]]이란 책을 발견하였다. 나는 난생 처음으로 소설책을 읽었다. 정말 재미있었다. 또 다른 책을 읽고 싶었지만 문화대혁명 시기라서 책이란 책은 모두 반동이거나 황색이라고 하여 불살라버렸다. 대신 모택동 저작으로 서재를 채웠다. 통계에 의하면 세계적으로 성경책이 제일 많고 다음 모택동 저작책이라 한다. 동네에 책이 돌고 있는데 암거래를 하여서 알기쉽지 않고 빌리기도 쉽지 않았다. 나는 나의 밑천 [[집없는 소년]]과 [[강철은 어떻게 단련되었는가]]로 책거래를 시작하였다. 나는 교환되는대로 닥치는 대로 읽기 시작하였다. 세계명작, 중국 당대 명작, 남한, 북한 책을 읽으면서 인생 철학을 공부하게 되였다. 아울러 문학의 씨앗을 가슴에 뿌려 놓았다. 책 속의 주인공 처럼 말하고 행동하고 생각하고 싶었다. 이런 모양이 세상 물정을 알아가는 체험장으로 수확여행 이었다. 삶의 방황에서 안정을 찾았다. 롤모델도 있게 되었다. 책 속의 주인공처럼 역경을 이겨내고 성공하고 싶었다. 책은 나로 하여금 인간을 알고 사회를 알게 하는 철학 공부였고 생활의 활역소였다. 더는 자신을 괴롭히지 않고 긍정적으로 생각 하게 되였다. 나보다 힘든 사람도 살아가는데 왜 내가 삶을 포기하려 했는가? 오스뜨롭스끼는 마지막에 실명까지 했지만 [[강철은 어떻게 단련 되였는가]]를 써냈다. 책을 읽으면서 나는 감동을 많이 받았다. 나는 묘사가 잘된 구절, 속담, 성구, 격언 등을 필기장에 적어 두기도 하고 독후감도 써놓 곤 하였다. 책을 읽을 수록 작가들이 존경스러웠고 나도 그런 작가가 될 수 없겠는가 생각해 보기 시작하였다, 점차 절망속에서 나와 작가의 꿈을 키웠다. 작가가 된다면 얼마나 좋겠느냐, 돈도 벌고 이름도 나고 붓대 쥐고 일할 수도 있고. 그런데 작가는 어떻게 되지? 목표는 있는데 가는 길이 없다. 어느 길로 가야 하는지? 겨우 소학교를 졸업하고 작가는 무슨놈의 작가란 말인가? 올라가지 못할 나무 바라보면 무엇하랴. 그런데 고리끼, 안데르쎈, 고옥보 모두 소학도 졸업 못했잖아. 나도 않된다고 할수 없잖아. 목표를 정하고 노력해 보자. 그렇지만 어떻게 가야 하는지 그길을 전혀 모르잖아, 돌멩이를 석달 열흘 품으면 닭알이

나올가? 황당 하고 허무한 일이 였다. 부풀어 오른 환상은 구름인양 바람이 부는데로 흘러만 가는것이였다. 꿈은 좋은데 깨여나면 현실인 것이였다. 나는 [[부식]]이란 일기체 소설을 읽고나서 크게 느꼈다. 나도 일기를 써서 이후에 정리하여 소설을 써보자. 그로부터 일기를 썼다. 그러나 일기를 쓴다하여 작가가 되는것은 아니다. 지금 생각하면 유치하다. 경물묘사, 인물묘사, 언어묘사, 눈으로 보고, 귀로 듣고 느낀 것을 그때그때 적어 놓았다. 사실상 이런 것들은 인간을 알아가는 과정 이였고 절망을 희망으로 바꾸어 가는 과정 이였다. 세상에 태어나기도 쉽지 않은데 나를 소중히 여기면서 나에게 생명을 준 부모에게 효도 하면서 살아가리라 결심 하였다. 작가라는 원대한 이상을 품고 뛰어보자. 필기장에 좌우명을 써넣었다.

  [[범은 죽으면 가죽을 남기고 사람이 죽으면 명성을 남긴다.]]
  [[쥐구멍에도 볕들날이 있다.]]

1970. 4. 28 학교에서 교원 한명을 초빙 하는데 할수 있냐고 촌서기께서 소식을 보내왔다. 그런데 새로 부설 하는 학전반 선생님이고 대과교원이라는 것이였다. 나의 신체로 보아서 매우 적절 하였다. 지금 형편으로 보아 더운 밥, 찬밥 가릴 신세가 아니였다. 그러나 배운 것이 없어 아이들을 잘 가르칠 수 있겠는가? 걱정되었다. 그때는 잘못 하면 선생님 한테 별명을 잘 선사 할때여서 부모님들이 견디여 낼 수 있을가 우려 되었다. 내가할 수 있는 일자리는 분명한데 두려움이 앞서는 것이였다. 내가 잘 가르친다면 이런 걱정은 할

필요가 없을것 같았다. 5월 1일 부터 학전반 선생으로 출근 하였다. 대과교원이였다. 정말 기분이 좋았다. 어쨌던간에 일자리가 생긴 것으로 신이 났다. 그때 사회적으로 선생을 폄하하는 시기였다. [[훈장 똥은 개도 안먹는다.]], [[집에 쌀 한돼 있어도 훈장노릇 안한다.]]는 말이 유행어였다.(家有一斗粮 , 不当小孩王) 그러나 선생이란 직업은 나에게 생계를 이어가는 유일한 수단이였다. 평생 이 교단에서 살아 남기위해 최선을 다하리라. 이것은 나의 유일한 신성한 직업이다. 하나님이 나를 돕는구나, 나에게 기회를 주었구나, 이렇게 되여 19살 나이로 교편을 잡아 61살에 퇴직을 하였다. 장장 42년 이란 세월을 교육 무대에서 춤을 추었다. 학교는 나의 삶의 터전이였고 교육실험 기지였다. 나는 절망 속에서 완전히 벗어나 진정한 꿈을 향해 매진하였다. 직업이 있게 되어 부모님을 부양 할 수 있게 되었고 가정도 이루었다.

7

배 떠난 부두가

1973. 10. 1 우리는 결혼을 했다. 그때 나는 대과 교원이였다. 나의 직업이 확정된 것도 아니고 생산대에서 년말에 결산하는 방법으로 년봉을 지불하였다. 현찰로 300원 좌우였다. 어머니와 아버지는 완전히 일손을 놓은 상황 이였다. 아버지는 천식 기관지염으로 여름에는 그럭저럭 괜찮은 편이였지만 날씨만 차면 어느 계절이건 숨이 차서 밖에 나갈 수 없었다. 어머니는 혈압이 높은 데다 어지럼증까지 있어 허리를 굽혔다가 일어나기 힘들어 하였고 관절염도 엄중하였다. 우리 집안이 안정적이 못되었다. 나의 직업이 확정되지 못한 상황이고 부모는 늙으셨고 나 또한 장애인인데 누가 나한테 시집오겠는가? 나는 열심히 살아야 한다. 일정한 실적을 쌓아 사회적으로 인정을 받을 때 그때 결혼 상대가 나타나면 떳떳이 청혼할 생각이 있었다. 1973,3금방 개학을 하였는데 형수님을 통해 (김남순) 소개가 들어 왔다. 형수님은 우리 조건이 우월한 것이 아니니 누가 시집 오겠는가? 그러니 지금 소개가 들어 올때 선볼 것을 권유하였다. 여자측은 가정이 곤난하여 일찍부터 일했다면서 고생을 많이 한 사람이라고 한다. 아버지는 촌의 지부서기 였는데 반신불수가 되였다는 것

이다. 형수님은 이일을 성사시킬 의향이었다. 형수님은 이 일을 먼저 우리 부모님께 알리고 나에게 마지막으로 공략하는 전술을 펼치였다. 저 그니까 만나보고 결정 하라는 것이였다. 나에게 최후 결정만 남겨둔 것이다. 여자측에서는 고모될 사람이 나서는데 외모는 중요하지 않고 사람만 똑똑하면 된다는 것이다. 그리하여 형수네 집에서 맞선을 보기로 하였다. 여자의 고모와 같이 나왔다. 형수네 집은 비워 있었다.

[[나의 상황도 알고 가정 형편도 알것인데 어떻게 나왔나요?]]
[[그런 것들은 중요하지 않아요, 일처리를 잘하고 똑똑 하면 되요. 돈이 없으면 벌면 되요. 문제 될 것이 없어요.]]

모든 것이 각오가 되여 있었다. 그 시기는 전기가 자주 끊기여 석유 등을 켰는데 그래도 오늘 만큼은 특별한 대우라고 촛불을 켜 주었다. 알른 거리는 촛불, 사람의 그림자가 커졌다 작아졌다 하면서 우리를 놀리고 있는 듯 하였다. 어둑스레 한데서 똑똑히 볼 수가 없었다.

[[부모를 모셔야 해요, 늙으신 분이에요, 직업자리는 온정 되는 듯 하나 돈을 많이 못벌고 아직까지 대과교원이예요.]]
[[다 각오 했던 바예요. 저도 할아버지, 할머니를 모셔 보았어요. 그리고 삼촌이랑 같이 살았던 것이예요.]]
[[일년에 얼마나 벌어요?]]
[[동네에서 여자들 중에서 최고로 벌어요.]]

모든 것을 감안하고 나하고 살겠다는 확신성을 내비치였다. (신체도 좋기에 돈도 많이 벌었겠지.) 나도 반대할 이유가 없었다. 내일 다시 만날 것을 약속 하고 헤어졌다. 집에 오니 형님과 형수님이 계셨다. 형수님이 내 얼굴을 보더니 웃으면서 말했다.

[[기분이 좋은 것을 보니 일이 잘 된것 같네.]]
[[내일 다시 만나기로 했어요.]]
[[내일 만나면 기념사진을 찍자고 해봐, 만약 안찍겠다면 싫다는 뜻이야. 사진 찍자면 동의 한다는 뜻이다.]]

형수님이 꼬드기였다. 이튿날 우리집에서 만났다. 농사철이기에 이틀후 집으로 가겠다는 것이다. 그리고 아버지를 고모네 집에 그냥 두고 떠난다는 것이다. 우리들의 관계를 어떻게 유지하느냐에 대하여 의논하면서 내일 시간이 되면 기념사진을 찍지 않겠냐고 제안 하였다. 제안을 하자 고민도 하지 않고 선뜻이 동의 하였다. 자기도 집에가서 어머니에게 교대하기 난감 하다면서 사진이라도 보여주면 좋지 않겠냐고 생각 했다는 것이었다. 목적이 같은 것이었다. 사진 찍는 목적은 같으나 그의 용처는 같지 않았다. 흔히 이런 일이 나타나는 것이다. 장모될 사람이 고모 말도 못들어 보고 사위될 사람도 못보고 어찌 동의 하겠냐고? 이튿날 우리는 사진 찍으러 갔다. 사진은 후에 부치기로 하고 떠났다.

일주일이 지나서 사진이 나왔다. 그길로 사진을 보냈다. 떠날 때 나한테 어떻게든 어머니를 설득해 보겠다고 하였다. 편지를 보내고 받는 시간이 한달 걸렸다. 넉달이 지나니 여름 방학이 되었다. 여름 방학에 선생님들은 학습반에 참가해야 하므로 떠날 수가 없었다. 차비를 보내 줄테니 나한테로 오라고 하였다. 그랬더니 올 수 없다면서 어머니를 보낸다고 하였다. 가슴이 철렁 하였다. 어찌된 일인가? 자기가 어머니를 잘 설득 시키겠다고 걱정 하지 말라는 것이었다.

장모될 분이 오셨다. 처고모네 집에서 만났다. 어제 밤에 왔다는 것이었다. 아침 식사를 끝내고 장모가 뒷산에 가서 가서 이야기 나누자고 하였다. 뒤동산 마루에 앉아 서로 자기의 생각을 터놓고 이야기 하였다.

[[말을 건네보니 사람은 똑똑하여 나무랄데 없는데 어떻게 이렇게 되었는가? 만약 성한 사람이였다면 우리 딸을 쳐다도 안볼 사람이 ……. 너무나 아까운 청년이구만.]]

장모될 사람은 내 손목을 붙잡고 눈물을 흘리였다. 그 눈물은 나에게 큰 충격을 주었다.

[[만약 산다면 아마 우리 딸이 사위한테도 잘할 것이고 부모님도 잘 모실 것이오. 내가 그렇게 해왔으니 딸이 본 것도 그것 뿐이니까. 딸님이 안왔다고 섭섭해 말고 내일 저녁으로 상견례를 하고 결혼날까지 잡기오.]]

속이 후련하였다. 장모가 반대 하면 어쩌나 하고 조마조마 했는데 상견례를 하고 결혼날까지 결정 짓자하니 이보다 더 좋은 일이 어디 있겠는가! 체증이 내려간 듯 하였다. 산골짝으로 바람이 솔솔 불어와 나의 머리를 쓰다듬어 주었다. 서쪽 바다에서 오고가는 똑딱선이 정겨워 보였다.

1973년 우리는 결혼 했다. 결혼 생활이 시작되었다. 나는 아무런 부담없이 사업에만 전념 하였다. 나는 일요일, 방학, 명절도 없이 학교에 가서 책을 보고 수업 준비를 하였다. 나는 눈코 뜰새 없이 공부하랴, 문학연구도 하랴, 교육도 연구하랴, 론문도 쓰랴, 학생작문 콩클도 지도하랴, 공개수업 준비도 하랴, 나에게는 하루 24시간이 모자랐다. 나의 머리에는 오직 하나 빠른 시일 내에 나의 실무 수준을 최고로 끌어 올리는 것이다. 나의 실무 수준은 몰라보게 변하고 있었다. 나는 사업 미치광 이였다. 처음에는 생존을 위해 노력 했다면 10년 후에는 전문화 하는데 노력 하였다. 1976년 [[사인방]] 을 숙청한 후 중국은 개혁개방을 하여 전에 없던 책들이 쏟아져 나왔다. 지식의 바다에 뛰어들어 마음껏 책을 볼 수 있게 되었다. 목마른 사람이 물마시듯 교육연구에로 전환되기 시작하였다. 나는 친구들과 별로 다니지 않았다. 고작해야 일년에 서너 번 이었다.

나는 집에 와서 구들 한번 닦아 본적 없고 마당 한번 쓸어 본적 없었고 전원의 풀 한포기 뽑아 본적 없었다. 집은 나의 여관이었고 식당이었다. 이로 인하여 마누라가 불평 한마디 한 적 없었다. 1984년 교무주임으로 발탁 되었다. 이학기 교장이 료녕성 당교에 학습

갔기에 학교의 모든 것을 책임지였다. 그러다나니 시간적 여유가 더욱 없었다. 심지어 학교의 손님들을 주숙 시키고 식사까지 안배 하였다. 집에서 주숙 하면 학교 돈을 많이 절약 할 수 있었고 시간도 절약 할 수 있었다. (우리집과 학교는 100미터 밖에 안되었다.) 여관과 식당이 멀리 떨어져 있어 매우 불편하였다. 그러고나니 마누라는 여관 주인이자 식당 주방장이였다. 우리 학교에는 손님이 많았다. 영구, 안산, 심양, 무순, 잡지사, 출판사, 일보사 등 외지에서 오는 손님들은 집에서 접대하게 되었다. 하루밤을 투숙 해야 하였기에 별 방법이 없었다. 나는 학교를 위하여 일을 했고 마누라는 나를 위하여 일을 했다. 그러면서도 수고비 달라는 소리를 하지 않았다.

1997, 5, 16 와이프가 아파서 병원에 가니 큰 병원에 가서 검사 해보라는 것이였다. 그레서 큰 병원에 갔더니 선천성 심장병에 간경화 복수라는 판정을 받았다. 심장병은 수술 할 수 있지만 간경화 복수는 불치병으로 중국에서 지금까지 치료 할 수 없다는 것이었다. 이미 복수까지 진행되였기에 반년이나 일년 밖에 살 수 없다는 것이였다. 청천벽력이 아닐 수 없었다. 이제 마흔일곱인데, 웬 날벼락인가? 의사는 큰 병원에 가보아도 같은 진단이 나올 것이고 치료방법도 없을 것이라고 하였다. 그러니 여기저기 다니면서 헛돈 쓰지 말고 환자가 먹고 싶은 것을 사주라는 것이 더좋다고 하였다. 나는 몰래 눈물을 흘렸다. 마치 줄 끊어진 구슬마냥 눈물이 하염없이 쏟아져 내렸다. 선천성 심장병이 간경화 복수를 초래 하여 다시는 복원될 수가 없게 되였다. 나는 자신을 한없이 원망했다. 자신이 사업만

제1부 순리대로

하느라고 마누라 한테 너무나 등한시 하였다. 결국 나를 믿고 따라준 사랑하는 여자를 버리게 되였구나. 아직 살날이 멀었는데, 자식들이 이제 막 사회에 진출하여 돈벌기 시작 했는데 죽을 병에 걸리다니, 세상은 공평하지 않구나. 어떻게 이런 불행이 우리 한테 덮쳐들가? 정말 기가 찰 노릇이다. 나의 론문이 신문에 발표되고, 료녕성 우수교사, 소학교 초고급 교원 되기까지 마누라가 뒷받침 해 주었기에 가능 하였다. 마누라는 명실공히 내조의 여왕이였다. 부부사이 한사람이 성공하려면 한사람은 희생품이다. 대방의 피와 땀, 마음을 딛고서 일어선 것이다. 그런데 그런 고귀한 여인이 불치병에 걸렸으니 통탄할 노릇이다. 차라리 나를 데려가지. 나는 성공한 사람이니 지금 죽어도 여한이 없다만, 그렇게 바꿀 수 있다면 얼마나 좋으랴! 남편이 짜증을 부려도 불평없이 물심량면으로 도와 주었고 이제 살만 하니 하늘로 올라가라니, 하늘도 무심하구나. 이제는 하루가 새롭구나.

이제 남은 시간 정성을 다 하리라! 여관이란 간판, 식당이란 간판 떼어 버리고 우리 둘만의 공간으로, 휴양지로 만드리라. 집에서 책을 보지않고 글을 쓰지 않고 휴무일에는 집에서 마누라와 같이 시간을 보냈다. 짜증도 내지 않고 마누라가 하자는대로 파란등을 켜 주었다. 마누라의 생명을 최대한 연장 해 보려 하였다. 그렇게 해서라도 내가 평시에 돌봐주지 못했던, 지켜주지 못했던, 죄책감을 싰어 보려 하였다. 마누라는 일요일마다 시내에 가서 물건을 사오라고 명령 하고는 꼭 따라 나서곤 하였다. 매주 한번씩 택시타고 시내에 갔다오곤 하였다. 나는 기꺼이 친구가 되여 주었다. 나의 죄책감을 달래고 곧 내 곁을 떠나게 될 사람에게 좋은 추억을 남겨 주고 싶었다. 아마 마누라도 마지막 길에 나의 사랑을 무척이나 바랬던것 같았다. 마누라는 지금 처럼 사는 것을 원했을 것이다. 같이 있고 싶었고 쇼핑도 하고싶었고 음식도 만들어 먹고 싶었던 모양이다. 병든 사람 같지 않았다. 언제나 웃음이 얼굴에서 떠나지 않았다. 하루를 살아도 쾌활하였다. 나는 마누라의 즐거운 모습을 깨기 싫어 병명을 알려주지 않았다. 소화제, 혈압약 이라고 속였다. 개주시에서는 재정이 곤난하여 일년에 두석달 밖에 봉급을 주지 않았다. 집에 돈이 고갈난 지가 오래였다. 다행이 큰아들이 회사에 다니면서 엄마의 치료비를 대주었다. 간경화 복수엔 단백질만한 주사가 없다. 단백질 주사만 19병을 맞았다. (한 병 500원) 그때 나의 월급이 98원이었다. 경제 실력이 없으면 단백질 주사를 맞힐 수 없다. 큰아들은 치료비를 댈 테니 한시간아라도 살릴 수 있다면 그렇게하라고 하였다. 마누라는 다섯차례 입원 했는데 매번 7, 8천 원씩 치료비가 들어 갔다. 마누라는 지갑에 500원만 있으면 불안하여 돈이 없다고 큰아들 한테 전화를 걸었다. 그러면 큰아들은 이튿날로 대련에서 내려와 돈을 주고 갔다. 효자라도 이런 효자가 없다. 마누라는 이런 효자를 두고 떠나야 하니 얼마나 가슴이 미여지겠는가! 무심한 병은 이런 효자도 모르고 계속 침투해 왔다. 삼년째 되니 아랫 배가 표나게 불어 났다. 복수가 빨리 진척 되였다. 2000년 5월이 되니 석달 임신부 같았다. 병원에 가니 이제부터 진척이 더 빠를 것이라고 알려 주었다. 숨도 가쁠 것이고, 부증이 생길 것이고, 마지막에는 피를 토할 것이라고 하였다. 이때면 통증이 심하니 두링딩이라는 주사를 준비 하는 것이 좋다고 알려 주었다. 나는 어렵게 두링딩 마취제를 구해 놓고 림종 시 통증이 나면 한대씩 주사했다. 몇일 지나니 통증도 공제 할 수 없었다. 몸 간신조차 힘들어 하였다. 이제는 마지막 준비를 하였다.

큰아들이 둘째를 집으로 불러 들였다. 어머니의 치료비는 내가 책임질테니 너는 집으로 돌아가 아버지와 같이 어머니의 마지막 길을 잘 보내 드리라고. 작은아들은 광주의 대만 기업에 출근한지 반년밖에 안 되였는데 과장 승진을 코앞에 두고 집으로 돌아왔다. 병세는 하루가 다르게 위중하였다. 낮에는 둘째가 돌보고 밤에는 내가 돌보면서 번갈아 교대하였다. 몸은 퉁퉁 부어 다치기만 하여도 터질 것만 같았다. 그래도 마누라는 정신줄을 놓지 않았다. 이제는 마지막이구나 생각 하니 더욱 측은해 보였다. 둘째와 같이 병구완 하니 마누라는 매우 만족해하였다. 둘째가 어머니 한테 애교를 부리면 통증을 참는 얼굴에도 서글픈 웃음이 력력하였다. 두가지 병이 겹쳐서 약을 쓰면 호상 부작용을 일으켜 까다로웠다. 마지막 두달은 병원에서 약을 받아와 집에서 링겔 주사도 놓고 진통제 주사도 놓아 주었다. 마누라의 병이 막바지에 다달았다.

[[여보, 내 병이 심장병만 아니지? 또 다른 병이 있지? 이제는 말해주어요.]]

나는 더는 숨길 수가 없었다. 그래도 마지막 가는 길에 자기의 병을 알고 가는 것이 바람직 하지 않을가 생각하였다.

[[응, 다른 병이 또 있어, 간경화 복수야, 그렇지만 고칠 수 있어.]]

　　[[아, 오래 버티고 살았구나, 두 아들 한테 감사하고 당신한테도 감사해!]]

　　마누라는 눈물을 흘렸다. 마지막 뒷일을 처리 할려고 작심 한듯 하였다.

　　[[여보, 미안해, 당신의 존재를 잊고 사업만 하다니니 지금이 지경이 되었어. 이제 와서 후회 한들 무슨 소용 있겠어. 내가 이렇게 성장 한 것은 당신 덕분이야. 당신이 전적으로 밀어 주었기에 성공했어. 그런데 그 은혜를 다 갚지 못했는데 ……. 정말 미안하오.]]

　　우리 둘은 서로 부둥켜 안고 울었다. 이 울음은 후회, 믿음, 양해, 이해의 눈물이었다. 나의 성공은 마누라가 쌓아 올린 보탑이었다. 나는 후회의 눈물을 흘렸다. 생명은 보귀하다. 한번 가면 다시는 부활 할 수 없다. 하고픈 말 많고 많지만 그저 두마디.

　　[[감사하고, 미안해.]]

　　마누라는 곧 저세상에 가면서도 나를 양해하는 것이였다. 마누라는 내가 성공 하는 것이 자기의 행복이라 하였다. 마누라의 버팀목이 없었더라면 김상곤의 오늘이 있었을가!? 마지막 한주일, 마누라는 나를 붙잡고 두번이나 울었다.

　　[[여보, 당신 놔두고 가기 싫어, 내가 죽거들랑 다른 여자 받아

　　　　　　　　　　　　　　제1부 순리대로

들이지 말고 큰아들 따라가서 살아. 그새 당신이 나한테 너무나 잘해 주었어요. 당신이 사업만하고 집안을 버린 것을 다 갚았어, 감사해.]]

[[당신이 원하는데로 해줄테니 걱정마.]]

2000. 11. 23 마누라는 숨을 거두었다. 한가정의 주부로서 남편의 성공을 위하여 고스란히 몸 바쳐 온 그 여인은 너무 지쳐서 잠자러 갔다. 마누라는 위대한 여인이었고 현처량모한 여인이였다. 그는 비록 내 곁을 떠났지만 내 마음 속에 영원한 위대한 여인으로 살아 있다.

우리집은 부유한 가족이 아니였다. 부모가 물려준 재산이라고는 초가 세칸이었다. 양부모는 일찍 일손을 놓으셨고 우리 둘이 벌어서 여섯이 살면서 빚이나 겨우 면하는 형편이였다. 문화대혁명 시기 전력이 공급되지 않아 초롱불을 켰다. 그렇지만 마누라는 초를 상자채로 사다놓고 불을 켜게하였다. 가정 형편을 보아서는 촛불 켤 상황은 아니지만 나를 위하여 촛불을 공급 하였다. 마누라가 마련해준 촛불 덕분에 나는 성장하였고 밝은 미래를 향해 달려갔다.

[[이번에 회의 갈 때는 내가 좋은 옷을 한벌 해 드릴 게요.]]

회의 가게 되는 날 마누라는 새로 나온 디카 천으로 옷 한벌을 해 주었다. 감동적이었다.

[[무슨 돈으로 만들었소? 내가 이런 옷을 입을 형편이요?]]

[[도적질한 돈이 아니니까 마음 놓으세요. 밖에 나가 초라하면 내 낯이 깎여요. 알겠어요? 서방님.]]

회의에 가보니 나와같이 입은 사람이 두명밖에 없었다. 내가 너무 좋은 옷을 입었구나. 너무나 돋보이였다. 한번은 겨울에 출장 가게 되었다. 마누라가 옷장에서 외투를 꺼내 놓는 것이었다. 어이가 없었다. 내가 외투를 입을 상황이 아니다. 그 해 신 유행 옷이어서 가격이 만만치 않을텐데 ,이왕 사왔으니 입어 보라는 것이였다. 마누라는 입혀보고 앞으로 보고, 뒤로 보면서 매우 흡족 해 하였다. 어려운 살림살이에 일 전이라도 쪼개 쓰면서 나한테는 아낌없이 모든 것을 고스란히 바쳤다. 내가 사회적으로 인정 받고 옷매무시도 잘해서 격에 떨어지지 않게 하려고 무척 애를 썼다. 집에서는 나를 큰애기 다루 듯 하였다. 그이는 내 곁을 떠났다. 내 사랑을 제대로 받아보지 못하고…. 나는 배 떠나는 부두가에서 돌아오지 못할 그대를 그리며 하염없이 눈물을 흘렸다.

8

날아든 봉황

첫사랑은 나를 버리고 하늘 나라로 갔다. 나는 배떠난 부두가에서 구슬피 우는 갈매기 신세가 되었다. 목놓아 울어도 첫사랑은 돌아오지 않았다. 황천길에 오르면서 심심 당부하던 말이 내귀전에 메아리 친다.

[[다른 여자를 찾지 마요. 누가 나처럼 당신을 거들어 주겠소.]]

28년 살아오면서 나는 사업만 하느라고 바빴고 그이는 나를 성공시키기 위해 온 정력을 쏟아 부었다. 정말 일편단심이었다. 그 성공을 만끽하지 못하고 떠났으니 가슴이 메여진다. 나는 그 은혜를 갚지 못해 늘 죄송스러웠다. 그의 병을 발견 했을 때 이미 늦었다. 그래도 다행 3년이란 생명을 연장시켜 주었고 그의 병을 구완 할 수 있어 사랑의 빚을 조금이 나마 갚지 않았는가 안위하고 있다. [[나는 행복 했어요. 당신의 사랑을 듬뿍 받았어요. 당신은 나한테 진빚을 다 갚았어요.]] 라고 말하면서 내 품에서 숨을 거두었다. 한번 왔다 가는 인생, 인간 세상은 사람들이 머물렀다 가는 곳이다. 이것이 이치가 아니겠는가. 그러나 나는 현실을 떠나지 못하고 집에만 들어오면 마누라의 모습이 떠오른다. [오늘도 수고 했어요] 하면서 밥상을 차리는 것 같았다. 이제는 잊어야 하면서도 떨쳐버리지 못하였다.

한달 좀 지나서 동네 아주머니가 나한테 소개 해주겠다면서 조건도 좋고 인물도 괜찮으니 만나보라고 하였다. 나는 단호히 거절하였다. 아직 그런 생각 생각이 없다고, 얼마 후 형수님이 찾아 오셨다. 여자가 우리 동네의 친척집에 와 있는데 인물도 좋고, 신체도 좋고, 생육을 못해 이혼했으니 한번 만나지 않겠냐고 하였다. 재혼할 생각이 없다하니 아직도 떠난 사람 못잊어 그런가? 산사람은 살아야지, 되건 안되건 만나 보고 결정 하라는 것이었다. 나는 만나보고 싶지 않다고 거절하였다. 형수님은 아쉽다면서 발길을 돌렸다. 큰아들, 작은 아들도 어머니의 마지막 길을 보내고 자기의 일터로 출근하러 떠났다. 혼자 덩그러니 집을 지키게 되었다. 적막하고 쓸쓸하다. 큰아들이 열흘이 멀다하게 집에 오곤 하였다. 한달에 서너 번씩 다녔다. 그렇게 오지 않아도 된다고 하였다. 2001년이 시작되었다.

[[아버지, 아무래도 새엄마가 있어야 되겠어요.]]
[[난 아직 그런 생각이 없다.]]

구정이 지났지만 큰아들은 집에 자주 들리 였다. 4월에 들어서면서 정식으로 문제를 제기하였다.

[[우리 집에 남자 셋이나 있는데 먼저 장가갈 사람은 아버지에요. 내가 장가갈 때 아버지 혼자 상 받으면 쓸쓸 해요, 그러니 순리대로

풀어야 해요.]]

아들의 말을 거절 할 수가 없었다. 확실이 순리대로 풀어야 한다.

[[새엄마를 데려오면 반대할 사람이 외켠이라고 생각되요. 그래서 구정 지나서 외켠에 전화를 해주었어요. 아버지 혼자 사는 것이 너무 구차해 보인다고요. 그러니 아버지께서도 두려울 것이 없지 않나요.]]

나는 아들의 치밀한 계획에 놀랐다. 아들은 이렇게 말해 놓고 떠났다. 일주일 후 또 집에 들렀다. 자기가 수소문 하여 보았는데 그쪽의 사정이 너무 좋다는 것이었다. 새엄마의 남편이 병고 하였고 딸둘 데리고 혼자 산다는 것이었다. 큰딸은 시집갔고 작은 딸과 같이 상해에서 일하고 있다는 것이였다. 독신이 된지 육년이 되었다고 하였다. 그리고 새엄마 될 사람의 집 주소와 전화 번호를 주면서 연락을 해보라는 것이었다. 아들의 간절한 부탁이기도 하고 여기까지 진행하였는데 거절 할 수가 없었다. 재구성한 가정을 보면 두집 가정의 자식 때문에 다시 갈라지는 경우가 많다. 아들이 나서서 찾은 새엄마 이리만큼 큰 문제는 없을 것 같았다. 그래서 새엄마 될 사람한테 편지를 썼다. 인생은 드라마, 사랑은 기다림이다. 그렇게 많은 여자 중에서 오직 그 한 사람을 선택하는 것이다. 그 기다림이 없었더라면 어떻게 만날 수 있겠는가. 첫 편지에 나의 신체 상황, 경제 상황을 자상히 소개하였다. 이내 답장이 왔다. 편지에 나의 정황을 대체적으로 알고 있다는 것이었다. 그래서 자기는 모든 것을 감안하고 있다고 하였다. 그리고 자신의 상황을 자상히 소개하였다. 나의 편지를 받고 가탈을 부릴 줄 알았는데 마음에 준비가 되어있다니 놀라지 않을 수 없었다. 나에게 신체상 치명적인 약점이 있는데 그것을 받아들였다는 것이 아니겠는가! 우리는 서로 알아가기로 하였다. 상해와 개주는 이천리가 넘어 편지가 오가는데 20일이 넘어야 했다. 그리하여 시간을 단축하기 위하여 긴급 우편으로 서신래왕을 하였다. 편지가 몇번 오가자 잔화하기로 하였다. 칠월 중순에 여름방학을 하게 되니 만나자고 하였다.

2001. 7. 31 대련에 가서 상해로 떠나게 되었다. 큰아들이 대련역에 마중나왔다. 아들은 나를 보더니 너무 누추하다고 백화점에 가서 옷 한벌 맞추어 입히고 벨트까지 갖추어 주고 현찰 1500원을 주면서 새엄마 만나러 가는데 돈이 없어야 되겠냐며 차표까지 끊고 기다렸다. 8.1 상해에 도착 하였다. 큰아들 친구가 역에서 기다리고 있었다. 역전 식당에서 간단히 식사를 하고 아들 친구의 회사에 갔다. 밤 늦게까지 이야기를 나누었다. 이튿날 큰처남을 만나러 갔다. 모든 것이 잘 풀리어갔다. 삼일째 되는날 나는 짐을 챙겨서 그이 한테로 갔다. 큰 딸과 사위, 작은 딸을 만나게 되었다. 서로 첫 만남이어서 서먹서먹 하고 따분하였다. 별로 할말이 없었다. 나흘날 저녁 와이프는 자기의 여친들을 초대하였다. 5일째 되는 날 떠나올 기차표를 예약하러 가겠다고 하였다. 이때 와이프도 같이 가겠다고 하였다. 나는 놀랐다. 뜬금없이 같이 가겠다는 것이었다. 놀러 가겠다는 것인지 합가하겠다는 것인지 그 뜻을 읽어 낼 수가 없었다. 이제 가

면 영원히 상해를 떠나니 내일 회사에 가서 사직서를 내겠다는 것이 었다. 이틀동안 뒷일을 처리하고 8일 되는날 와이프 [정애]는 짐을 챙겨서 나와 같이 동행을 했다. 상해는 시발역 이여서 열차가 대기 하고 있었다. 와이프는 열차에 몸을 실었다. 나는 플렛홈에서 아이 들과 부탁의 말을 주고 받았다. 딸들은 이별의 눈물을 흘렸다.

[[어머니를 잘 부탁해요.]]

사람들은 이렇게 이별의 슬픔을 안고 살아가는 것이다. 짝을 잃었 던 두 중년 남녀는 새고로 여정을 시작하게 되였다. 슬픔과 아픔을 털어버리고 새로운 행복을 찾아 떠났다. 서로의 상처를 치유하면서 마지막 동반자로 될 것을 언약하면서 상해 - 대련행 열차에 몸을 실 었다.

집에 도착하였다. 집만 지었지 인테어를 하지 않았다. 와이프는 집안을 둘러보고 할일이 너무 많다고 하였다. 친구들은 급급히 결혼 등기를 하지말고 천천히 지내다가 등기해도 늦지 않다고 하였다. 그 러나 나는 그렇게 생각 하지 않았다. 친척도 없이 인연도 없이 이 고 장에 나를 보고 온 것인데 문전박대는 할 수 없다. 9. 27 우리는 결 혼 등기를 하였다. 와이프는 인테리어를 제안 하였다. 부엌과 화장 실은 몽땅 타일을 붙이고 거실과 작은 방에는 스팀을 설치하고 화 장실에 연탄 난로를 놓고 천장도 하자는 것이였다. 이렇게 하자면 7~8천원 들어야 하는데 어디에서 이런 큰 돈이 있는가? 이후 차차 로 하자고 하였다. 그랬더니 자기가 가져 온 돈으로 하자는 것이었다. 정말 낯 깎이는 일이었다. 어차피 평생 살집이니 자기 마음에 들게 집을 수리하겠다는 것이었다. 보름동안 계획한데로 멋있게 인테리어를 끝냈다. 와이프는 또 다른 제안을 내놓았다. 집동쪽으로 공터가 있으니 원채보다 좀낮게 창고를 짓자는 것이었다. 이것은 웬 홍두께냐? 자기가 마지막 투자를 하여 창고 겸 닭우리를 짓자는 것이었다. 또 2000원을 투자하였다. 창고를 다 짓고 나니 당신이 출퇴근 하는데 올리막이 있어 불편 할 것이라며 오토바이 살 돈을 내주었다. 나를 얼마나 사랑했는지 오토바이를 사준다니 정말 감동적이였다. 이제 나는 당신의 포로가 되였구나!? 나는 이 사랑에 보답하기에 노력해야 할 것이 아니냐. 새생활은 이렇게 시작되였다. 와이프는 사랑을 위하여 모든 것을 쏟아 부었다.

이듬해 4월 청명이 지나서 장에서 병아리 50마리를 사왔다. 병아리들은 하루가 다르게 컸다. 열흘이 안되여 병아리들은 솜털을 벗고 날개가 돋아났다. 보름이 지났을가 하루 아침에 일어나니 병아리들이 몽땅 살해당했다. 족제비의 작간이 틀림없었다. 애지중지 키워온 병아리가 이렇게 봉변을 당할줄이야 꿈에도 생각을 못했다. 어이가 없고 화가 날 일이였다. 그길로 창고의 곳곳을 틀어 막고 장날에 가서 또 50마리를 사다넣었다. 그리고 강아지 두마리를 사다 놓았다. 그런데다 친구가 한마리 갖다주어 세마리가 되였다. 병아리와 강아지들이 잘 자랐다. 10월이 되니 병아리는 완전히 어미 닭이 되였고 강아지들도 큰 개가 되였다. 닭들은 알을 낳기 시작했다.

우리집 정원에는 너비 6메터, 길이 10메터 밖에 안되였다. 집 동쪽에는 길과 잇대여 있는데 집으로 들어 오는길 양쪽에는 채송화를 심어 놓았고 남쪽 공지에다 대추나무, 사과나무, 앵두나무, 자두나무, 복숭아나무를 심어 놓았다. 길목에는 무궁화나무를 심어 놓았다. 정원에는 상추, 토마토, 가지, 고추를 심어 놓았다. 앵두꽃이 필무렵이면 자두꽃, 복숭아꽃이 피고 그 다음 대추꽃이 피고 그 다음 아카시아꽃이 핀다. 아카시아꽃이 지면 무궁화꽃이 핀다. 무궁화꽃은 채송화꽃과 같이 서리가 내릴때까지 핀다. 산등성이의 닭우리에는 닭들이 흙을 파헤치며 벌레를 잡아먹고 개들도 닭우리 안에서 뛰놀고, 가을이 되어서 자두가 익어가고 대추가 익어가고 고추가 빨갛게 익어 갈때면 정원은 정말 풍요롭다. 생기가 넘쳐난다. 아름다운 수채화였다.

한 집안의 흥쇠는 여인에게 달렸다. 여자가 융통성 있게 집안의 경제를 잘 조절 한다면 그 집안은 흥하게 된다. 집안이 확 바뀌고 정원이 정결하고 짐승들이 잘 크고 채소가 잘 자라고 과일나무가 잘 크는 환상의 지상락원 이였다. 오년 사이 두 아들 장가를 보내고 작은 딸 시집을 보냈다. 우리들은 황혼 빛에 물들어 가지만 봄을 맞는 기분이였다.

와이프는 료녕에 와서 작은 어머니와 형수님의 생일을 꼭 차려 주었다. 자식들이 집에 없어 쓸쓸해 한다면서 우리 집에서 생일상을 푸짐히 차려서 대접하였다. 우리집 가문에 웃어른이 두분 밖에 없지만 우리를 무척 사랑하였다. 작은 어머니는 햇콩이라고 우리 집에 가져다 주곤 하였다. 형수님은 큰일이건 작은 일이건 우리집에 와서 의논하였다. (형수님은 2015. 9. 6 별세) 우리집은 친척들의 정류소였고 중재소였다. 와이프는 우리집에 발을 들여 놓은지 얼마 안되었어도 다 좋아 하였다. 처음 여자도 잘 들어왔는데 이번 여자도 잘 들어 왔다고 칭찬이 자자 하였다.

2001. 9. 1 우리 학교가 영구시로 합병하면서 나는 국가의 체제로 하여 따라가지 못하였다. 이듬해 3월1일 서해향 중심소학교 업무 교장으로 발탁되였다. 2003. 9 서해향 중학교 총무주임으로 발탁되였다. 어디를 가나 우리집에는 그 학교의 선생님들이 끊이지 않았다. 매번 접대에 손님들이 만족해 하였고 우리 집에 초대 받는 것을 영광으로 생각 하였고 와이프는 중국말을 못하지만 열정과 정성으로 처려주어 선생님들이 만족해 하였다. 지금도 한족 선생님들을 만나면 꼭 안부를 묻곤 한다. 와이프 [김정애]는 우리집에 날아든 봉황이다.

처녀봉에서 가족 사진   2003. 5 장모와 처남들

2015. 5 벗꽃필 때 방배동

2003. 3 상해에서

⦀⦀⦀ 성공에 대하여

성공은 작은데서 부터 시작된다. 사실 우리는 걸음마 타는 것으로 성공했다. 그러나 그것을 느끼지 못했다. 당신은 지금 이순간에도 성공하고 있을 것이다. 위대한 사람의 성공담을 외우는 것보다 자기가 실천해 나가는 것이 더욱 중요하다. 하나씩 하나씩 성공을 쌓아가다 보면 어느날 당신은 얼마나 대단한지 발견하게 될것이다.

실패는 성공을 낳고 성공은 더 큰 성공을 탄생 시킨다. 성공을 진정으로 느끼는 자만이 새로운 것에 도전하고 성공을 이룬다. 새로운 도전은 끝이없다.

성공을 하면 사람들은 칭찬을 아끼지 않는다. [[전문가]]는 명예가 새겨 있지 임자가 없는 것이다. 스포츠에서의 메달과 같다. 누가 이 [[전문가]] 라는 메달을 가져가는 가는 각자의 노력에 달려 있다. 무엇이던 성공 하다 보면 [[전문가]]가 된다.

성공할려면 즐기라. 사랑 하라. 끝까지 가보라. 고비를 넘겨라. 체면도, 부끄러움도, 외로움도 모두 버리고 앞만 보고 가라. 제일 하기 싫을 때, 실패가 거듭될 때, 맥이 빠졌을 때, 조롱을 당했을 때, 포기 하지말라. 성공이 눈앞에 있다. 냉정 하게 자신을 해부하라. 이제 버리면 평생 후회 할 수 있다. 자신을 편달하라

제2편

나의
활동무대

나는 학교라는 활무대에서 교육을 만끽 하였다. 큰 꿈을 꾸고 노력해보았다. 큰 꿈을 위하여 차곡차곡 경험을 루적 하였다. 그 과정이 즐거웠고 행복하였다. 이 와중에 너를 알았고 나를 알았고 사회를 알게되었다. 인간의 참됨이 무엇인가 알아가게 되었다. 나는 매일마다 성찰하고 새로운 것에 도전 하였다. 교육사업에 종지부를 찍고 돌아보니 아이들은 사랑으로 키우고 약속으로 믿음을 쌓고 격려와 용기를 주는 것이 우리 교육자들의 핵심사업이라는 것을 알았다.

리외철 선생님의 수업장면

김경숙 선생님의 수업장면

리원녀 선생님의 수업장면

김란숙 선생님의 수업장면

① 학교의 변천

내가 어린 시절 보냈던 모교는 나의 보금 자리다. 소학교 1학년부터 6학년 까지 다녔고 5년 후에 다시 돌아와 30년 동안 이곳에서 교편을 잡았다. 모교는 나의 활동 무대였다. 모교는 어머니 품인양 나를 안아주었고 웃음, 슬픔, 희망이 교차되여 인생 노래를 엮은 다큐멘터리였다. 지금 학교 건물은 없어 졌지만 사람들의 추억속에 영원히 살아 있을 것이다.

조선 사람들은 그 어딜 가나 교육을 잊지 않았다. 1949, 2 조선 사람들이 역전 남쪽에 초급 소학교를 창립 하였다. 초창기 3개 학급에 70여 명 학생이 있고 세명 교원이 있었다. 김영세께서 교장으로 있었다. 명색이 학교라지만 서당식이였다. 책상 걸상도 없어 가마니 때기를 깔고 무릎을 책상으로 삼았다. 선생님들의 봉급도 학부형들이 모아서 주었다. 돈 있는 사람은 돈으로 주고 돈 없는 사람은 쌀로 주었다. 이것이 초창기 학교의 실태였다.

1950. 5개평현 교육국에서 최명국을 교장으로 임명 하였다. 1952년 여섯개 학급에 243명 학생이였고 교직공이 11명이였다.

학교 이름을 개평진 제3 완전 소학교로 고치였다. 1953년 동해산채향 (东海山寨乡) 조선족 소학교로 개칭하였다. 1958년 화원택향 (花园坨乡) 조선족 학교로 개칭 하였다. 1956년 정부에서 경비를 조달하여 쌍천안 앞동네에 560여 평방메터의 새교사를 지어 역전으로 부터 이사를 왔다.

　1958년 대약진 시기 학생들은 오전에 수업을 하고 오후에는 생산노동에 참가하였다. 학교에는 벽돌공장을 차렸고 양, 돼지, 토끼 등 가축을 길렀다. 1960년에 서해향 내에 쌍위, 쌰뗸, 훙치, 둥하이, 시하이, 이따뚜이 (上峪, 下店, 红旗, 东海, 西海, 一大队) 등 6개 중국 소학교가 창립되였다. 서해향 내의 모든 학교는 조선족 학교의 령도를 받았다. 우리 학교만 교장겸 서기가 있고 다른 학교에는 교무주임만 두었다. 우리 학교가 서해향 중심 소학교였다. 이시기에 전화가 없었다. 교장이 각 학교에 연락을 할려면 6학년 학생을 불러서 쪽지를 써서 각 학교에 통신을 보냈던 것이다. 1959년 연속 3년 재해 (수재, 한재, 충재)를 겪고 소련의 빚을 갚느라고 전국민이 가난과 기아에 허덕이었다. 통계자료에 의하면 그때 굶어 죽은 사람이 2000만명이 넘었다고 한다. 그때 사람들은 먹을 것이 없어 나무껍질과 벼뿌리까지 먹었다. 삼년 재해가 끝난 것이 다행이었다. 1963년 삼년 재해가 끝나고 원상 복귀 되었다. 그러나 원기가 회복 되기도 전에 1966년 난데 없는 문화대혁명이 일어나 전국이 대혼란에 빠지였다. 학교는 공부를 하지 않고 공장에서는 생산을 하지않고 거리로 뛰쳐나가 혁명한다고 낡은 건물을 짓부시고 간부들을 모조리 잡아내여 반혁명 모자를 씌우고 자리에서 물러나게 하였다. 홍위병이 정권을 잡았다. 학생 홍위병들은 완장을 두르고 기차, 버스, 륜선 등 교통 공구를 공짜로 타고 전국 각 지를 마음껏 누비고 다녔다. 명목은 각지의 혁명을 학습한다는 것이었고 위대한 수령을 만나 보려고 간다는 것이다. 모주석은 천안문에서 홍위병을 8차례나 접견 하였다. 이때부터 중국은 개인 숭배를 하게 되었고 우상화를 하게 되였다. 집집마다 모주석 초상을 걸었고 사람마다 모주석 어록책을 지니고 다녀야 했고 곳곳에 모주석 동상을 조각 하여 놓았다. 모택동을 신격화하였다. 매일마다 충성 생활 회보회가 있었다.

1966. 5. 16 문화대혁명은 류소기와 등소평을 잡는 것으로 시작하여 1971. 9. 13 [[림표반혁명 사건]]이 일나고 1976 [[4인방]]을 잡아 내면서 (왕홍문, 장춘교, 요문원, 강청) 문화대혁명의 막을 내리었다. 문화대혁명은 시간이 길고 피해가 너무 커서 상처가 깊었다. 가장 중요한 것은 십년동안 교육을 버려 새로운 문맹이 기하급수로 늘어났다. 소학교 부터 대학까지 모택동 자작을 학습하였다.그래서 소학생이나 대학생이나 같은 문맹이었다. 교육은 교육대로 황폐해졌고 경제는 경제대로 피페해졌다. 문화대혁명은 혼란이였고 대동란이었다. 사람들의 마음은 모래성 처럼 무너지기 시작히였다. 1971년 국가에서 빈하중농을 위한다고(계급성분이 낮은 층) 그녀들의 자녀들을 가까운 곳에서 공부시켜 부담을 덜어 주라는 지시가 떨어 졌다. 그래서 우리 조선족학교에 몇몇 안되는 한족을 위하여 한족반을 설치하였다. 정말 웃기는 일이였다. 한족반에 조선아이들도 들어가 공부 하

게 하니 더욱 가관이었다.학생들이 조선말과 중국말을 뒤범벅으로 만들어 놓았다.

1976년 성, 시, 현에서 자금을 조달하여 앞뒤동네의 산등성이에 새학교를 건축하였다. (부지면적 3995평방메터, 건축면적 1936 평방메터) 그리고 초중부를 부설 하였다. 1970년 혼란스런 문화대혁명을 겪으면서 우리 조선족 학교의 중심학교 지위가 유명무실 하게 되였고 1978년에 우리 학교를 단독지부로 하였다. 서해향 내에 우리 학교가 단독지부가 되면서 9개 한족 학교를 합쳐서 중심소학교를 건립하고 교장과 서기를 두었다. 우리 향내에 두개의 중심 소학교가 있게 되면서 두분의 교장이 있게 되고 그후 초중이 건립되면서 교장이 세분이 있게 되였다. 1978년 우리 학교는 전성기였는데 11개 학급이 있었다. 소학부 6개 학급, 한족반 2개 학급, 초중부 3개 학급이 있었다. 학생이 375명, 교직원 24명 (초중부 11명 교원)이었다. 1981년 초중부를 영구시 조선족 고중에 합병 시키고 1982년 한족반을 가까운 한족 학교에 전학 시켰다. 그리하여 조선족 학생들만 공부하는 소학교를 복원 시켰다. 1983~1995년까지 평온 하고 모든 면에서 뛰여난 시기였다. 1996~2000까지 년년마다 학생수가 급속히 줄어 들면서 학생래원이 고갈 상태였다. 학교가 폐교 될때까지 1700여 명을 졸업시켰다. 우리 학교는 료녕성적으로 큰 학교에 속하였다. 1982년 개혁개방 하면서 조선족들이 밑반찬 장사를 떠나면서 돌봐줄 사람이 없는 학부형들은 자식들을 데리고 떠났다.그 후 장사 보다 식당이 이윤이 더 많다고 경영방식을 바꾸기 시작 하였다. 몇 년이 지나니 중국 내의 장사를 접고 국외로 눈길을 돌리기 시작 하였다. 한국에 가서는 약장사를, 러시아 가서는 옷장사를 하였다. 한국에서 약장사가 잘 안되니 노동력을 팔아 돈을 벌고 있었다. 돈을 벌어 시내에 다 집을 사니 학생들이 줄어 들게 되였다. 결국 폐교 지경까지 이르렀다. 사회발전의 흐름이다. 지금은 자녀들을 한국에 데려다 공부 시키고 있다. 중국에서는 일자리 찾기가 힘들어대학을 졸업하고 한국에 와서 취업을 하고 있다. 이럴바에는 어려서 부터 한국에 적응시키기 위해 공부 시키겠다고 자식을 한국에 데려오고 있다. 중국에 교포가 200만 있는데 한국에 와있는 교포가 70만 좌우 된다고 한다. 시골에는 늙은 부모들이 텅빈 고향을 지키고 있다. 그래서 시골학교가 폐교되고 있다.

조선사람들은 일제 식민지 시기 살길을 찾아 1930년대 대량으로 중국 동북 3 성에 (만주)이주 하여 왔다. 만주는 땅이넓고 인가가 드물고 밭을 일구어 살아 갈수 있다고 소문이 자자하였다. 조선 사람들이 인가가 드문 시골로 물맥을 찾아 보짐을 풀어 놓았다. 조선 사람들은 유대인 처럼 교육을 중시하기에 몇사람 모여도 서당을 차리거나 학교를 설립하였다. 중국에 사는 조선 사람들은 불모지에 부락을 건설하고 학교를 지었다. 정착을 하게되면서 입소문이 퍼져 만주에 오게 되였고 연변 조선족 자치주에 집결 되였다. 연변 조선족 자치주에는 함경도, 자강도, 량강도 사람들이 많고 흑룡강, 료녕성에는 황해도, 전라도, 강원도 사람들이 많다. 연변 사람들은 함경도 말을 많이 쓰고 흑룡강과 료녕성성에서는 전라도와 강원도 말을 많이 쓴다. 1990년 까지만 하여도 연변 조선족 자치주에는 68 %가 조선족이었는데 지금은 38%밖에 안된다고 한다. 인구 비례에 나타나듯이 조선족 학교의 학생수도 줄어든 것이다. 중국의 대중도시에 교포가 20만 좌우 살고 있다고 한다. 조선족들이 개척한 시골도 점차 사라지고 한족 들이 채워지고 있다. 중국 교포들은 고향 떠난 외로움을 달리고자 1960년대 중반부터 자발적으로 [[3. 8]]부녀절을 기념한다는 구실로 남녀노소 몇날 며칠 먹고 놀던 시절도 사라진듯 하다. 1995년부터 2000년까지 [[3. 8]] 부녀절이 자취를 감추더니 지금은 사라진듯 하다. 짚신이 사라진 것처럼. 이것이 중국에 살고 있는 교포들의 문화, 교육에 큰 변화가 일어 나고 다는 것을 입증 하고 있다.

　　　　　　　　　　　　　　　제2부 나의 활동 무대

■ 학교 이름과 위치

시간	학교 이름	위치	비고
1949. 2	서당	개주시역전광장남쪽	학교창립초기
1953. 5	개평진6소학교	개주시역전광장남쪽	
1956. 5	동해산채향조선족학교	개평현서해쌍천안촌	
1958. 5	화원택향조선족학교	개평화원택향쌍천안	
1962. 3	개평현서해조선족학교	개평현서해쌍천안촌	
1976	개현서해조선족학교	서해쌍천안촌산마루	
1993	개주시서해조선족학교	개주시서해쌍천안촌	

‖‖ 1976. 8~1981. 8   초중부를 영구시 조선족고중으로 합병

‖‖ 1978. 8~1982. 8   한족반을 부근 한족학교로 합병

■ 교장 서기 역임표

시간	성명	직무	비고
1949. 2~1950. 5	김영세	교장	
1950. 5~1966. 8	최명국	교장, 서기	1960. 3~1963. 8 .서기
1963. 8~1965. 8	박라산	서기	비공개
1965. 8~1984. 3	김재선	교장, 서기	1971. 8~1984. 3. 서기
1984. 8~1985. 9	리학기	교장	1987. 8~1994. 8 전직서기
1986. 11~2000. 9	김상곤	교장, 서기	1995. 8~2000. 9 서기

■ 교감 역임표

시간	성명	직무	비고
1950. 5~1951. 8	리갑진	교 감	
1951. 8~1952. 8	정원규	교 감	
1952. 8~1984. 5	김의식	교 감	1984. 5 웅악전진소학교 조동
1957. 3~1965. 8	박라산	부교감	1965. 8 영구시조선족중학 발령
1977. 9~1984. 8	리학기	부교감	1978. 8 부교장/ 1987~1994 전직서기
1977. 9~1991	전주섭	부교감	1983. 8 병퇴/ 1991 병고
1977. 9~2000. 9	김점수	부총무	회계
1984. 10~1985. 11	김상곤	교 감	1985. 11 부교장으로 발탁
1988. 3~1992. 3	정영자	교 감	1992 출국
1992. 5~20015. 5	박명옥	교 감	

■ 학교 영예

영예	시간	발급부문
근공검학선진학교	1981. 1	료녕성교육청,료녕성 재정청
영구시 선진학교	1986. 3	영구시 인민정부
영구시 선진가장학교	1990. 5	영구시부련, 영구시교육국
영구시 민족교육 선진학교	1990. 11	영구시교육국
영구시 덕육공작 규범화 학교	1993. 12	영구시교육국

1976년 앞동을 완공

1979년 교사가 준공

2000. 9 영구시 고중에 합병된후 유치원과 1, 2학년

1988. 8 연변예술극장에서 [[북병창]] 공연 중
(최룡화 선생님이 안무)

연변예술극장 앞에서

1) 교무주임의 발탁과정은 먼저 교장의 추천서를 향정부에 올려야 하고 향향정부에서 비준서를 교육국에 보내고 교육국에서 심사 비준을 하여 당안관에 보관하고 해당 학교에 통보하면 절차가 끝난다.

2) 교장과 서기의 임명 절차는 교육국 당위 반공실에서 그 학교에 내려가 민의 측험을 하고 후보자의 학교 운영에 대한 소견을 듣고 향정부의 의 견을 수렴하여 최후 교육국에서 후보자의 프로필을 전시적으로 공개하여 열흘이내 반대하는 의견이 없으면 교육국에서 심사 비준하여 문건으로 전시으로 각 학교에 통보한다. 그리고 문건을 당안관에 보관한다.

3) 같은 [[우수교사]] 증 이지만 부문에서 발급 한것과 정부에서 발급하는 차이가 있다. 정부에서 발급하는 것이 한급 높다.

4) 교육계통에는 인사국에서 비준한 교원이라야만 국가의 정규직이고 다른 것은 비정규직이다. 정규직은 요구하는데만 있으면 갈 수 있지만 비정규직은 갈 수 없다. 2005년부터 비정규직을 없애 버렸다.

5) 중국의 소학교는 한국의 국민학교와 같다. 중국에는 9월에 진학한다. 대학 입시시험은 7월에 한다. 중국의 학생감정은 한국의

생활기록 부와 같다.중국에는 생활기록부를 매학기 학생들에게
준다.

6) 중국에는 학교급별에 따라 소학교, 중학교, 대학교로 나뉜다. 학
   교급별에 따라 개개 선생님한테 조건에 따른 급별을 정한다. 3
   급,2급, 1급,고급으로 정하는데 소학교만 초고급 있다. 소학교
   초고급이면 중학교 고급과 같은데 상당히 대학교 부교수급이다.
   월급도 급별에 따라 국가에서 지불 한다. 행정급별로 주지 않는
   다. 다른 수당금이 없다. 현역이면 봉급이 많이 오르고 퇴직 후
   에는 적게 오른다. 한급씩 올라가기 위하여 무척 노력하고 있다.
   시간도 되여야 하고 공적도 있어야 한다. 도달하지 못하면 올라
   갈 수 없다.

②

운무 속의 길

1968. 8. 18. 나는 서관 완전 중학 (지금의 개주시 고중)을 졸업하고 농촌으로 왔다. 인생길에 첫발을 내디뎠다. 사실 나는 1965년 8월 중학교에 입학 하였지만 초중 1학년 다니고 문화대혁명이 일어나 2년밖에 공부 못하고 시간만 흘러 보냈다. 1968년 전국적으로 초중, 고중, 대학들에서 학생들을 한날 한시에 몽땅 졸업 시키고 농촌으로 내려 보냈다. 농촌에 있는 학생은 물론 도시에 있는 학생들도 모두 농촌에 내려 가게 하였다. 도시에 남은 학생들은 질병이 있거나 부모를 부양 할수 없는 무남독녀야 한다. 농촌에 갑자기 지식분자들이 쓰나미처럼 밀려들었다. 농촌이라는 철창속에 지식분자들을 가두어 놓았다.

학교다닐 때는 몰랐지만 농촌에 내려와 보니 앞길이 막막 하였다. 내가 할수있는 일은 없고 양부모는 일손을 놓아 살아갈 길이 막막 하였다. 동내에 초고중생들이 칠팔십명 왔으니 갑자기 마을이 욱적욱적 하였다. 초저녁이면 동네가 떠들썩 하였다. 삼삼오오 청년 학생들이 떼를 지어 다니면서 놀았다. 아침이면 청년 학생들이 논으로 일하러 간다. 점심밥까지 싸가지고, 30분도 안되여 인파가 썰물 빠지듯 나가버려 마을은 쥐죽은듯 조용 하였다. 나혼자만이 이 큰 마을을 지키는듯 하였다. 얼마나 적막하랴, 나는 처음으로 고독이 무엇인지 알았고 외로움이 얼마나 무서운지 알았다. 할일이 없고 말할 사람이 없는것이 얼마나 두려운 일인가? 이 어려운 시기를 견디여 내야만 하였다. 나는 무엇을 할것인가? 길이 보이지 않았다. ? 어느 길로 가야 하나? 하늘도, 육지도, 바다도 무연히 펼쳐져 있지만 내가 가야할 길이 보이지 않았다. 방황이다. 그래서 독서를 시작 하였다. 독서를 하면서 작가들을 숭배 하게 되였고 작가의 꿈을 꾸게 되였다. 이것이 내가 품은 첫 야망이였다. 어떻게 가야 작가가 될 수 있겠는가? 동네에 돌고 있는 책 몇권으로 나의 야망을 채울 수 있겠는가? 길은 보이는듯 하나 정녕 내가 갈 수 있는지? 미지수였다. 일자리는 없어도 욕망이 있어 안정은 되였지만 그 길이 너무나 묘연 하였다. 내 앞에는 밝은 낮이 없고 칠흑같은 밤뿐이였다. 밤이 깊을수록 새벽이 앞에 있다는데 먼동은 왜 아직도 트지 않는지?

드디어 1970. 5. 3 나는 동네 학교의 대과 교원으로 채용 되였다. 나는 드디어 일자리가 생겼다. 나는 어두운 밤을 물리치고 여명을 맞았다. 먼동이 희붐히 밝는다. 그때 나이 19살, 소년으로 부터 금방 청년으로 탈바꿈 하였다. 무등 기뻤다. 조롱안의 새가 하늘을 나는 기분이였다. 이제부터 나는 백수가 아니고 사회의 일원으로 정상인과 같이 노동자가 되였다. 학교에 가면 책도 많이 볼 수 있고 선생님 한테서 마음껏 배우겠구나! 상상과 환상 속에 푹젖어 있었다. 희망으로 부풀었다.기대가 너무 컷던 것이다. 학교에 출근 하였다. 교실에 들어가 보고서 아연실색 하였다. 교실이 수라장이 였고 장터보다 더 복잡 하였다. 내가 어린 시절 공부 했던 그때 와는 전혀 달랐다. 다른 세상이였다. 교과서도 없이 달랑 모주석 어록 책을 가지고 들어간다. 어느 과목이던 청편일률로 모주석 어록책만 읽는다. 무엇을 가르쳐야 한다는 목표도 없었다. 어떻게 가르쳐야 하는지 알려주는 사람이 없었다. 학교가 학교같지 않고 학생이 학생 같지 않으니 교육은 완전히 상실 되였다. 학생들이 얼마나 까부는지 종잡을 수가 없었다. 뒤의 학생을 제지 시키고 나면 앞의 학생이 일어나 떠들어 대고 앞의 학생을 제지 시키고 나면 뒤의 학생이 떠들어 대니 선생님의 말을 듣는 학생은 너댓명 밖에 안되였다. 떠들어대는 학생이 30 명이 넘으니 원시림을 방불케 하였다. 교편잡고 돈 번다는 것을 너무 안일 하게 생각하였다. 어떻게 하면 학생들이 내 말을 잘듣게 하겠는가? 어떻게 하여야 아이들의 흥취를 불러 일으키겠는가? 이 두개 문제가 큰 난관이였다. 나는 학생들과 소통 하면서 어떤 선생님을 원하는가? 선생님이 어떻게 하여야 학생들이 환영할까? 등 문제들을 내놓고 허심탄회 하게 이야기를 나누어 보았다.

[[선생이 학생을 가르치려면 선생이 먼저 학생이 되여야 한다.]]

교육가의 명언 이였다. 한달도 안되는 사이 학생들이 면양처럼 온순 해졌고 모든 면에서 극적인 변화가 일어 났다.

이렇게 지내던 어느날, 교무실 청소를 하다가 김화 선생님의 책상 서랍이 빠끔히 열려있어 보니 [[조선어 문법]] 책이었다. 나는 흠칫 놀랐다. 문법책이 있다는 말은 들었어도 정말 이런 책이 있는 줄은 몰랐다. 나는 금광을 발견한듯 기뻤다. 나는 어떤 방법을 써서라도 이 책을 빌려 보려고 작심하였다. 이런 책은 언녕 자본주의 황색 책이라고 매장 된지가 오래였다. 나는 매우 수요된다. 작가가 되려면 문법도 알아야 한다는 경험담을 책에서 본적이 있다. 나는 이 책만 얻으면 작가가 되는 것은 시간 문제라고 자신하였다. 기대가 엄청 컸다. 당장 작가가 된듯 하였다. 그러나 이 책을 빌려 보기가 쉽지 않을듯 하였다. 이런 책을 보관 하는 것만으로도 반혁명 모자를 쓸테인데, 소문이 날가봐 빌려 주겠는가? 어느날 교무실에 단둘이 있게되었다. 나는 용기를 내여 선생님 책상 앞에 다가가 살그머니 조용히 말하였다.

[[선생님 책상 서랍에 조선어 문법책이 있어요?]]

선생님은 눈이 휘둥그래지며 깜짝 놀랐다.

[[청소 하다가 보았어요, 제가 좀 빌려 볼 수 없을까요? 집에서만 볼게요. 며칠만 보게 허락해주세요. 이일을 절대 비밀로 해 드릴게요.]]

나의 간절한 부탁과 비밀을 지키겠다는 약속에 선생님은 책을 내주었다.

[[다음주 월요일에 돌려 주어야해.]]

얼마나 고마운지 나는 연신 고맙다고 하였다. 오늘이 수요일이니 다음 주 월요일이면 닷새동안 책을 볼 수 있는 것이다. 그날로 수첩을 사가지고 문법책을 베끼기 시작 하였다. 퇴근하여 집에 오면 이튿날 두 세시까지 베끼였다. 무슨 뜻인지 모르지만 무작정 베께 놓았다. 베께 놓지 않으면 이 책은 나를 떠나게 된다. 매번 빌려 볼 수 없는 노릇이다. 이런 귀한 책을 어디서 볼 수도 없고 어디서 살 수도 없으니 나의 사유재산으로 만들어 놓으려면 베끼는 방법 밖에 없지 않는가? 토요일과 일요일에는 밤낮으로 베끼였다. 월요일 나는 약속대로 선생님께 고맙다고 인사하고 책을 돌려 주었다. 나는 오매불망 바라던 문법책을 얻었다. 내가 문법책을 다 보고나면 글을 쓸 수 있겠구나! 흥분되여 잠도 제대로 잘 수 없었다. 그러나 책을 펼쳐드니 처음 부터 끝까지 아는 것이 하나도 없었다. 그림의 떡이였다. 사전도 없으니 독학 할 수가 없었다. 나는 사범학교를 졸업한 선생님께 조용히 여쭈어 보았다.

[[문법이란 무엇인가요?]]

선생님은 나의 물음에 의아한 눈길로 바라보면서 문법까지 배우지 못하고 농촌으로 왔다는 것이었다. 큰 기대를 갖고 물었더니 들려오는 메아리는 배우지 못했다는 것이였다. 나는 김화선생님께 물었다.

제2부 나의 활동 무대

[[형태부란 무엇인가요?]]

배운지가 너무 오래 되여 기억나지 않는다는 것이였다. 다른 선생님께 물어봐도 답변은 한가지였다. 문법책이란 금덩이를 얻었지만 배울 수가 없으니 손이 닳도록 밤잠을 새가며 베꼈는데 무용지물이 되여 버렸다. 가석하게도 서랍장에 넣고 잠재우는 수밖에 없었다. 언젠가는 빛을 보겠지, 답답하였다. 이제는 스승이 없는 것이였다. 목표는 뚜렷한데 짙은 안개가 내려앉아 길이 보이지 않았다. 배는 있는데 사공이 없는 것이였다. 나의 앞길에는 장애물이 줄지어 있다. 하루하루 조급증만 증폭되여 갔다. 그렇지만 뾰족한 방법이 없었다. 이 심정을 누가 알랴, 냉가슴만 앓았다. 언젠가는 안개가 서서히 물러나고 길이 보이겠지, 인내심 있게 기다려 보자.

행운은 찾아 온다. 소리도 없이, 언약도 없이, 조용히.

1972. 12 나에게 공부할 기회가 온 것이다. 료녕성 조선족 사범학교 재직교사 훈련반에 가게 되였다. 학습기간은 6개월이였다. 나는 얼마나 기뻤는지 모른다. 학교문을 나와서 다시 학생이 되는 기분이였다. 사범 학교이니 배울 것이 많겠지. 배움의 갈증을 꼭 해소하고 말것이다. 배우는 과목은 [[조선어 문법]], [[습작]], [[한어문]], [[강독]], [[심리학]], [[교육학]], [[정치]] 등 7개 과목이였다. 나는 한 과문도 버리지 않고 열심히 공부 하였다. 절호의 기회를 버릴 수 없었다. 이것은 하나님이 준 배움의 기회였다. 사범학교는 개원현 조선족 중학교와 같이 있었다. 문화대혁명시기 사범생을 모집하지 않

아 많은 선생님들이 개원중학교에 편입되였다. 한달이 지난 후 김명옥선생님을 찾게 되었다. 김명옥선생님과 우리 부모들은 이전부터 친하게 지내던 사이였다고 한다. 나는 김명옥선생님을 누나라고 불렀다. 어느날, 누나의 초대를 받고 식사를 하면서 이야기 끝에 창작하는 것을 더 배우고 싶은데 글을 잘쓰는 선생님을 소개해 줄 수 없느냐고 제의하였다. 있기는 하지만 반혁명 모자를 벗지 못해 글도 가르치지 못하고 대기 중이라고 하였다. 그의 죄는 문화대혁명전 신문잡지에 발표한 문장 가운데 문제가되어 죄명을 쓰고 있다는 것이다. 사람 좋고, 바른 말 잘하고, 문장을 잘 쓰는 아까운 인재라는 것이다. 료녕성적으로 조선족 중에서 그분만큼 글 잘쓰는 사람이 없을 것이라 하였다. 그 선생님이 아직 모자를 벗지 못하여 복귀하지 못했으니 낮에는 다니지 말고 저녁에 다니면 괜찮을 것이라고 하였다. 얼마 후 누님이 연통을 해주었다. 약속대로 선생님을 찾아갔다. 선생님은 김무길이라 하였다. 나는 선생님을 찾아온 이유를 말했다. 선생님은 매우 반가와 하였다. 선생님은 기초가 없어도 괜찮으니 관건은 자신이 배우겠다는 욕망이 중요하다는 것이였다. 욕망이 있고 열심히 한다면 못해낼 것이 없다고 하였다. 나에게 신심과 용기를 북돋우어 주었다. 나를 보고 기초가 없어도 조급해 하지 말고 차곡차곡 이론과 실천을 병진 해 나갈 것을 제의 하였다. 선생님은 자기가 발표된 문장을 보여주면서 그 느낌을 어떻게 표현 했는가를 보라는 것이였다. 글이라는 것은 느낌을 표현 하는 것이라고 말씀해 주셨다. 절대 글 쓰는 것을 두려워 하지말고 간단하게 생각하라는 것이다. 어떤 일을 보았거나 들었을 때, 그때의 느낌이 있는데 바로 그

느낌을 쓰는 것이 소설이 되고, 시가 되고, 산문이 될 것이라고 하였다. 선생님과 나는 많은 이야기를 나누었다. 선생님의 가르침은 마디마디 등불이 되여 나의 앞길을 비추어 주었다. 시간 가는 줄도 모르고 이야기 하고나니 밤이 깊었다. 헤어지면서 다음 날을 약속 하였다. 다음 약속은 글을 써서 가져 오라는 것이였다. 이렇게 나는 김무길선생님과 깊은 인연을 맺게 되였다. 나는 김무길선생님한테서 많은 것을 배웠다. 선생님은 문학창작에서 신심과 용기를 주었고 열쇠를 쥐여 주었다.

료녕성 조선족 사범학교 론훈반은 아주 짧은 시간이였지만 나한테는 심봉사가 눈을 뜨는 계기가 되였다. 여태까지 굶다가 한꺼번에 포식하는 느낌이였다. 나는 사다리를 놓고 첫단계를 오른것 같았다. 문법책까지 베껴 놓고 배우지 못했던 한을 론훈반에서 풀었다. 그때 습작을 가르쳐 주셨던 허창환선생님, 조선어 문법을 가르쳐 주셨던 장수산선생님, 강독을 가르쳐 주셨던 구금숙선생님, 한어문을 가르쳐 주셨던 박문선생님을 잊을수가 없다. 그리고 과외로 가르쳐 주셨던 김무길선생님, 누이선생님 김명옥. 이분들은 봄을실어와 꽃을 피우게 하였다. 내가 만약 이 분들이 없었더라면 이렇게 까지 성장할 수 있었을가? 누구나 그의 성장 과정이 있다. 료녕성 조선족 사범학교는 나에게 배움의 초석이 되였다. 앞으로 교육사업에서 헤쳐 나갈 배길을 틔워 주었다. 정말 행운이였다. 나는 문학이라든가, 교육에 대하여 방향이 뚜렷해 졌고 신심과 용기가 생겼다. 이제는 얼마든지 독학할 수 있는 기초가 되였다. 독학은 할수록 더 많은 것을 알고 싶어한다. 이것이 독학의 매력이다. 독학은 성장과정에서 필연 과정이고 지식의 연장선이다. 독학 없이는 성공 할 수 없고 성공 하려면 독학을 하게 된다. 지식의 폭이 넓어질수록 심도가 깊을수록 가로 막히는 장벽이 또 생겨나는 것이다. 더 높은 곳을 바라보니 책도 그만큼 부족하고 코치가 없어 효력이 더디였다. 보람은 있어도 몇갑절 힘들었다. 마치 곰새끼가 옥수수 밭 한 뙈기 땄어도 두자루 밖에 따지 못했다고 하는 것과 같았다. 또 더 배울 기회는 없는지? 운무 속에서 어렴풋이 길이 보였다.

1976. 9 사인방을 (강청, 요문원, 장춘교, 왕홍문) 제거하고 문화대혁명을 결속지었다. 각계층, 각부문을 원상복귀 하면서 개혁개방을 하게 되였다. 이때 나에게 또 공부할 기회가 왔다. 연변대학에서 전국적으로 제일 먼저 통신학부를 복귀 하였다. 1978. 10연변대학 입학 통지서를 받았다. 아, 이제 나는 어였한 대학생이 되였구나. 조문계로 가지 못하고 정치계로 가는 것이 너무 야속하였다. 그래서 서점에 다니면서 조문계의 책을 몽땅 구입하여 독학하였다. 정치계의 책도 볼라, 조문계의 책도 볼라. 밤잠도 자지 않고 공부를 하였다. 1983.12.20 나는 연변대학을 졸업했다. 정말 가슴이 뿌듯 하였다. 정치계를 졸업했지만 독학으로 조문계도 졸업한 셈이였다. 한낱 소학생이였던 내가 국가에서 인정하는 대학 졸업증을 취득 하였으니 명정언순이 (明正言順)되였다. 여기에 끄쳐서는 안된다. 아직도 배울 것이 많다. 다빈치는 이렇게 말했다.

[[많이 배우면 사랑하는 것도 많아진다.]]

사람은 살면서 죽을때 까지 배우고 사랑하라. 이것이야말로 얼마나 보람찬 일이겠는가?

[[태산이 높다하되 하늘아래 뫼이로다. 오르고 또 오르면 못오를리 없건만 제아니 오르고 뫼만 높다 하더라.]]

정상에 올라서니 산들바람이 내몸을 어루만진다. 이때 나는 성공이란 어떤 것인지 느꼈다. 척박한 땅일지라도 농부의 피땀을 알아주는구나. 영광은 열심히하는 자에게 속한다.

나는 어엿한 대학생이 되었다. 료녕성 조선족 사범학교는 나에게 지식의 대문을 열어 주었고 연변대학은 나에게 한단계 올라가라고 밀어 주었다. 이제 끝까지 올라가게 생겼다. 이것이 나의 운명이다. 진흙탕 속을 뚫고 나온 연꽃이였다. 이제 내가 해야 할일은 지식분야를 더 확장하여 문화교육을 넘나드는 전문가가 되는것이다. 나는 누가 뭐래도 이 두가지 목표를 향하여 걸어갈 것이다. 80년대에 들어서면서 개혁개방의 물살을 타고 교육에 관한 서적들이 봄물처럼 쏟아져 나왔다. 내가 가는 길엔 쉼터가 없었다. 오직 닫는 말에 채찍질을 하였다. 운무가 걷치면서 길이 뚜렷이 보이는데 어찌 가지 않겠는가?

③

사랑으로 교육을 품자

직업은 나의 생명 줄이었다. 오매불망 기대했던 사업은 나로 말하면 삶의 터전이였다. 요행 차려진 직업에 나는 감사하였다. 나는 나에게 차려진 불모지를 소중히 여기고 잘 가꾸기로 하였다. 땀흘려 가꾸면 언젠가는 문전옥답으로 거듭 나겠지. 그러나 생각밖으로 사람을 다루는것은 힘으로 하는 것도 아니고, 수학공식이 있는 것도 아니고, 신축성이 너무도 컸다. 지금에야 똑똑히 알고 있지만 사랑으로 교육을 품어야 한다. 사랑이없으면 교육이 없다. 아이들은 나를 사랑하고 있는가를 정확히 알고 있다.

어떻게 하여야 직업자리를 지켜낼 수 있는지? 노심초사 하였다. 1970 년 교육무대에 발을 들여 놓으면서 1976년까지 6년 동안 불안정한 상태였다. 교육에 대하여 선생님들한테 여쭈어 보면 아이들만 잘 틀어쥐고 수업을 할 수 있으면 된다고 하였다. 너무나 용속적 이였다. 과연 교육이 그럴까? 햇내기 초학자지만 의심을 품게 되였다. 하기야 1970년대 문화대혁명 시기여서 제대로 수업만 하여도 괜찮은 셈이였다. 교과서도 없이 모주석어록을 1학년부터 6학년

까지 학습하였다. 1971년 말에 교과서가 나왔지만 매우 간단 하였다. 그나마 전국적으로 교과서가 통일되었다. 그러나 1974년에 들어 서면서 또 다시 문화 대혁명으로 돌아갔다. 등소평이 다시 타도되였던 것이다. 1976년 말에 [[4 인방]]을 잡아 내면서 문화대혁명을 결속 지었다. 10년 동란의 정치운동은 사람을 잡는 운동이였다. 가랑비에 옷 젖는줄 몰랐다. 문화대혁명 십년동안 국고가 거덜났고 훌륭한 지도자들만 잃었다. 1960년대 같은 선에 있던 일본, 싱가포르, 한국, 대만이 십년이 지나니 결승선에 다가가고 있었다. 1976년 그래도 등소평이 개혁개방의 문을 활짝 열어 외국 자본을 대량 유치 하면서 외국의 선진기술 선진사상이 투입되면서 천지개벽의 변화가 일어났다.

1949, 10, 1 중화인민공화국을 건립했지만 어떻게 나라를 다스리는지 몰라 소련의 사회주의를 그대로 모방하여 놓았다. 교육도 마찬가지였다. 문화대혁명시기 소련과의 적대 관계를 해소 하고 다시 회복하였다. 개혁개방 하면서 선진국들의 서적들이 쏟아져 나왔다. 1980년대에 들어서면서 고조에 다달았다. 나는 출장만 가면 책을 사들였다. 책은 나의 선생이였다. 공구 서적은 물론 전문서적들도 사들여 독학을 시작하였다.이제는 나의 삶이 완전히 바뀌였다. 생계형에서 벗어나 연구형으로 길을 틀었다. 1980년대에 들어서면서 책이 있는 한 연구 할수 있었고 모르면 책에서 답안을 찾기 시작하였다. 심리학, 교육학을 기본 바탕으로 교육 발전사도 연구하기 시작하였다. 교육이란 무엇인가? 교육통계학, 현대교육이론, 교육정

보 등을 읽었다. 중국에서 많이 유행된 구소련의 까이로브, 마까렌꼬, 쓰호믈린쓰끼, 잔꼬브,. 중국의 공자, 맹자, 엽성도, 서특립, 강유의, 위수생 등 교육 저작을 읽으면서 그들의 교육사상은 무엇이며 나는 어떤 교육사상을 수립해야 하는가를 연구하였다. 나는 교육이론을 더욱 폭넓게 장악하기 위하여 료녕교육, 북경교육, 중국조선족교육, 교육통신 등 잡지를 정기구독하고 교육에 관한 책들을 읽으면서 중요한 것들을 수첩에 정리하면서 교육일지도 쓰고 스크랩도 만들었다. 교육은 파헤칠수록 흥미진진 하였다. 교육은 고정불변하는 공식에 문제를 대입하는 것이 아니라 숨쉬는 사람들의 생각과 움직임을 연구하는 분야로서 끝이없다. 인간이 살아 있는한 교육은 계속될것이다.교육은 또한 국가의 상부 구조로서 나라 발전에 중대한 영향을 끼친다는것을 깨달았다. 나의 힘으로 상부구조를 움직인다는 것은 불가능 하고 내가 할수 있는 것은 무엇인가? 가정 교육, 학교교육, 사회교육을 연구하자. 교육내용은 [[사랑으로 교육을 품자]]이다.

❶

가정 교육에 대하여

　교육에서 가장 먼저 이루어 지는 것은 가정 교육이다. 가정 교육은 전체 교육의 50%를 차지한다. 가정 교육은 부모와 자녀지간 직접적인 관계를 형성 하고 있다. 부모의 교육에 따라 자녀의 미래가 결정된다. 아이가 어떤 사람인가를 알려면 그의 부모를 보라고 한다. 즉 부모는 자식의 거울이기 때문이다. 교육가들은 말하고 있다. [[부모는 자식의 첫번째 선생이다.]] 부모를 밭이라면 자식은 씨앗이다. 세계적으로 유명한 천재적인 음악가 모차르트는 아버지의 가르침과 갈라 놓을 수가 없다. 그의 아버지는 모차르트를 가르치기 위하여 음악여행을 하였다. 중국의 공자는 세계의 4대성인 중의 한 사람으로 그의 어머니가 자식을 잘가르치기 위하여 집을 세차례나 옮겼다 한다. 처음에는 조용한 곳에서 공부하라고 산 속 절간에 보냈다. 그랬더니 매일 한다는 짓거리가 절하고 념불을 외우는 것이였다. 어머니는 아이가 잘못 배우는것 같아 저작거리로 이사를 하였다. 그랬더니 매일 한다는 짓거리가 저울질 하는 흉내만 내는 것이였다. 어머니는 아이가 잘못 배우는 것 같아 서당 옆으로 이사하였다. 그랬더니 공자가 서당에 가서 아이들이 하는 것을 보고 따라 했다고 한다. 한 아이의 성장은 그의 부모와 환경이 매우 중요한 것이다. 우리 속담에 [[떡잎부터 알아 본다]], [[웃물이 맑아야 아랫물도 맑다.]]는 말이 있다.

첫째, 부모는 자식들의 롤모델이 되어야 한다.

아이는 세상에 태여나면 어머니의 젖을 먹고 자란다. 어머니의 젖을 먹으면서 어머니를 머리 속에 인지 해놓는다. 교육이 시작된 것이다. 아이는 태여나면서 소리를 귀로 듣고 움직임을 눈으로 보는 것이다. 이시기에 소리는 작게 부드럽게 내야한다. [[쾅!]] 하는 문소리를 낸다면 아이는 소스라쳐 놀란다. 조용한 어머니의 뱃속에서 자랐기 때문이다. 아이는 태여나면서 불과 몇초만에 귀로 들을 수 있다. 눈을 뜨는 순간부터 물체를 볼 수 있는 것이다. 이때 양부모가 아이 앞에서 큰소리로 다투었다면 아이는 정서적으로 불안하였을 것이다. 자주 이런 일이 발생 되었다면 어땠을가? 아이는 누워 있어도 엄마의 움직임을 바라본다. 눈알이 미처 돌아가지 못하면 머리를 돌려 가면서 본다. 아이가 눈만 뜨면 본다는 것을 잊지 말아야 한다. 그러기에 이때는 강렬한 빛을 삼가 해야 한다. 눈과 귀는 적응하는 과정이 필요하다. 아이가 걸음마를 타게 되면 언어와 행동이 부모와 닮아 간다. 보고 배운것이 부모밖에 없기 때문이다. 아이가 아빠 출근 할때 어머니가 [[잘 다녀오세요.]] 하면서 인사를 한다면 아이도 금방 따라 하게 된다. 아주 자연스러운 교육이었다. 그러나 옆집 아이는 크면서 부모가 서로 인사하는 것을 보지 못했다면 그 아이는 인사하는 것을 당연히 모를 것이다. 이것이 바로 무성의 교육이다.또한 롤모델에 대한 모방이였을 것이다. 부모의 일거일동, 일언일행이 매우 중요하다. 그러면 아이들은 언제 부터 배웠는가? 석달도 안되여 엄마 한테서 배운 것이다. 매일마다 엄마 한테 안겨 젖을 먹으면서 보고듣고 배운 것이다. 때려서 교육한 것도 아니고 훈계해서 배운 것도 아니고 오로지 사랑으로 교육해낸 것이다. 다섯살이면 아이들은 부모의 슬하에서 50%를 배우게 된다. 어른을 공경하고 다른 사람과 나누어 먹고 이것은 내것, 저것은 니것, 하면서 어휘량을 넓혀 간다. 비가 오면 우산을 받쳐들고, 물담은 그릇을 들고 갈때면 조심조심 걸어가고 큰 것, 작은 것, 많고 적다 등을 배웠다. 3~5살까지 엄청난 어휘량이 늘어 난다. 다섯살이면 아프다, 슬프다, 달다 시다 등 감성 표현도 가능하여 의사소통이 된다. 이때 부모들이 각별히 신경을 더 써야한다. [[나는 바담풍 해도 너는 바람풍 해라]]는 훈장이 되여서는 안된다. 행동의 본보기가 되여야 한다. 본보기란 롤모델이다. 한사람이 인간 세상을 살아가면서 롤모델이 없다면 인생길을 헤메였을 것이다. 만약 있었다면 그 자신이 방향과 목적이 있었을 것이다. 흔히는 부모가 제일 먼저 자식의 롤모델이 되는 것이다. 이때는 순박한 마음으로 부모를 따라 할것이다. 부모가 다른 사람과 잘 나누어 먹는다면 자식들도 다른 사람과 잘 나누어 먹는다. 자식들은 크면서 신변의 롤모델이나 책속의 주인공을 본 받는다. 어떤 가수의 노래를 모창 한다든가 영화 속의 주인공을 따라하는 행동들을 하게된다. 부모를 제외한 롤모델을 찾고 있는 것이다. 이것은 성숙되어가는 과정으로 자연적 현상이다. 인간의 완벽성을 추구하면서 인생의 목표를 정하는 계기로도 될수도 있다. 나도 다빈치와 같은 사람, 괴테, 베토벤, 아인슈타인, 에디슨과 같은 사람이 되고 싶다. 부모가 자식들의 롤모델이 된다는 것이 그리 쉬운일이 아니다. 자식의 인생길에 부모가 한두가지만 본보기가 되여도 괜찮다. 검소 하다든가, 정직 하다든가, 부지런 하다든가, 독서를 좋아 한다든가, 강인 하다든가, 동정심이 강하다든가 ……. 부모를 하나도 닮지 않았다는 것은 있을 수 없고 똑 떼여 닮았다는 것도 드물다. 사회의 변화도 빠르고 본보기도 수없이 탄생되여 아이들의 롤모델도 변화무쌍 하다. 부모의 본보기가 선명하고 롤이 되었다면 자식은 비뚤어진 길을 걷지 않고 훌륭하게 자랄 것이다. 롤모델은 자식이 걸어가야 할 동반자다. 부모는 자식의 본보기가 되여야 한다. 부모의 일언일행은 훈육을 하지 않았더라도, 매질을 하지 않았더라도 무성의 교육으로 자연적으로 받아들여 본보기의 형상으로 되었을 것이다. 본보기는 무형의 교육으로 자식들에게 침투되는 것이다.

둘째, 약속은 엄한 교육이다.

처음으로 아이를 데리고 슈퍼로 간다. 슈퍼로 가기전에 약속을 한다. 슈퍼에 가서 아무 물건이나 만지지 말고 보기만 해야 한다. 사달라고 떼 질하면 절대 안된다. 슈퍼의 물건은 우리의 물건이 아니기 때문이다. 슈퍼 의 물건은 돈주고 사는 것이다. 우리 집은 돈이 많지 않아 이것저것 많이 살 수 없다. 오늘 엄마는 오이 두개를 살려고 한다. 네가 사고픈 것이 있으면 잘 보아 두었다가 다음에 와서 사준다. 살때 비싼 것은 사줄 수 없다. 이 약속을 지키면 어머니와 슈퍼에 갈 수 있다. 아이와 함께 슈퍼에 갔다. 아이는 약속을 지켰다. 제멋대로 물건을 만지지도 않았고 사달라고 말하지도 않았다. 집에 돌아 왔으면 상응한 대가를 주어야 한다. 그것이 바로 약속에 대한 칭찬이자 보상이다. 슈퍼에 가서 보니 제일 가지고 싶은것이 무엇이었던가 물어보고 다음 약속을 한다. 네가 사달라고 하는것은 사줄 수 있어. 비싼 것이 아니기 때문이야. 너도 사고 픈 물건이 있으면 살 수 있게 저금통에 돈을 모아 놓으렴. 꼭 필요할 때 사게. 그 물건이 있어도 되고 없어도 되면 필요한 것이 아니야. 다른 것으로 대체 할 수있는 것은 필요한 것이 아니야. 연필이 있는데 색깔이 다르다고, 모양이 다르다고 사려한다. 이런것은 더 사지 말았어야 한다. 이것을 허락하였다면 자칫 물질에 대한 탐욕으로 번질수 있다. 처음으로 슈퍼에 다녀왔지만 복합적인 교육내용을 가지고 있었다. 만약 사전에 이런 약속이 없었더라면 슈퍼에 가서 이것저것 꺼내여 만질수도 있었고 사달라고 졸랐을 것이다. 약속은 엄한 교육이다. 사건이 터진 다음 욕하고 때리지 말고. 이런 교육은 실패다. 소 잃고 외양간 고치지 말고. 약속을 하면서 키운 아이와 방치하여 키운 아이는 엄연히 다른 차원에서 자란 아이다. 자기가 가지고 싶은 것이 있으면 조르다가 않되면 떼질을 쓴다. 그래서 않되면 또 다른 방법을 생각해낸다. 이것이 약속없이 키운 애들의 특징이다. 이런 애들은 머리가 좋은것이 아니라 외곬으로 머리가 틔였다. 크면 위험하다. 자기의 목적을 달성하기 위하여 수단방법을 가리지 않는것이다. 어처구니없는 구실을 만들어 놓고 합리화 할려하고 한다. 이런 성격이 바로 3~5살에 이루어 지고 있다는 것이다. 약속을 한다, 약속을 지킨다는 것은 걸음마 탈때 부터 시작 되었다. 다 커서도 그러면 마치 선생이 잘못 배워 주어서 그렇게 된것처럼 탓한다. 약속은 사전에 미리 예측하고 미연에 방지하는 것을 말한다. 예를 들면 라이터를 가지고 장난하면 불이 붙을 위험이 있으니 어떻게 하여야 된다고 시험해 보게 한다. 부모님이 없을때 하면 위험하니 절대 하여서는 안된다는 것을 알려주어야 한다. 불이 붙으면 끝수없기 때문이다. 핵심은 부모가 없을 때 라이터를 가지고 장난을 하지 말라는 것이다. 아이가 책을 보고 정리해 놓치 않는다. 약속이 없어 습관이 된것이다. 처음부터 그랬으면 그런데로 살아간다. 약속이냐, 방치냐? 매우 중요하다. 방치한 아이들은 완벽하지 못하다. 건성건성 한다. 약속을 잘 지키지 못하였기에 타인의 말을 귀담아 들을 필요가 없다. 그래서 다른 사람의 말을 경청할줄 모른다. 약속은 다른 사람과의 믿음과 신뢰이다. 약속을 잘 지키는 사람은 커서도 법률조례를 잘 지킨다. 약속을 잘 지키는 아이는 학습과 생활에서 규칙적이고 좋은 습관이 몸에 배여있다. 약속은 어려서 부터 시작해서 몸에 굳혀야 한다. 다섯 살 넘으면 힘들고 열 살이 넘으면 엇박자를 내고 스무 살 넘으면 평생 그대로 살 것이다. 약속은 자신과의 약속, 다른 사람과의 약속, 사회와의 약속이 있다. 자신과의 약속은 무엇보다 중요하다. 자신과의 약속을 못하면 다른 것과의 약속을 운운 할 수 없다. 오늘 술 마시지 말자고 약속 했으면 마시지 말았어야 한다. 그런데 핑계를 대며 기뻐서 한잔, 내일은 슬퍼서 한잔, 오랜 친구를 만나서 한잔, 끊임 없는 핑계로 자신이 약속을 깨고 있는 것이다. 도박을 하지 말자고 했으면 그대로 약속을 지켜야 하지않겠는가? 이런 약속은 어려서 부터 지키는 습관이 됐어야 한다. 약속에 습관되면 커서도 스스로 지키게되고 자기를 억제하게 된다.

셋째, 강인한 의지를 키워 주어야 한다.

아이가 넘어졌다. 부모들은 흔히 부축해주면서 어디 다치지 않았냐고 묻는다. 이런 아이는 다음에 넘어지면 일어나지 않고 부축 할 때까지 엎드려 기다린다. 이것이 어리광이다. 아이의 자립, 자강, 자신감을 무너뜨린 실책이다. 더욱 웃기는 것은 아이가 돌에 걸치여 넘어졌다고 그돌을 때리는 시늉까지 낸다. 자식한테 어떤 이미지를 심어 주었을가?

[[너 왜 우리 복덩이를 넘어뜨렸어? 다시는 그러지 않겠다고 말해!]]

이렇게 역성까지 들어주니 이아이는 커서 무슨 일을 하여도 의지할 사람이 있어야 한다.누가 자기의 역성을 들어주지 않으면 아무런 일도 해내지 못할것이다. 아울러 일이 잘 풀리지 않으면 다른 사람 탓만 하면서 대책을 강구하지 않을 것이다. 이런 아이는 커서 혼자서 아무런 일도 못하고 누가 도와 주어야만 할 수 있다. 그것도 크게 도와 주거나 밥상을 차려 주어야 먹을 사람이 된다. 사회는 이런 사람이 수요 되는 것이 아니다. 이런 아이는 커서 자기 절로 아무것도 할 수 없기에 다른 사람 밑에서 일하게 된다. 사람은 살아가면서 혼자서 할 일이 많다. 자립적으로 하여야 한다. 아이가 넘어졌어도 자기가 스스로 일어나게 옆에서 내심히 기다려 주어야 한다. 이것이 정답이다. 자기절로 일어나야만 아픈것도 참는 강인한 의지로 키울 수있다. 또한 앞으로 넘어지지 않게 조심해야겠다는 것도 스스로 깨닫게 되고 자기스스로 일어나는 성공의 희열을 느끼게 된다. 비록 간단한 일이지만 그의미는 크다. 부모로서 애처롭게만 생각하지 말고 기다려 주어야한다. 부모가 언제까지 자식의 뒷바라지를 해주어야 하겠는가? 중국에서 있은 일이다. 맹인이 텔레비에서 자기 앞에 사람이 몇이 있고 나무가 있고 담장이 있다는 것을 감지능력으로 말하게 하는 것이다. 맹인이 여기까지 오기 얼머나 많은 시행 착오를 겪었겠는가? 이 맹인은 세살때 부모가 할머니한테 맡기고 떠난 것이 다시는 오지 않아 할머니 손에서 자랐다고 하였다. 그런데 실명이 되여 맹인이 되었다. 할머니는 추호도 양보없이 안시키는 일 없었다고 한다. 어린 맹아였지만 할머니마저 자기를 버리고 갈 까봐 시키는 심부름을 다했다고 한다. 넘어지는 것은 일상 생활이였고, 도랑물에 빠지는 것도 흔한 일이였다. 할머니는 고작해야 [[조심하지?]] 하면서 말하는 것이였다. 이렇게 성장 하였다. 시집까지 보내고 몇년 더 살다가 세상을 떠났는데 할머니는 임종 시기에야 속사정을 털어 놓았다고 한다.

제2부 나의 활동 무대

[[내가 너를 모질질게 키웠단다, 그것은 오늘과 같이 이런날이 올 가봐 대비한 것이란다. 그러기에 너는 훌륭하게 컸고 내가 없어도 얼마든지 살아가게되여 마음 놓고 눈을 감겠구나, 내가 너를 미워서 그랬던 것은 절대 아니다.]]

손녀는 눈물을 흘렸다. 할머니가 그렇게 한 것은 나를 자립, 자강하고 강인한 의지를 키워 주느라고 그랬구나. 이 얼마나 위대한 분이신가?! 할머니의 이런 웅심이 없었더라면 내가 텔레비젼에 나올 수 있겠는가? 또한 내가 책을 쓸수 있었을가? 악열한 환경을 두려워하지말고 견디여 내는 강인한 의지를 갖추게 하여야 하는것이 부모의 책임이 아니겠는가?

넘어진 다음 울려고 했는데 [[우리 복덩이 장하구나, 혼자서도 일어서네.]]라고 격려 한마디가 아이를 일어서게 한다. 강한의지도 키워 주었고 참는 것도 키워 주었다. 더우기 장애가 있는 아이한테는 더욱 강인한것을 키워주어야 한다. 신체상의 장애, 심리상의 고통을 참아내는 성격을 키워 주어야 한다. 천천히 라도 극복하면서 성사하게 하여야 한다. 그렇게 단련되여야 굳은 의지를 연마하여 정상인과 같이 사회생활을 할수있다.

넷째, 흥취를 발견하고 배양해야 한다.

어떤 것에 흥취가 생기면 피곤도 모르고 침식도 잊고 그일에 몰입한다. 낚시군이 제때에 밥먹는 적이 없다. 낚시 하다나면 때지난줄 모른다. 마르크스는 [[자본론]]을 쓸때 자본이라는 것에 흥취가 있었다. 그러기에 40 년을 쓰면서 지루해 하지 않았다. 흥취없는 노동은 효률이 가장 나리다. 아이에게 같은 글자를 백번 쓰게 했다면 마지막 글자는 형태가 변형되였을 것이고 글자도 기억하지 않았을 것이다.이것은 무효적인 노동이였을 것이고 시간적 낭비였을 것이다. 차라리 세번 써보고 기억하라 했으면 더욱 효과적이었을 것이다. 우리 중국에는 사교육이 활발하지 않지만 도시에는 활발히 진행되고 있다. 사교육은 아이들의 흥취를 말살하는독초이다. 탁구에 흥취있는 아이에게 수학학원에 다니라고 하니 제대로 공부를 하겠냐고. 흥취가 없는데 돈을 써가면서 엉뚱한 일을 하게하니 자식이된 아이는 얼마나 괴로웠겠냐고? 하기싫은 학원으로 가야하니. 이것은 아이로 말하면 생지옥으로 밀어 넣는 것이다. 놀음의 자유, 흥취의 선택이 없는 노래방 기기로 전락되었다. 부모들은 자기 아이가 학원에 2~3개 다니는 것을 자랑하고 싶고 그에 대하여 만족하고 있다.

[[우리집 아이라고 그학원에 못 보낼 이유가 없지?]]
[[내가 이루지 못한 꿈을 자식에 와서 실현 해야지.]]

대단한 착각을 하고 있다. 자기 자식의 미래를 다른 집 아이와 비교 하는것이다.그리고 실현하지 못 했던 자신의 꿈을 자식에게 강요

제2부 나의 활동 무대

하는 것이다. 제비따라 강남가지 말고, 참새가 메새 걸음을 하다가 가랭이 째진다. 격에 맞게 행동해야 한다. 세상에는 귀천한 직업이 따로 없고 귀천한 과학가가 따로 없다. 부모의 직책은 자식의 흥취를 발견하는 것이다. 아무런 흥취가없다면 부모들이 잘 아는 항목을 선택하여 줄수있다. 그것도 아니면 선생을 찾아줄수 있다. 아이들의 흥취는 여러가지 있을수 있고 바뀔수도 있는 것이다. 이것은 아주 정상적이다. 이것을 나무랄수 없다. 주의 할것은 시기를 놓치지 말아야 한다.감 떨어질때 철새가 나는 것처럼 때가 되여야 한다. 그렇다하여 콩밭에 가서 두부를 찾지 말고, 많이 해보고 결정해도 좋다. 한가지 반찬만 먹어도 질린다. 학교 공부를 기본으로 하면서 흥취를 발전 시켜야 한다. 사회는 발전 할수록 분공도 세밀 해지고 업종도 많아진다. 자식들이 어떤 것에 흥취를 가지는가 눈여겨 보아야 한다. 부모의 유전도 없는데 흥취를 가졌다면 성공할 확률이 적다. 아이가 음치이고 박치인데 노래 부르는것에 흥취가 있다고 보낼 필요가 없다.개꼬리 삼년 묻어도 황모 못 된다. 물론 특별한 아이는 있다지만 드물다. 쓸데없이 용빼지 말고. 자식은 부모 욕망의 희생품이 아니며 하늘에 떠도는 구름처럼 버려 두어서도 않된다. 좋아한다고 해서 흥취가 아니다. 흥취는 몰입을 말하는데 어느정도 몰입 하느냐가 중요하다. 아이의 흥취를 발견하고 밀어 주어야 한다. 억지로 강요하지 말라. 강요하여서 성공 하기가 힘들다.

다섯째, 감사한 마음을 알고 원망을 버리라.

인간은 반드시 감사한 마음, 고마운 마음을 키워야 한다. 감사한 마음의 반대편에는 무정과 랭정이 있다.이것은 정조 교육이다. 고마운 마음이 사라지면 랭정한 마음이 가슴을 찾지 하게 된다. 고마운 마음이 사라지면 다른 사람과 소통하기가 힘들다.

[[그때 정말 고마웠어, 감사해, 그은혜 잊지 않고 있어.]]

나는 기억이 없었다. 그러나 그사람은 나를 기억하고 있었다. 그의 인상속에는 나를 고마운 서람으로 찍혀있다. (별것도 아닌데 나를 고마운 사람으로 기억해 주다니, 오히려 내가 더 고맙지. 돈주고 사지 못할 이미지.) 흔히 사람들은 내가 기꺼이 도와 주고 싶은 일을 했다면 기억하지 않는다. 그것은 내가 빌려준 것이 아니기 때문에 기억하지 않은 것이다. 도움을 받은 사람은 꼭 기억하고 있다. 만약 내가 무시를 당했거나 괴롭힘을 당했거나 수모를 당했다면 그것을 꼭 기억한다. 감사한 마음을 서로 이야기 했다면 이들의 감정은 더욱 두터워질 것이다.

이런일이 있었다.
영국의 한 건설회사에서 살계사가 정녕 퇴직을 하게 되였다.

[[이보게 설계사, 우리 회사에서 몇십년을 일하면서 하루같이 성실하게 일해주어 감사하오. 퇴직을 하면서 나에게 최고의 별장을 설계하여 선물해주오.]]

[[예, 알겠습니다. 퇴직하면서 회장님께 어떤 선물을 해야 할지 망설이던 참인데, 무엇을 할까? 고민하던 중입니다. 그 사이 회장님이 잘 밀어주어 오늘 내가 이렇게 까지 컸지요. 감사합니다.]]

설계사는 퇴직 전의 마지막 작품에 총력을 다하였다. 세계에서 둘도 없는 최고의 작품을 만들어 내고 싶었다. 건물의 형태, 건물의 색갈, 주위환경과 조화를 이루었는가? 해빛이 건물 안을 충족히 비추고 있는가? 인테리어의 색상, 구조가 조화를 이루고 있는가? 통풍도 잘 되는가? 상상을 초월하는 조각예술의 위치 선정이 알맞춤 한가 꼼꼼히 따져보았다. 별장은 최저가의 재료를 쓰면서 호화롭게 지었다.

드디어 별장이 준공되었다. 별장이 준공되는 날이자 설계사가 퇴직하는 날이었다. 회장은 친구들과 회사직원들을 초청 하였다. 연회가 시작되기전 회장이 축사를 하였다.

[[존경하는 손님 여러분, 회사직원들, 오늘 우리는 회사를 빛내여 주신 설계사를 환송하게 되였습니다. 이분이 없었더라면 우리 회사가 이렇게 발전 할 수 없었습니다. 이분의 능력은 최고였고 성실하게 몸 받쳐온 분입니다. 퇴직을 하면서도 이렇게 최고의 설계를 하여 우리 회사를 빛내였습니다. 나는 이 최고의 선물을 이 설계사에게 드릴려고 합니다. 설계사님 저의 이 선물을 받아 주십시오. 이것은 당신의 이름으로 된 건물 등록본입니다.]]

연회석에 참가한 사람들은 누구나 눈물을 흘렸다고 한다. 이 선물이야말로 얼마나 값진가? 서로를 알아주는 감사한 마음, 서로를 인정해 주는 마음, 회장과 설계사 사이는 더 돈독해 졌을 것이다.

　사람들은 살아가면서 좌절을 당하기 마련이다. 좌절을 당하면 사람들은 제탓을 하지않고 다른 사람탓을 한다. 고약한 나쁜 버릇이다. 부모가 잘못 낳아서 이꼴이 되였어, 사장이 인정해주지 못해서 승진 못했어, 부모가 물려준것이 빚밖에 없어 가난에 허덕이였어. 이것이 바로 원망이다. 이런 사람은 일이 잘 풀리지 않으면 모든 책임을 다른 사람에게 밀어 버린다. 이런 사람들은 성사 되는일 없이 일이 꼬여 돌아간다.모든것이 자신이 결정하고 선택한일이 아닌가? 뜻밖의 사고, 선천적인 것도 아닌데 모든것이 선택한 것이 아니였단 말인가? 너때문이 아니라 나 때문이라고 바꾸어야 한다. 잘못되면 다른 사람 한테서 문제를 찾으려 하니 자신을 랭철하게 성찰하지 않는다. 그러기 때문에 해결방법이 없다. 남탓하느라고 성공할 기회를 다 놓쳐버리고 비들비들 해 버린다. 똑똑한척 하는데 되는 일이 없다. 잘못되었으면 빨리 포기하라. 랭정히 문제점을 찾아라. 옳게 찾으면 성공할 기회가 있지만 수박 겉핥기라면 다음에 더 큰 실패가 기다리고 있을것이다. 잘못된것을 받아들이고 과감히 승인하고 협조자를 찾아야 한다. 잘못을 승인하고 받아들이는 일은 그리 쉽지않다. 나는 장애인이 되였지만 누구를 원망해 보지 않았다. 그냥 받아들인 것이다. 이것이 내 운명이겠지.누구를 원망해 보았자 절단된 다리가 살아 나는것도 아니고. 빨리 포기 하는것이 상책이다. 깨알 주려다 수박을 놓칠수 있다. 내가 장애인이 아니였다면 나는 강인

한 사람이 아니였을수 있다. 그러면 이렇게 많은 것을 배우지 않았을수도 있다.(丟了西瓜 , 捡芝麻)

여섯째, 비교교육을 하지 말아야 한다.

부모들은 비교교육을 잘 하는데 제일 보편적으로 사용하는 방법 중의 하나이다.

[[형님은 심부름도 잘하고 성적도 좋은데 너는 왜 잘하는 것이 하나도 없네?]]
[[옆집 아저씨는 집안 일도 잘 하는데 당신은 집에오면 손가락 하나 까닥 안 해요.]]
[[넌 아버지 닮아 공부도 못하는구나?]]

잘못하면 인도하거나 시범하거나 타일러야지 비교하거나 비교의 방법으로 비방하거나 빗대여 말하면 역효과가 나타난다. 하지말라는 것은 더하게 된다. 이것을 이판사판이라 한다. 누구나 비교교육은 금물이다. 비교교육은 대방으로 하여금 역반심리를 자아낸다. [형은 아무 것이나 다 잘하고 나는 아무 것이나 못하고. 정말 그래, 내가 잘하는 것이 하나도 없단 말이야, 그렇게 생각 하는데 내가 더해서 뭘해.]

[[이제부터 나한테 시키지 말고 형보고 해라 해요.]]

잘못했을 때 비교교육으로 하지 말고 사건의 원인, 경과, 결과를 따져보아야 한다. 원인에 있었나, 과정에 있었나, 결과에 있었나. 그렇게 하는데서 판단 능력도 제고 시키고 일을 주동적으로 찾아 할 수 있는 습관도 양성 할 수 있다. 그리고 잘못 되였을때 충분히 변호할 때까지 경청해 주어야 한다. 변호 역시 사건의 해결책을 찾는데 좋은 방법 중의 하나이다. 변명 할때 반듯시 사건의 진실에 립각 해야 한다. 부모가 잘못처리 하면 구실 찾는 열은 수를 배우게 된다. 이것은 아주 나쁜것이다. 구실을 자주 대다나면 거짓말쟁이로 자랄 수 있다. 변호 하는데 시급해 하지말고 과오를 시인 하는데 중점적으로 살펴보아야 한다. 과오를 시인하는 것은 고치려는 의도가 있지만 변명만 하는 것은 고치려는 것이 돋보이지 않는다. 사람은 누구의 부속물이 아니다. 아버지의 것도 아니고 어머니의 것도 아니다. 사람은 태여나면서 독립적이다. 그것은 자기의 사유를 가지고 있기 때문이다. 그러기에 비교 교육의 방법으로 대방의 심기를 건드려서 반발심을 야기시킬 필요가 없다.

일곱째, 진실하고 성실해야 한다.

사람은 진실하고 성실해야 한다. 거짓말을 해서는 절대 안된다. 진실하지 못하면 사람들은 당신곁을 떠날 것이다. 친구도 없어지고 동업자도 잃게 된다. 사람들이 당신을 더는 믿지 못하기 때문이다. 거짓에는 한번 속지 두번 속지 않는다. [[승냥이가 왔어요!]] 라는 동화를 알고 있지요. 목동이가 방목하다가 마을에 대고 [[승냥이가 왔어요!]] 하고 소리치자 마을 사람들은 팽이를 들고 다려왔다. 그러나 거짓이었다. 다음날 목동이는 또 소리쳤다. [[승냥이가 왔어요!]] 사람들은 이번에는 진짜겠지 하면서 달려 갔다. 그러나 이번에도 또 거짓말이었다. 며칠뒤 진짜 승냥이가 나타났다. 목동이는 너무 놀라 소리쳤다. [[승냥이가 왔어요!]], [[승냥이가 정말 왔어요!]] 하고 외쳤지만 한사람도 올라가지 않았다. 거짓말을 하는 것은 영낙없이 부모한데서 배운 것이다. 집에서 진실했는데 커서 변한 것은 친구나 동료한테서 배울 수도 있다. 그러기에 친구 사귀는 것도 주의해야 한다. 밖에서 놀던 둘째가 돌아왔다.

[[아까 먹던 과자가 남았는데 없네? 동생 주려고 엄마가 숨겨 놓았지?]]
[[아니야, 아까 다 먹지 않았니? 어디 너가 찾아 보렴.]]

둘째는 구석구석 뒤지다가 찾아 내였다.

[[여기 숨겨 놓았네, 엄마가 거짓말 했구나.]]
[[내가 숨긴 것이 아니야.]]

엄마가 시치미를 떼고 말했다. 그러나 숨겨 놓은 것이 이번만이 아니였다. 그러기에 둘째는 알고 있었다. 이렇게 어머니는 거짓말을 하고 아니라는 변호까지 하였다. 어머니로서 큰 실책이였다. 자식에게 거짓말을 하는 것도 배워 주었고 변명하는것도 배워 주었다.

이렇게 배운 아이는 밖에서 도적질을 하다가 검거되어 잡혔어도 변명만 하면서 승인하지 않는다. 아주 무서운 일이다. 바늘 도둑이 소도둑 된다는 말을 잊지 말라. 어떻게 이 문제를 해결 할 것인가? 진실을 가르쳐야 한다.

[[이 과자가 남았으니 여기에 둔다, 혼자서 다 먹어서는 안된다. 만약 혼자 다 먹었다면 다음부터 한개도 안준다. 먹고 파도 참아야 한다. 누가 와서 먼저 자기 몫을 먹었다면 다음 사람이 와서 그의 몫을 먹을때 옆에서 쳐다 보지도 말고 피해 있어. 절대 나누어 먹자고 해서는 안된다.]]

이 한마디에는 여러가지 뜻이 내포되어 있다. 첫째는 약속이다. 둘째는 처벌이다. 약속을 어기면 그 다음엔 하나도 없다. 셋째는 진실성이다. 남은 것을 숨겨두지 않았다. 넷째는 억제하는 습관을 키우는것. 먹고 싶어도 참아야 한다. 한가지 일로 여러가지 교육효과를 나타낸다. 많은 부모들이 이점을 생각하지 못한다. 한가지 눈에 띄면 한가지 말하고 그것으로 연쇄 반응이 일어날 것이라는 것을 예측 못하고 그때그때 나타나면 해결하니 미처 따라가지 못한다. 번번마다 말하니 잔소리로 들리게 된다. 미연에 방지 못하면 일이 계속 터지기 마련이다. 부지런히 교육하지만 일은 계속 터진다. 갈피를 못잡는다. 쓸데없이 바쁘다. 부모로서 한가지 일에 내포된 다른것을 파악하지 못하면 교육에서 실패를 거듭 할 것이다. [[너는 왜 말을 듣지 않니?]] 이런 말을 되풀이 하지 말고 말을 잘 듣게끔 약속과 요구를 명백히 하지 않았기 때문이다. 혹은 말한대로 벌을 내리지 않았을 수도 있다. 이런 부모는 자식 교육에 대한 개념이 없기 때문이다. 어떻게 교육할지 모른다.

어머니가 자기 친구네 집에 자식들을 데리고 놀러가게 되였다. 어머니 친구네 집에도 아이가 둘이나 있었다. 친구네 집에 가면서 아이들과 무엇을 약속하는가? 약속 할 것이 너무 많다. 돌아와서 조목조목 검사해 보아야 한다. 어겼으면 다음 번에 따라 가지 못한다던가 상응한 벌이 있어야 한다. 아래에 문제를 제기한다.

집에 들어서면 먼저 인사를 해야 한다. 내 신발을 어디에 어떻게 벗어놓아야 하나? 장난감을 꺼내 놓았을때 어떻게 놀아야 하는가? 재미 없을 때, 다른 것을 놀고 싶을때, 장난감 놀이를 끝낸 다음 어떻게 하여야 하는가? 어머니 친구가 간식을 내놓았을때 어떻게 말하고 먹어야 하는가? 두 어머니가 이야기를 나눌때 어떻게 하여야 하는가? 집에 돌아올때 어떻게 인사를 해야 하는가? 다른 집에 갔을때 허락없이 뒤지거나 만지고 꺼내거나 해서는 안되며, 탐내서는 절대 안되며 큰소리로 말하거나 뛰어서는 안되며, 떼질 써서도 안된다. 매번 해야 하는가? 반드시 매번 해야 한다. 잘하였으면 전번과 대비하여 무엇에 주의 하라고 일러주면 된다. 우리 집에 손님이 왔을 때, 다른 집에 놀러갔을때 자식들에 대한 교육이 잘되였는가를 검증하는 기회이자 성적표이다. 구경시키는 목적으로 하였으면 너무나 가치가 떨어진다. 어떤 것을 하던간에 교육목적이 없었더라면 무미건조 하다. 슈퍼에 갔을 때, 공원에 갔을 때, 체험학습 갔을 때, 공공장소에 갔을 때, 아이들의 예의범절, 성격, 총명, 취미, 지혜, 협력, 독립, 자강 등 다방면에서 노출된다. 엄마가 이때 자식에게 점수를 주어보라. 내자식이 몇점이나 되는지? 표준은 간단하다. 다른집 애들과 비교 하면 된다. 90점 이상이면 [[참된 아이구나]] 는 평가를 받게 된다. 즉 성실하고 진실하다는 것이다. 이것은 가정 문제지만 이런 아이가 크면 사회 문제로 나타난다. 사회는 진정성 있고 성실한 사람이 수요되는 것이다.

여덟째, 이기적을 버리고 자제하라.

　인간 세상에 왔으면 인간들과 어울려 살아야 한다. 콩한알 남았다고 내입에 홀랑 넣어서 되겠는가? 한알 먹어서 살찌지 않는다. 궁상스럽게. 콩한알도 쪼개서 먹어야 제맛이 난다.인간은 태어나면서 서로 나누어 먹으려 한다. 자기 이속만 채우면 돼지라 한다. 짐승에 비유한 것이다. 밥상에 앉아서도 다른 사람이야 먹건말건 맛있는것 부터 제입에 넣는다. 추호도 꺼리낌 없다. 이런 사람들은 남을 도울줄 모른다. 다른 사람을 돕는 것을 숙명으로 받아들이지 않는다. 버스 정류장에서 목격한일이다. 한 노인네가 젊은이 한테 길을 물어 보는 것이었다. 그 젊은이는 저에게 물어 보는 것이었다. 저는 교포라서 길을 잘 모른다고 하였다. 그랬더니 젊은이는 다른사람에게 물어서 노인네를 모시고 길건너 데려다 주고 와서 버스를 타고 가는 것이었다. 일은 사소 하지만 매우 감동적이였다. 생면부지인 노인네를 자기도 길을 몰라 다른 사람에게 물어서 안내해 드린다는 것이 정말 기특해 보였다. 서른 중반의 젊으니 그 뒷모습이 위대해 보였다. 나도 누가 길을 물어보면 저 젊으이 처럼 해야겠구나 하고 생각 하였다. 이런 사람들을 종종 보아왔다. 또 전철에서 자리를 양보하는 것을 많이 본다. 다른 사람에게 도움을 주려면 나의 불편은 참아야 한다.이런 억제가 없으면 다른 사람을 도울수 없다. 이것은 불멸의 진리다. 서로 도우며 사는 세상이기 때문이다.이기적인 것을 버리고자기를 자제 하면서 살아가자. 다른 사람을 도우려면 나의 희생이 없으면 불가능하다. 그러기에 자제하라는 말을 한다.

가정 교육을 살펴보면 가장 큰 문제가 어떻게 교육해야 할지 모르고 있다. 도덕, 예절 교육을 어떻게 하며, 행위습관을 어떻게 양성하는지 모르고 있다. 어머니로서 어떻게 자식을 키워야 하는지 기본 상식이 없다. 스웨덴이나, 스위스에서는 결혼전 어머니 학교를 다녀서 졸업장을 취득해야 결혼을 할수 있다고 소개 하였다. 어머니 학교에서 부부 성관계, 태아교육, 유아교육, 아동교육, 학령전 교육 등 단계를 나누어 공부를 한다고 한다. 이것은 매우 필요한 교육이다. 지금 우리의 교육에는 교육사상, 교육이론, 교육방법에 따른것이 아니라 그때그때 상황에 따라 교육하는 것이다. 중심 이동식 교육이다. 이것은 교육의 주체가 바뀌여진 것이다. 아이들은 여섯살만 되면 게임에 빠져 든다. 게임을 하게 만든 것은 부모들이다. 중독에 걸린 다음 집에서 시간제로 공제하고 있다. 부모가 자기의 편리를 위해서 하다나니 중독에 걸린 것이다. 게임은 이젠 사회 문제로 되어 버렸다. 아직까지 실용적인 방법을 고안하지 못하였다. 중심이동식 교육에는 자기의 교육 이념이 없이 다른 사람이 하는대로 따라 간다. 바람부는 대로. 심지어 자기가 실현하지 못했던 꿈마저 자식에게 기탁한다. 아이들을 속박하고 있다. 마음껏 뛰놀면서 공부하는

아이의 량호한 습관 바르게 키워야

영구시 밀어권구조선족학교 김상곤

어린아이들에게 량호한 습관을 양성시키자.

것이 아니다. 양부모가 막노동 하는 집은 밥상머리 교육조차 힘들다. 해가 뜨기전에 출근하고 별을 이고 퇴근하니 자식들과 대화하기조차 힘들다. 중국에는 노는 시간은 많은데 교육할 시간이 없다. 남녀노소 마작을 하니 교육할 시간이 없는것이다. 밤을 새워 가며 마작을 하니 대들보가 썩는줄을 모른다.

 가정 교육에 대한 문제를 가지고 [[학부형 학교]]를 꾸려서 강의를 많이 하였다. 이런 강의 내용을 추려서 신문잡지에 많이 발표하였다.

학교 교육에 대하여

　학교 교육은 가정 교육의 연장선이다. 아이들은 부모의 슬하를 떠나 새로운 학습터로 이동하였다. 가정에서 받을 수 없는 교육을 학교에서 받는 것이다. 집단교육, 협력교육 등이 학교에서 이루어 진다. 학교 교육은 선생님들을 통하여 이루어 진다. 학교 교육은 선생님들의 수양과 직접적인 관계가 있다. 학교의 개개 선생님은 사람의 근육과 같고 담임 선생님은 골격과 같고 교장은 머리와 같다. 학교가 제대로 운영되여 나가려면 교장과 교원이 관건이다. 중국에서는 교장이 인사, 경제, 교육내용 등을 좌우지 하기 때문에 막강한 권력을 가지고 있다. 그러나 법을 위반하거나 업무 능력이 떨어지면 신고가 들어가 종국적으로 물러 나게 된다.

　학교 교육에서 담임교사가 중요하다. 담임교사가 잘못하면 30명 학생이 잘못되고 만약 두개 학급이 잘못되면 학교의 풍기가 물란해 진다. 학교 교육의 핵심은 사랑으로 교육을 품어야 한다. 그러면 우리 선생님들은 어떤 수양을 갖추어야 하는가?

1) 선생님들은 자질이 뛰여나야 한다.

자질은 성품이나 소질을 말한다. 선생님은 됨됨이가 좋아야 하고 타고난 능력이나 기질을 갖추어야 한다. 쉬운 일이 아니다. 선생님은 성실하고 정직하고 예절이 밝고 법을 지키는 모범적인 사람이 되여야 한다. 약자를 기꺼이 도와주는 사람이 되여야 한다. 원칙을 지키면서도 신변사람들을 너그럽게 대하고 다른 사람을 존중하고 존경하는 사람이 되여야 한다. 자기 직업을 사랑하고 학생들을 사랑해야 한다. 선생님은 모든 일에서 학생들의 모범이 되여야 한다. 티없이 맑고 깨끗해야 한다. 이렇게 되기가 쉽지 않지만 반드시 노력해야 한다. 그럴만큼 힘든 것이다. 이렇게 하지 못할 바엔 이 직업을 선택하지 말았어야 한다. 가정에서도 훌륭한 교육을 받고 학교에서도 훌륭한 교육을 받았다면 이 아이는 행운아다.

2) 선생님은 부모이자 친구이고 스승이다.

선생님과 학생은 단순한 사제 관계만 아니다. 지금은 그 관계를 뛰어 넘어 부모와 자식 관계이고 형제와 같고 또한 사제관계이다. 이 삼자관계는 끈끈히 엮어 있어 줄만 끊어지면 주르륵 떨어지는 구슬과 같다. 관계를 잘못 처리하면 평형을 잃어 윤활하지 못하고 감정 싸움으로 치닫기 쉽다. 학생들을 미워하지 말라. 그들은 다 내새끼다. 부모가 어찌 자식을 미워하겠는가? 나한테 배우겠다고 귀를 기울이고 초롱촐롱한 눈빛으로 나를 바라보고 있는 그 모습이 얼마나 기특하고 귀여운가? 소풍가면 제일 먼저 문제 아이가 간식을 들고서 선생님 한테 다가오는 것이다. 사실 선생님이 아이들을 얼마나 생각해 주었는가? 나한테 혼나고도 학생은 깡그리 잊어 먹고 다가오고 있지 않는가? 이럴때 마다 선생님의 눈시울이 뜨거워 나지않는가?! (예절바른 아이들, 미운 자식이래도 고운데가 있구나! 내가 왜 쟤를 미워했지, 자식이 많다보면 이런놈, 저런놈 다 있을텐데. 내 자신을 성찰하면서 아아들을 사랑으로 품어야겠구나.)

아침 등교 시간이었다. 학생들이 육속 교실로 들어오고 있었다.

[[길원학생, 오늘 놓은 일이 있었네요?]]
[[예? 선생님은 어떻게 알았죠?]]
[[선생님은 척 보면 알지.]]
[[선생님이 우리집에 오시지 않았는데 어떻게 알았죠?]]
[[입술이 번질번질 한것보니 고기를 먹었을 것이고, 이에 미역이 붙은 것을 보니 미역국을 먹었을 것이고, 오늘이 생일이였구나, 생일을 축하해요.]]

학생은 매우 놀라 했으며 감동해 하였다. 아주 사소한 일이지만 학생한테는 값진 선물이었을 수 있다. 이 일이 있은 후 학생과 나는 무척 친해졌다.

한번은 이런 일이 있었다.

2학년 때의 일이었다. 2학년에 새로 부임된지 한달이 넘도록 한 여학생이 손을 한번도 들지 않았다는 것을 발견하였다. [몰라서 일 가? 아니면 내성적인 성격 때문일가? 아니면 이두가지 다 내포하고 있을가?] 이 세가지 원인중 어느것일가? 나는 학생들 보고 책을 읽 어 보라하고 그 학생 옆에 다가가 살그머니 귀속말로 말했다.

[[알면 왼손 들고 모르면 오른 손을 들어요. 그러면 선생님이 알아 서 시킬게요.]]

순회가 끝나고 나는 제일 쉬운 문제를 냈다. 그랬더니 그학생이 왼손을 들었다.

[[수화학생, 대답해 보세요.]]

그학생은 일어나서 아주 훌륭하게 대답하였다.

[[참, 잘했어요, 앞으로도 그렇게 하세요.]]

그 후로 그 학생은 변했다. 적극적으로 사고하고 발언했다. 이로 부터 느낀 것은 아무리 어리지만 자기의 자존심을 지키련다는 것을 알게 되었다. 틀리면 친구들이 머저리라고 할가봐. 환경 여건이 주 어져야만 작용할 수 있다는 것을 알게 되였다. 그리고 그 여건이 주 어졌지만 없으면 죽어버리는 것이다. 반복되면 자신심이 사라져 버 리고 씨앗이 땅속에서 싹을 틔우지 못한채 썩어버리고 마는 것과 같 은 것이다.

사람들은 자존심을 생명처럼 여기는 일이 많다. 자존심은 누구나 다 있다. 좀더 강하거나 약할 따름이다. 한마디로 자존심은 어른아이 할 것 없이 다 있다. 자존심을 먹고 사는것이 사람이라는 말이 있다.

　우리 중국에서 초중에서는 낙제법이 없고 소학교에서만 낙제법을 실시하였다. 1982년학교에서 초중을 영구시에 합병한후 나는 소학교에 내려오게 되였다. 나는 졸업반을 끝내고 1983년 3월 학교에 제기하여 1학년부터 배워 주면서 졸업할때 까지 데리고 가면서 연구해 보겠다고 하였다. 데리고 가면서 낙제를 시키지 않을 테니 웃반에서도 낙제를 시키지 말것을 요구하였다. 설복끝에 교장께서 동의 하였다. 소학교의 낙제법은 학생들의 자존심을 여지없이 짓밟아 놓는 것이다. 그날부터 학생은 암덩이를 몸에 지니고 살아가게 되는 것이다. 선생들은 낙제시키는 데만 신경을 쓰지 어떻게 잘 가르쳐서 데리고 가겠는가에 연구가 없었다. 결국 학생은 선생님 한테서 소외되고 부모한테서도 소외된다. 외기러기 신세가 되고 만다. 낙제를 하면 [[낙제생]]이란 딱지를 달고 소학졸업 할때까지 달고 간다. 심지어 [[삼년 묵은 돼지]]라는 별명까지 달고 살아야하니 얼머나 참혹한 현실인가? 선생님들은 성적이 나린 학생을 미워한다. 그러기에 낙제법이 있는한 악순환인 것이다. 낙제법을 없애고 하루 속히 학생들의 성적을 높이는 열조 속에서 사업하고 싶었다. 낙제법은 학생들의 신심건강에 매우 해로웠다. 아인슈타인이 정확한 결론을 내렸다. [[천재는 1 %이고, 노력이 99 %이다.]] 세상에 머리 둔한 학생은 없다. 학습하는 가정환경이 나쁘던가, 교육방법이 맞지 않았았을 것이다. 1986년 나라에서 낙제법을 폐기 하였다. 나는 1985년 낙제법을 폐기하였다.

학생들의 신심건강을 괴롭히는 또 하니의 큰 문제는 학생 감정을 쓰는 것이다. 중국에서의 학생 감정은 학생이 한 학기동안 모든 것을 기록해 놓는 것이다. 한국에서의 생활기록부와 같다. 그런데 중국에서는 선생님들이 학부형한테 학생을 고발하는 고발장으로 이용하고 있다. 학생이 잘못한 것을 잔뜩 라렬해 놓아 부모가 매를 들지 않으면 안될 지경으로 써 놓는다. 이런 학부모들은 너무 창피해서 학생을 다른 학교에 전학해 간다. 이것은 교육자가 할 일이 아니다. 학부모를 통해서 문제 아이를 매질하니 그마음이 시원하던가? 교육의 가치를 완전히 상실하였다. 학생 감정을 쓰는 것을 소통의 고리로 삼아야 한다. 치졸하게 이런 방법을 쓰고 있다. 학생은 나의 자식이라는 것을 잊었는가? 응당히 방학기간 어떤 방면에서 어떻게 노력하여 개학에 만나자는약속을하는 것이 정답이다. 이렇게 하여야 교육의 값이있다. 학생들은 선생님이 써준 감정을 먼저 읽어 보고 부모한테 매를 벌지 않겠다는 확신이 서야 감정을 보여 준다. 매질 당할 것 같으면 애당초 선생님이 준 감정을 잃어버렸다 면서 꺼내놓치 않는다. 결국 이 것은 선생님이 빚어낸 결과물이다.

중국 조선족교육 2008년 제6기 (책가위)

내가 배워준 학생들이 모두 과학가나 판사가 되는 것은 아니다. 그렇지만 나의 사랑을 먹고 행복하게 자라게 하라. 최선을 다하자. 희망을 안고 미래에 살자. 떡잎이 된것이 꽃펴 났을 때 부모와 선생 님은 어떤 마음이었을가? 이것은 교육자의 최대의 기쁨이다. 이럴 때 자호감을 느끼고 보람을 느끼고 영광을 느낀다. 내가 가르친 학 생중에 두 분을 잊을 수 없다. 한분은 권춘철 학생이고 또 한분은 권 재일 학생이다.

권춘철 학생은 1979년 제2기 초중 졸업생이였다. 그의 졸업에는 뜻 깊은 스토리가 담겨있다. 1977년 초중 1학년 때 학습성적은 하 위권에 있었다. 본인은 2학년에 올라갔으면 하고 가정에서는 공부 도 못하는데 낙제를 시켜서 일년이라도 신체를 키워 사회에 내려와 돈벌면 된다고 하였다. 자식과 부모의 생각은 곬이 너무 컸다. 학생 자신은 이제부터 공부 하겠다는 결심을 내린 것이였다. 이때 나도 큰 고민을 하고 있었다. 반장이면서도 공부를 잘하는 조창환 학생이 개주시 체육학교로 전학해 갔다. 그뒤를 이어 전화선 학생도 체육학 교로 전학해 갔다. 성적이 앞자리에 있기에 무조건 고중에 붙을 것 이라고 믿고 있었다. 그후 친구들 사이에 소문이 돌았다. 학습성적 이 괜은 림청일, 학습성적이 한창 오르고 있는 강창길, 서천창 학생 들이 시내에 있는 한족 중학교에 전학해 간다는 것이였다. 친구 따 라 강남간다 더니 학급이 어수선 하였다. 학급은 바람 빠진 공이였 다. 고중 갈만한 남학생이 보이지 않았다. 담임 선생으로 치명상을 입었다 승학률이 떨어지므로 학교 위신은 물론 나의 위신도 밑바닥으로 떨어 지게 되었다. 그렇다고 하여 전학해 가는것을 막을 수가 없었다. 좋은 학교 가서 공부하겠다는데. 이제 나는 [[찌꺼기]] 학생을 데리고 분투하게 되었다. 바로 이런 시기에 권춘철 학생이 공부해 보겠으니 낙제시키지 말아달라는 것이었다. 이것보다 더 기쁜 일이 어디에 있겠는가! 석탄 속에서 흑금을 얻은 기분이였다. 기쁘긴 하지만 어이가 없었다. 이제 2년 동안 노력해서 고중에 진학할수 있겠는가? 성적이 중간이라도 괜찮을 것인데……. 제일 하위 성적으로 고중에 갈 수 있겠는가? 전혀 가망이 보이지 않았다. 지나친 무리인데? 성적이 상류권에 들아가야 하는데. 잘하는 학과목이 없이 어떻게 따라 간단 말인가? 아무리 보아도 가능성이 크지 않았다. 그러나 본인이 하겠다고 하니 믿어줄 수 밖에 없었다. 초중에서 고중 간다는 것은 쉬운일이 아니다. 경쟁률이 이만저만이 아니다. 그래서 고중만 가면 대학은 절반 간셈이라고 사람들은 말하고 있다. 그래서 가정 방문을 갔던 것이다. 가정방문을 통하여 춘철이가 공부하려고 결심을 내렸으니 가정에서 잘 협조해 줄것을 부탁드렸다. 부모들도 아주 의아해 하였다. 믿지 않았다. 그렇다면 마음껏 공부하게 도와 주겠다고 하였다. 계획없는 공부는 실패하기 쉬우므로 춘철 학생과 세밀하게 짰다. 초중 2학년에 올라가면 기하, 물리 두학과목이 더 늘어나고 3학년에 올라가면 화학과목이 늘어 나므로 초중 1학년의 학과목을 빨리 보충하는것이 급선무였다. 동시에 2학년에서 배우는 과목을 소화시키며 빚을 더 지워서는 안되기에 고도의 집중력이 수요되니 꼭 실시하기를 요구하였다. 생각하면 아름찬 일이다. 한꺼번에 1, 2학년의 공부를 하는 셈이었다. 그러나 어쩔 수 없었다. 가슴벅찬 일이였다. 우리는 자주 만나 현상황을 분석하고 어떻게 할 것인가 진지하게 토론하였다. 공부와의 전쟁이였다. 결과 초중 2학년 성적이 예상밖으로 올라갔다. 수학, 물리 학과목의 성적이 5등이였고 문과성적도 70점 이상이었다. 이렇게 되니 반의 친구들도 놀랐다. 어떻게 저렇게 성적이 오를 수 있느냐고. 본인도 신심이 생겼다. 나도 교육사업을 하면서 처음 보았다. 공부라는 것은 별거 아니구나. 결심만 내리면 할 수 있구나. 세상에 머저리 학생이 없구나! 부모가 못배웠어도 (지식이 없어도) 자식은 자식 나름대로 가는구나. 총명이 따로 없구나! 노력하는 자에게 열매가 차례지는구나. 아인슈타인의 말이 옳다. 춘철 학생은 학습하느라 외롭고 조급한 것을 극복하였다. 모든 것을 참는다는 것은 쉬운 일이 아니다. 누구나 다할 수 있는 것이 아니다. 자기가 자기를 이기는 것이 승자다. 이것이 성공자의 비결이다. 고중입시 성적이 영구 지구적으로 13등을 하였다. 이것은 기적이었다. 이것보다 기쁜 일이 어디 있겠는가! 이런식으로 계속 공부를 한다면 대학가는 것은 문제가 아닐것이다. 권춘철 학생은 눈 속에서 잠자는 봄이였다. 때가 아니되여서 밖으로 나오지 않았을 뿐이다. 또 얼마나 많은 학생들이 눈속에 묻혀서 봄이 오기를 기다리겠는가?! 어떤 학생들은 봄을 기다리다 못해 사그라 지지 않았을가? 깊이깊이 반성해 본다. 얼마나 원통한 일인가? 옆에서 조금만 부추켜 주어도 잘 자랐을 것인데. 내가 배워 주는 학생중에 이런 학생은 없는지. 눈여겨 보시라. 춘철 학생은 방학때 마다 우리집을 방문 하였다. 그때마다 우리는 밤가는 줄 모르고 학습과 생할, 미래에 대하여 진지하게 이야기를 나누었다. 춘철 학생은 끝내 중국

에서도 중점대학인 중앙민족 대
학에 입학하였다. 개천에서 용
이 나왔다. 의젓한 대학생이 되
였다. 대학을 졸업하고 지금은
료녕 민족 출판사에서 총편으로
사업하고 있다. 심양에서 론문

발표가 있거나, 세미나가 있거나, 학생들의 작문콩클 시상식에 가면
언제나 만나곤 한다. 출판사에 서도 참가 하군 하는데 그때마다 꼭
꼭초대해 주곤 하였다. 출판사에서 출간한 책이라고 선물로 한아름
씩 주곤하였다. 우리는 깊은 정을 지니고 있다. 부모처럼, 형제처럼,
친구처럼, 사제지간을 유지하고 있다.

1990. 01. 01 동창모임   7학년 2반 20년 지나서 동창모임

료녕성 조선어 학회에서 발언하고 있는 장면   1979년 졸업하면서 대련역에서 기념사진

현만순 교수장면   초중 교수장면

제2부 나의 활동 무대

④

신심과 용기를 주라

아이들은 어릴때 의문이 많고 모든 사물에 대하여 호기심을 가진
다. 그러나 부모들과 선생님들은 옳게 대하지 못하고 대수롭게 대하
거나 시끄러워 하거나 심지어 짜증까지 낸다. 큰 기대를 걸고 신비
세계의 문고리를 잡았는데 부모와 선생님 한테서 문전박대를 당할
줄이야, 이런 일을 몇번 겪고나면 아이들은 어리둥절해 진다. 무엇
이나 어른들에게 물어 보지 말아야 하는구나.

[[어제 저녁 자기 전에 유리가 맑았는데 아침에 일어나 보니 눈이
한 벌 씌웠어요, 왜 그러지?]]
[[몰라 이담에 알게 될거야.]]
[[저하늘의 별들이 어째서 떨어지지 않지? 공중에 걸렸네?]]
[[저 달님은 내가 뛰면 같이 뛰고 내가 서면 같이 서네?]]
[[물고기는 어떻게 물속에서 마음대로 왔다갔다 하지?]]

아이들이 의문이 많은 것은 당연한 일이다. 주변에서 일어나고 있
는 일들이 이상하게 생각 되기 때문이다. 자기와 전혀 같지 않은 움
직임과 형태도 같지 않기 때문이다. 어째서 라는 의문이 생기기 때

문이다.

영국의 증기기관을 발명한 와트는 어렸을때, 물이 끓는 것을 보고 왜 뚜껑이 움직일까? 고 생각하였다. 어른이 되어서 그 원리를 알고 증기기관을 벌명 하였다. 뉴턴도 어렸을때 왜 사과가 떨어질때 왜 땅에 떨어질까? 의심하였다. 새처럼 하늘로 날아가지 않고? 그후 과학자가 되면서 그 비밀을 밝혀 냈다. 의문은 문제 해결의 실마리다. 수많은 과학자들이 의문으로 부터 사물의 본질을 알아냈다. 어린 아이들의 의문은 매우 소중한 것이다. 그 의문이 과학의 씨앗이다. 그런데 우리는 그 소중한 것을 말 한마디로 무심히 지나쳐 버리거나 짓밟아 버린다. 그 씨앗이 땅에 묻히지 도 못한채 날려 버린 것이다. 나는 그런 죄를 짓지 않고 있는지 검토해 보아야 한다. 결국 아이들이 어른들에 대한 믿음이 깨여지고 더는 신비로운 세계를 알고 싶어하지 않는다. 사물에 대한 흥취가 사라진다. 신심과 용기를 전혀 버렸다.

영국의 생물학가의 실험이였다. 큰 유리컵과 작은 유리컵을 준비하였다. 먼저 큰 유리컵에 벼룩이를 잡아 넣고 뚜껑을 닫았다. 벼룩이는 힘차게 올리 뛰였다. 살기 위해서, 그러나 번번이 나오지 못하고 뚜껑에 부딪쳐 바닥에 떨어 졌다. 한참 후 벼룩은 다시는 뛰지않았다. 시간이 지나서 그 벼룩을 잡아서 작은 유리컵에 넣었다. 뚜껑도 닫지않고. 그렇지만 벼룩은 더는 올리 뛰지 않았다. 벼룩은 완전히 신심과 용기를 잃어버린 것이다. 조건이 앞에 것 보다 훨씬 좋았

제2부 나의 활동 무대

지만 포기하고 말았다. 트라우마가 생긴것이다.

한 학생이 선생님을 찾아왔다.

[[선생님은 내가 6학년일때 단문에 이런 평어를 써 주었습니다. 앞으로 계속 노력하면 작가가 될 수 있어요. 그래서 선생님의 고무와 격려 하에 꾸준히 노력하였습니다. 선생님의 기대에 어긋나지 않게 작가가 되리라 결심 했습니다. 드디여 [씨앗]이라는 책을 써냈습니다. 선생님께 드릴 영광의 선물입니다.]]

신심과 용기는 무궁무진한 힘의 원천이다. 이것은 성공을 불러 온다. 첫 성공이 힘들지 한번 성공하면 두번째 성공을 기약한다. 누구든 작건 크건 성공해 보라. 1전 벌면 10전 생각이 나고, 10전 벌면 100원 생각이 난다. 이것이 인생 길인 듯 하다. 길이 보여야 한다.

1980년 1월, [[연변 조선족 소년보]]에서 제2회 작문 콩클이 있었다. [[연변조선족 소년보]]는 지방 신문이어서 발행 범위는 연변자치주로 제한 되여 있었다. 우리가 투고하여도 인정해 줄까? 반신반의 하면서도 나는 학생들에게 작문 콩클에 용약 참가할 것을 권유 하였다. 그런데 두 학생이 문장을 써서 가져왔다. 한편으로 기쁘고 한편으로 두려 웠다. 기쁜 것은 나를 믿고 따라 온 것이고 날개가 컸으니 날때가 되였구나! 한번 날아봐라. 그런데 나도 아직까지 이렇다 할 작품을 발표하지 못했는데 너희들이 되겠냐는 우려심이 앞섰다. 올라가지 못할 나무 바라도 보지 말라는데, 내가 주제 파악도 못하고 큰 욕심을 부리지 않는가? 만약 투고 한 것이 소문 나고 등수에 들지 못했으면 얼마나 창피한 일인가? 사람들이 주책없이 논다고 얼마나 비웃겠는가? 시골 학교에서 얼마나 잘배워 주었기에 그렇게 큰 콩클에 참가하는가? 덤벼도 분수가 있지.하루 강아지 범무서운 줄도 모르고. 비양거리가 될것이 번하였다. 그러나 해보지 않고 기다린다는것이 너무 허무한 짓이였다. 기다림은 죽음이다. 6학년이면 졸업 준비를 해야 하는데 무슨 시간이 있겠는가? 졸업 시키고 나면 또 3, 4년 배양 해야 하니, 차라리 이번에 기회를 잡아보자. 길고 짧은 것은 대봐야 안다. 2년 공력을 들였는데 학생들의 실력이 궁금하였다. 알아보고 싶었다. 나는 학생들의 작문을 어떻게 수정 해야 하는가를 상세히 알려주었다. 이렇게 하여 두학생의 작문을 투고 하였다. 1984년 4월 8일 [[연변 조선족 소년보]] 제2회 작문 콩클 결과가 발표 되였다. 료녕성 개현 서해향 조선족 학교 5학년 리학군 [[나의 동무]] 동상, 김충화 가작상. 이것은 봄우뢰 였다. 내가 배워 준 학생이 동상과 가작상을 받다니! 이 얼마나 값진 선물인가! 학교의 영예도 떨치였고 학생의영예도 떨치였고 나의 영예도 떨치였다. 우리 시골 학교에서 전교 학생 200명도안되는 학교에서 수상을 하였다. 기적이다. 꿈에나 생각해 보았겠나.그런데 현실이였다. 1983. 5 [[료녕 조선문보]] 제1회 민들레 콩클이 시작되였다. 나는 자신있게 학생들을 동원하였다. 나는 학생들의 작문 실력을 믿고 있었다. 문장 꾀나 쓴다는 학생들이 투고 하였다. 1983. 9. 30 콩클 결과가 발표 되였다. (첫 회는 등수를 가리지 않고 입선작으로 처리 하였다.) 나의 학생 6명이 입선작으로 수상 하였다. 세상엔 길이 없다. 제일 먼저 가는

제2부 나의 활동 무대

사람이 길을 낸다. 이렇게 되여 개주시 서해향 조선족 학교가 동북 3성, 료녕 성적으로 이름을 내기 시작하였다. 료녕 성적으로 큰 학교들과 어깨를 나란히 할 수 있었다. 료녕성조선족 학교 제1회 작문 콩클이 시작되어 2000년 학교가 폐교 될때까지 17년 사이 금상, 은상, 동상, 우수상 모두 11개 획득하였다.

1983. 09. 30 [료녕 조선문보]
고무와 편달

[연변소년보]
제2차 작문정연 입상자 명단

녕성 12차 작문 콩클 시상식
통지 박군

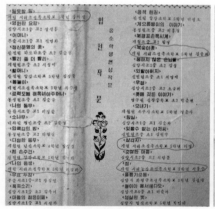

1983. 09. 30 [료녕 조선문보]
입선작문 명단

료녕성 제2차 즉석
작문콩클 수상자명단

제2부 나의 활동 무대

■ 각종 수상자 및 발표된 작품

이름	시간		제목	수상	발급 단위
리학군	5	1983. 4. 8	나의 동무	가작상	연변소년보제 2회작문콩클
김충화	5	1983. 4. 8		입선작	연변소년보제2회 작문콩클
장학선	6	1983. 9. 30	말 못할 일		료녕조선문보1회작문콩클
김충화	6	1983. 9. 30	복숭화꽃 필때		료녕조선문보1회작문콩클
리 영	6	1983. 9. 30	삼각자		료녕조선문보1회작문콩클
서룡수	6	1983. 9. 30	정		료녕조선문보1회작문콩클
최경화	6	1983. 9. 30	나의 동생		료녕조선문보1회작문콩클
김해양	4	1985. 4기	나도 몰라요	입선상	흑룡강꽃동산그림보고글짓기
김 영	4	1985.4기	욕심끝에 후회	입선상	흑룡강꽃동산그림보고글짓기
김해양	5	1986. 8. 28	여름방학의 첫수확	발표	료녕조선문보 교육면 발표
김정선	6	1988.2기	나의 자동 연필		갈피리 영구조선족문화관
김상철	4	1994. 3	선물	동상	료녕조선문보 3회작문콩클
박문섭	6	1994. 10. 20	개학하던 날	입선상	중국조선족소년보 미술경연
서련희	6	1991. 8. 1	고마운 교장	우수상	중국조선족소년보 교장컵
조연향	6	1998. 3	아버지 없던 날	금상	료녕조선문보9회작문콩클
박택승	4	1995	꿈	은상	료녕조선문보6회작문콩클
김춘단	5	1995	불쌍한 월계화	동상	료녕조선문보 7회작문콩클
서 록	6	1996	나의 노력을 긍정받고 싶다	금상	료녕조선문보 8회작문콩클
김성월	6	1998. 6. 23	토요일날	은상	료녕조선문보 즉석작문콩클
최영옥	6	1998. 10. 8	노을 (시)	발표	중국조선족소년보
최 영	6	1998. 10. 1	닭알국	발표	중국조선족소년보
리지향	6	1998. 8. 15	가짜돈	발표	료녕조선문보
조연향	6	1999. 26기	우리 마을	발표	습작동산 동북조선족출판사
정화선	4		얄미운 동생	발표	료녕조선문보
리지선	4		정말 부끄러 웠어요	발표	료녕조선문보

김해연	6		돌림 반장	은상	료녕조선문보 8회 작문콩클
리지향	6		물	발표	료녕조선문보
백미향	5		온면탕	발표	료녕조선문보
박 군	6	2000. 1. 17	죽은 나무	동상	료녕조선문보 12회 작문콩클
하향진	6	1988. 8	북병창 (6명)	금상	전국조선족아동예술절 (최룡화 안무)
하향진	5	1987. 7. 23	백화지식 경색	우수상	중국조선족소년보
김성휘	6	1996. 9	영구시소학교축구	동상	영구시체육위원회 (최문철 감독)

료녕조선문보 1회작문콩클
리학군, 김중화

연변소년보 2회 작문콩클
장학선 등 6명 사진

연항 작문콩클 9회
[[아버지 없던 날]] 금상

조김해련 작문콩클 8회
[[돌림반장]] 은상

김춘단 작문콩클 7회
[[불쌍한 월계화]] 동상

⑤

훌륭한 지도자가 되려면

옥좌에 오르기는 쉬워도 성군이 되기는 쉽지 않다. 중국의 5000 년 역사에서 황제는 많았지만 성군은 몇이 안되였다. 지시황, 당태 종, 칭키즈칸, 강희, 웅정황제, 모택동 등이 있다. 수천년의 시간이 흘렀어도 그의 이름은 자자손손 전해지고 있다. 성군은 왕이 웨쳐 서 되는 일도 아니고 보좌관들 올리춰서 되는 일도 아니다. 한국 역 사에도 성군이 그리 많지 않다. 광개토대왕, 왕건, 세종대왕 등이 있다. 성군들은 공통점이 있는데 이들은 나라와 백성들을 생각한 다. 나라를 지키고 국력을 튼튼하게 하고 백성들을 잘 살게 하는 것 이다. 성군은 뛰여난 재질이 있어야 하고 사람들과 소통 할줄도 알 고 성찰할줄 알아야 한다. 훌륭한 병사는 훌륭한 장군이 된다. 강장 수하 무약병이다.(强將軍手下, 无弱兵) 즉 센장군밑에 나약한병사가 없다 는 뜻이다. 장군이 되기전에 자신의 무예를 잘 익혀야만 장군이 된 후 병사를 잘거느릴 수 있다. 장군이 되기에 급급해 하지 말라. 옥좌 를 탐내다가 자신을 망치는 일이 너무 많다. 급급히 옥좌에 오르면 일이 순조롭게 풀리지 않고 왼새끼처럼 꼬여서 남탓을 시작한다. 성 숙된 장군이 아니었기 때문이다. 자리만 탐내였지 어떻게 일인자 노릇을 하는가 연구하지 않은 탓이다. 훌륭한 지도자가 되려면 다음과 같은 수양과 능력을 갖추어야 하지 않겠는가 생각 된다.

1) 집단과 백성을 위하는 마음이 있어야 한다.

일인자의 옥좌에 올랐으면 그날부터 내 한몸은 내것이 아니다. 집단과 백성의 것이다. 그러기에 자기몸을 불태워 집단을 위하여 백성을 위하여 바쳐야 한다. 향락을 위하여 옥좌에 오른 것이 아니다. 황소처럼 일하고 쥐처럼 먹어야 한다. 일많이 했다고 투정부리지 말고 남의 밥상도 넘겨다 보지 말아야 한다. 이런 각오도 없이 옥좌에 오르지 말았어야 한다. 멋부리는 자리가 아니다. 권세부리는 자리가 아니다. 자기의 몸과 마음을 고스란히 바치는 자리다. 재물을 긁어 모으는 자리는 더우기 아니다. 어떤 때는 죽도록 일하고도 욕먹을 때가 있다. 이것은 당연한 일이다. 잘못되면 모두 왕이 잘못되여 그렇게 되였다고 생각하기 때문이다. 나의 보좌진도 나와 비슷하거나 나보다 뛰여 나야한다. 일이 잘되였으면 너도 좋고 나도 좋지만 잘못 되였으면 한사람 한테 집중적으로 추궁을 받게 되고 질타를 받게 된다. 이럴때 냉정히 따져 보아야 한다. 내가 한일이 누구를 위한 일인가? 큰일이건 작은 일이건 누구를 위한 일인가? 집단과 백성을 위한 일이라면 서슴치 말고 끝까지 해야 한다. 계백장군처럼 나라를 위해서라면 처자도 버릴수 있어야 한다.내가 추진 하는 일이 나를 위한 일이라면, 소집단을 위한 것이라면, 친인척, 친구, 동려를 위한 것이라면 절대 하지 말아야 한다. 배가 뒤짚힐 일이다. 어떤 일이나 형식을 추구하지 말아야 하고 내용이 있어야 한다. 실사구시 하게 진정성 있게 일을 해야 한다. 보여 주기식으로 절대 하지 말아야 한다.두번만 하면 군중들이 다 알게된다. 진실과 거짓은 질적으로 다르다.아무 일이나 근거가 있어야하는데 과학적 근거와 이론적 근거가 있어야 한다. 정확한 일인데도 어느 한사람이 미워서, 어느 한 그룹이 미워서 그만둔다면 매우 위험한 시한 폭탄을 묻고 가는 것이다. 때가되면 꼭 폭발한다. 일인자라 해서 무엇이나 정확한것이 아니다. 과학적 근거와 이론적 근거로 따져 보아야 한다. 그래도 해보고 싶으면 작은 규모로 해보고 다시 검증을 받아야 한다. 이렇게 하여 최대한 손실을 줄여야 한다. 집단과 백성을 위한 일이라면 절대 금전에 손을 대지 말아야 한다. 금전옆에 가면 마치 모래톱을 거니는 것과 같아 신발이 젖기 마련이다. 금전을 좋아 하는 사람치고 주색에 안빠진 사람없다. 금전과 주색은 일맥상통이다. 옥좌에 오르면 일가, 친척, 동료, 친구, 친인척을 모두 시집 보내야 한다. 근처에 누구도 두지 말아야 한다. 눈감아 주면 순식간에 국고가 거들 나고 기둥이 썩는 줄을 모른다. 화폐가 존재 하는한 금전의 유혹은 매우 크다. 경제문제는 백성들과 직접적인 연관이 있기에 사회적으로 예민한 문제이다. 동전 한잎 이라도 주머니에 넣어서는 안된다. 아무리 가난한 곳이라도 왕이 먹을 돈은 있다고 한다. 핵심 포인트는 금전과 멀리 하라는 것이다. 사람은 죽어도 장부는 썩지 않는다는 중국 격언이 있다. 평민으로 있을 때는 모르지만 옥좌에 오르면 생각이 달라진다고 말한다. 그러나 본색이 중요하다. 많은 지도자들이 금전에 못이겨나락으로 떨어지군 한다. 처음부터 머리속에서 금전이란 개념을 없애 버렸어야 한다. 자기의 양심장부가 깨끗해야 한다. 손님접대, 시공, 투자설비 등에서 금액을 부풀려서 뜯어내지 말고 사례금을 받지 말아야 한다. 오직 진정으로 나라와 백성을 위한다면 좋은 지도자로 새겨져 있을 것이다. 내가 얼마만큼 일했는가는 백성들이 점수를 주게 될 것이다.

2) 원칙을 견지하면서 용서하라.

원칙은 인정없이 무정하다. 원칙 앞에서는 부모처자도 없어야 한다. 오직 원칙 하나에 있다. 한사람을 위하여 원칙에서 살짝 벗어나면 그 뒤로 수천수만의 사람들이 문틈을 비집고 들어와 그 원칙을 더 크게 뚫어 놓는다. 바늘 도둑이 소도둑 된다. 하나의 원칙이 하물어 지면 잇달아 다른 원칙도 차례로 그 효엄을 발휘하지 못하게 되다. 자신이 만들어 놓은 조례나 법규를 지키지 못하면 그 지도자를 믿지 못하고 따르지 않는다. 장소에 따라서, 사람에 따라서 원칙이 변하면 더욱 위험하다. 계파를 만들어 놓는 것으로 된다. 원칙을 찰떡처럼 주물러 놓지 말고 강철처럼 굳세야 한다. 튼튼한 보뚝도 개미 구멍으로 뚫린다. 중국 춘추시기 (기원전 350 년) 상앙이란 사람이 진 (晉) 나라의 진효공에게 변법할 것을 제의 했다. 이변법의 실행을 위하여 상앙은 성문우에 포고문을 붙혀 놓았다.

[[남문에서 성문으로 통나무를 옮긴 자에게 동전 10냥을 준다.]]

　그러나 한사람도 나서는 사람이 없었다. 그래서 50냥으로 올렸다.한 젊은이가 나섯다. (설마 주겠냐? 안 주어도 괜찮으니, 한번 해보자.) 일이 끝나자 상앙이 그 청년에게 50 냥을 주었다. 이렇게 되여 상앙이 변법을 써서 성벽에 붙혀 놓으니 사람들이 구름처럼 몰려와 포고문을 보았다. 그 후 상앙의 변법이 쉽게 이루어 졌다. 그래서 진나라는 강성한 국가로 되였다. 정책을 실시하는데 신뢰가 중요한 것이다. 믿음은 말로써 표현하는 것이 아니라 사람들의 신뢰가 쌓이여야 한다. 조례를 만들어 놓고 준수해야 한다. 이것이 원칙이다. 백성은 조례를 위반하면 벌칙을 할 수 있는데 지도자는 그렇게 할 수 없다. 원칙에 어긋나게 한두번 하다나면 나중에는 배를 뒤엎을 수 있다. 백성들은 원칙을 지키는 지도자를 존경하고 따른다. 원칙을 지키는 것은 절대다수의 리익을 수호하는 것이며 원칙을 어기면 소수 이익을 보호하기에 종국적으로 파면에 이르게 까지 된다. 그래서 원칙을 견지 하여야 한다. 웃물이 맑아야 아래물이 맑다. 원칙을 버리고 한잔 술을 얻어 먹거나 대가를 받을 수 있지만 그대가는 엄청나게 큰것이다. 재미난 구멍에서 범 나온다. 임시 먹기는 꽂감이 달지만 스스로 자기의 무덤을 파는 것이다. 천인공노할 일이다. 원칙으로 덕을 쌓으라. 원칙을 떠난 덕은 있을 수 없다. 대게 지도자들이 물러 나게 되는것은 원칙을 버렸기 때문이다. 원칙을 견지 하는 사람이라면 서뿔리 옥좌에서 끌어 내리지 않을 것이다. 원칙을 견지하지만 사람을 미워 하지 말라. 어느때 이건 사람 잡는 일은 하지말라. 물건은 보기

싫으면 버릴 수 있지만 사람은 버릴 수 없다. 미워 할수록 미운 것이 사람이다. 사람을 미워 하지 말라. 언젠가는 오해를 풀수있다. 하다 못해 스스로 깨닫게 된다. 내가 용서하면 그사람도 용서한다. 낯깍이는 일이 아니다. 이렇게 하여 암덩이를 잘라내야 편안하게 살 수 있다. 원칙과 용서는 갈라 놓을 수 없다.

3) 최고의 실력자가 되라.

지도자라면 그부문의 최고 실력자가 되어야한다. 최고 실력자가 아니였다면 내공이 부족하다. 내공이 부족하면 다른 부문에가서도 최고 실력자가 될 수 없다. 내공이 있었다면 다른 부문에 가서도 자신이 해왔던 방식대로 또 학습하고 연구 할 것이다. 빠른 시일내로 최고 실력자 자리에 오를 것이다. 집에서 새지 않는 바가지 밖에 나가도 새지 않는다. 실력이 없으면 다른 사람을 영도할 수 없다. 최고의 실력자가 아니어도 그에 가까워야 한다. 그렇지 않으면 사람들이 깔본다. 자신도 대중들 앞에 서기가 떳떳 하지 못하게 된다. 어떤 주견을 내놓아도 심도가 없고 생각이 좁다. 최고의 실력자가 되려면 책을 많이 읽어야 한다. 나폴레은 말을 타고 가면서도 책을 읽었다고 한다. 세종대왕도 손에서 책을 놓지 않았다고 한다. 참으로 박식한 분이였다. 게다가 총명하고 지혜로운 분이였기에 만고에 길이 빛날 한글을 창제하였다. 과학적이고 배우기 쉽게 만들어 놓았다. 세종대왕 32년간 조선은 전성기 (1418~1456년)를 맞았다. 이로 알 수 있는바 더 발전시키려거든, 새로운 것을 만들어 내려면 전인의 경험을 학습해야 한다. 전인의 경험을 학습하는데는 책밖에 없다. 책은 영도자이고 가이드고 공구 서적이다. 독서를 통하여 간접 경험을 습득하는 것이다. 간접 경험을 재검증 하는 데서 새로운 아이디어가 발상된다. 독서를 하지 않으면 그때가 바로 그의 한게로 끝난 것이다. 최고의 실력자로 보존 되려면 끝날때까지 공부를 해야 한다. 실력 없는 지도자라도 열심히 하면 훌륭한 지도자가 될 수 있다. 실력 없는 지도자라면 십중팔구는 의심병이 생긴다. 잘 모르기 때문에 다른 사람하는 것을 쳐다만 봐야하고 보아도 무슨 짓을 하는지 모른다. 그러기 때문에 저놈들이 속이지 않는가고 생각하게 된다. 뒤에서 나를 비웃지 않겠는가 의심한다. 의심은 할수록 눈덩이 처럼 커진다. 어쩌다 풍문으로 들은 소리로 께끼여보니 어처구니 없어 면박까지 당하니 위엄이 바닥으로 떨어 졌다. 차라리 멀리 떨어져 구경 했더라면 이런 창피까지 당하진 않았을 텐데. 영도자라는 것이 구석에 피하여 있자니 자멸감을 느끼게 된다. 실력없이 영도자가 된 고심이다. 이런 일들이 비일비재 하다. 운좋게 옥좌에 올랐으나 박지도 빼지도 못하는 신세가 된다. 좋은 미끼여서 덥석 물었더니 낚시였다. 바늘 방석에 앉은것 처럼 불안 하였다. 그러면 지금이라도 공부를 해야지 바보온달 모르는가? 후에라도 무예를 연마하여 진정한 장군이 되어야지.

중국 동주시기에 있은 일이다. 새임금이 직위 하자 새임금은 합주를 좋아 하지 않고 독주를 듣기 좋아하였다. 그런데 피리부는 악공이 급해 났다. 여태까지 손가락 놀림으로 속여 왔는데 이제 곧 들통이 나게 되였다.이때까지 황제를 속인 죄로 모가지가 날아가게 되였다. 악공은 자기 차례가되기전에 도망쳐 버렸다. 아, 왜 내가 실력도 없이 악공이 되였는가? 자리를 보고 누워야지 옥좌에 오르면 누구나 다 내말을 고분고분 들을 줄 알았는데? 천만에. 자신의 뺨을 때린 격이였다. 야심을 품었으면 십년이고, 이십년이고 실력을 차곡차곡 쌓았어야지. 감나무 밑에서 감떨어지기를 바랬나. 이런 부류의 사람들이 꽤있다. 백성들이 물어보면 동문서답 하는 지도자들이 가련하다. 옷을 벗은 임금님이다. 귀동냥으로 최고 실력자가 될 수 없다. 5년, 10년 내다 보려면 과거, 현재, 미래를 내다 보아야 하는데 책을 보지 않고 무엇을 한단 말인가? 주먹치기가 아니다. 과학이다. 나는 교육이론을 하습하는데서 영양분을 많이 섭취 하였으며 교수 실천을 통하여 교수 경험을 누적하였다. 손색없는 교육 전문가가 되고 싶었으며 내가 알고 있는 천박한 소견이지만 신문, 잡지, 세미나에서 론문 칼럼 등을 발표 하여 소통하였다.

■ 론문 칼럼

시기	론문 제목
1982. 5. 20	료녕성1차조선어문 교수연구회 [[학생들의 작문흥취를 어떻게 불러 일으켰는가?]] (론문집에 수록)

1982. 10. 12	동북3성 1차 조선어문 교수연구회 [[학생들의 작문흥취를 어떻게 불러 일으켰는가?]] (론문집에 수록)
1984. 8. 30	동북3성 조선어문 7차 전업학술회의 (전업통신 수록)
1985. 11. 21	료녕성조선어문 2차 교수연구회 [[중급 학년부터 글의 구성으로 강의 해야 한다.]] (대회교류)
1986. 6. 3	료녕조선문보 [[가정교육에서 응당히 주의해야할 몇가지 문제]] 발표
1988. 2기	중국조선족교육 잡지 [가정학교는 농촌 실정에 맞게]] 발표
1988. 6. 17	료녕성4차조선어문교수연구회 [[조선어문 수업중에 모호성에 대한 생각]] (대회교류)
1989. 4. 1	료녕성민족학교 과학적관리 경험교류회 [[교장이 교원관리에서의 역할]] (대회교류)
1992. 05. 07	전국 조선족 소학교 3회 조선어문 교수개혁 연구회 [[학생들의 작문을 어떻게 지도할 것인가?]] (우수론문)
1993. 7기	중국조선족교육 [[학생들의 작문을 어떻게 지도할 것인가?]] 발표
1984. 3. 8	료녕조산문보 [[농촌 소선대 활동에 대한 소감]] 발표
1994. 7. 7	료녕조선문보 [[의무교육의 관건은 초중단계]] 발표
1994. 8. 18	료녕조선문보 [[시급히 해결 해야할 작문교수]] 발표
1994. 9. 23	중국조선어문4차전업학술회 [[학생들의 작문지도에 대하여]] 우수론문
1995. 10. 19	료녕6차 조선어문교수연구회 [[인물성격 발전의 합리성]] 우수론문 [[저급 학년에서의 언어훈련에 대하여]] 2등 론문
1999. 4. 17	료녕조선문보 [[벽지 학교의 출로는 어디에]] 발표
2001. 7. 22	중국조선어문 12차 학술회의 [[지금 조선어문이 부딪친 난점]] 2등론문
2002. 11. 21	개주시신문 [[기다리지 말고 전통교육 방식에 도전]] 발표
2003. 1. 9	개주시신문 [[새과정표를 추진하여 소질교육을 전적으로 실행하자]] 발표

제2부 나의 활동 무대

观潮　　　　　　　不等不靠挑战传统式模

你想过怎样开晨会吗潮

중국 조선족 교육 1993. 7기

차례

글짓기 지도를 잘하려면

5 훌륭한 지도자가 되려면

2003. 1. 23	개주시신문 수업실기 4학년 쎄 쇼우윤선생 [[밀물을 바라보며]] 발표
2003. 6. 5	개주시신문 [[당신은 조회를 생각해본 적이 있는가?]] 발표
200712. 11	료녕조선문보 [[시대발전에 주응하여 새로운 변화 시도해야한다.]] 발표
2008. 6 기	중국조선족교육 잡지 [[학생평어를 어떻게 쓸 것인가에 대한 소감]] 발표
2008. 6. 17	료녕조선문보 [[어린아이들에게는 양호한 습관을 양성시켜야한다.]] 발표

4) 판단 능력과 조직 능력이 있어야 한다.

판단과 결론은 외로운 것이다. 누구나 판단울 하고 결론을 내려야
한다. 매일 매시각 사람들은 판단을 하고 결론을 내린다. [밥을 먹을
가? 술을 먹을가? 갈가 말가? 버릴가? 건사할가? 붙잡을가? 놓아줄
가? …] 하루에도 수백번 판단이 있게 된다. 판단과 결론은 떠날수
없다. 판단은 능력이다. 판단에서 오판이 생기면 그일은 실패다. 그
럴만큼 판단은 실패를 가르는 시금석이다. 판단은 주관적 선택이다.
조직은 판단의 기초 위에서 구체적 실행이다. 목적없는 판단이 있을
수 없다. 조직은 판단에 의하여 행동이 이루어 진다. 조직이 잘못 되
여도 실패할수 있다. 가령 전쟁을 하는데 정확한 판단이 있어야 한
다. 잘못 된 판단이면 만회할 여지도 없이 실패하고 만다.조직은 비
교적 복잡한 환절이다. 인력, 재력, 시간, 장소, 조건, 과정, 정신, 결

제2부 나의 활동 무대

과를 고려해야 한다. 실행중에 관건 포인트는 놓쳐서는 안된다. 판단이 있은후 조직을 하게 되므로 판단이 극히 중요하다. 판단에는 정확한 판단과 그릇된 판단이 있다. 정확한판단은 성공할 확률이 높고 그릇된 판단은 실패확 률이 높다. 판단하려면 추리를 해보라. 추리를 할때면 가능성을 충분히 열어 놓고 하여야 한다. 그래야 정확한 판단을 할 수 있다.

양봉 주인을 찾아 가려한다. 어떻게 찾아 갈 것인가? 양봉주인은 이곳으로 아사온지 며칠 안되여 사람들이 모르고 있다. 양봉주인의 이름을 아는사람은 더구나 없다. (전화가 없는 시기) 방법이 없을까? 꽃밭을 찾아 갔다. 꿀벌들이 화분을 채집하지 않을까? 부근의 꽃밭을 찾아 갔다. 꿀벌들이 화분 채집에 여념이 없었다. 이꽃저꽃을 옮겨 다니며 화분을 채집하고 있었다. 꿀벌 한마리가 다리에 노란 화분을 묻혀서 날아갈 힘조차 없었다. 이꿀벌은 집으로 돌아가겠지? 어느 방향으로 날아가는가? 동쪽 방향으로 날아가고 있었다. 쉬다가는 날아가고 날다 가는 쉬면서 곧장 동쪽 방향으로 날아가고 있었다. 나는 무조건 동쪽 방향으로 걸어갔다. 얼마 안가 그 양봉주인을 만났다. 양봉주인은 깜짝 놀랐다. 이사온지 3일밖에 안되였는데 어떻게 찾아 왔냐고? 정확한 추리와 판단에 의하여 손쉽게 찾았다. 이것을 정리해 보면 양봉주인은 어디로 간다고 말했지만 정확한 주소를 말하지 않았다. 이곳엔 양봉하는 사람이 없다. 양봉주인은 이곳으로 처음 왔다. 그러므로 이곳 주민들은 양봉주인을 모를 것이다. 그러므로 주변 사람들에게 양봉주인을 찾아 보아야 희망이 없기 때문에 꿀벌을 찾아 떠나기로 판단하였다. 꿀벌을 찾아 떠난다면 꼭 찾으리라 굳게 믿었다. 양봉주인을 찾아가는 전반 과정이 판단과 추리 과정이며 조직능력을 발휘한 것이다. 어느때, 어디서, 누구와 무엇을 하는가? 실행 중 어떤 문제가 나타날수 있는가? 어떻게 대처 할 것인가? 다른 방향으로 흘러 가면 어떻게 할까? 실패를 최소화 하는 방법은? 어떤 도구, 어떤 여론을 이용 하겠는가? 목표에 도달하면 득과 실이 어느것이 더 클가? 이렇게 추리하고 최종 판단을 하면 90% 이상 실수가 없다. 정확한 판단은 어디에서 오는가? 자신의 지혜와 추리능력에서 온다. 추리는 자신의 직접 경험 혹은 간접 경험에서 온다. 이 추리는 이론적 근거와 과학적 근거를 종합 분석한 결과이다. 추리과정에서 추호도 과장하거나 축소 된것을 근거로 삼아서는 절대 안된다. 만약 그런 것을 가지고 추리판단 하였더라면 꼭 실패하고 경을 치르게 된다. 즉 공식이나 개념을 잘못 대입시킨 것이다. 절대 정확한 답안이 나올수 없다. 추리는 나의 지혜와 총명을 과시하는 과정이라면 판단은 나의 담력을 선포하는 것이다. 성공을 부여 할려면 친구와 친인척의 과장되었거나 축소 된것을 듣지 말아야 한다. 그들은 나의 눈치를 봐가면서 귀맛 좋게 들려준다. 판단은 침착과 모험이 뒤따르므로 타이밍이 중요하다. 투자가 클수록 모험이 크다. 그럴수록 침착해야 한다. 큰일을 하는데 꼭 희생이 뒤따른다. 판단을 내리기전 근거를 가지고 추리를 해야 한다. 정확한 근거라야만 장확한 판단을 할 수 있다. 중국 역사에서 진2세가 망하게 된 원인은 환관의 아첨 때문이였다. 마감에는 환관이 황제 앞에서 [[이것은 노루입니다.]]

라고 말하니 황제는 [[송아지가 노루같이 생긴 것도 있구나.]] 라고 중얼거렸다고 한다. 증거는 과학적 근거 외에 의혹도 근거로 할수 있지만 참 고로 하여야지 참신한 근거로 삼았다가는 깊은 함정에 빠질 수 있다. 그 함정은 자신이 파놓은 것일 수도 있고 다른 사람이 파놓은 함정일 수도 있다. 의혹은 보이지 않는 함정이다. 산사태나 눈사태와 같다. 한개 단위, 한개 국가도 마찬가지다. 지도자라면 반드시 판단력과 조직력이 뛰여나야 한다. 저사람이 어떤 사람인지 정확한 판단이 있어야 한다. 저 지도자가 어떤 사람인가 알고 싶거든 신변의 사람을 보면 알 수 있다. 망두기가 한데로 모인다. 잘못되면 낭패를 본다.

5) 시시각각 성찰하라.

  성찰은 지위가 높건 낮건 누구나 다 해야한다. 잠자리에 누우면 먼저 성찰해 보아야 한다. 성찰은 내일을 위해서다. 내일을 더 보람차게 살기 위해서다. 그래서 오늘을 성찰해보라. 오늘 보고, 듣고 느낀 것이 무엇인가? 어떤 일을 처리 했는데 처리한 것이 옳은가? 왜 틀렸는가? 객관에서 문제를 찾아 보라. 주관에서 생각하면 자기가 처리한 것이 옳다고 생각하기 때문이다. 그러나 모든일은 내가 생각했던 거와 상반될 수 있다. 도적질한 사람보다 잃은 서람이 더 큰 죄가 될 수 있다. 옛날에 한사람이 집에서 도끼를 잃었다. 도끼잃은 나그네는 옆집, 뒷집, 앞집들을 다 의심했다. 근간에 우리 집을 다녀간 사람을 모두 의심하였다. 아무모로 보나 그사람이 도적질 한 사람 같아 보이였다. 얼굴표정을 보아도 걸음걸이를 보아도 틀림없는 도적놈 같아 보이였다. 어느모로 보나 틀림없는 도적놈으로 보이였다. 며칠뒤 사립문 뒤에서 도끼를 찾았다. 성찰할때 한가지 일을 여러 방면으로 생각해 보아야 한다. 그래야 진정한 성찰이라 할 수 있다. 나의 권리속에서 문제를 생각해서는 안된다. 응당히 백성의 립장에서서 그 눈높이에 맞추어서 생각해 보아야 진정한 성찰이라 할 수 있다. 문제가 잘못 되였을때 자신한테서 찾아야지 부하거나 백성들 한테서 찾으면 절대 안된다. 이것은 자격없는 지도자이다. 무능한 사람이 남탓을 잘한다. 그러나 사람들은 이상하게도 잘못 했으면서도 남한테서 문제를 찾으려 한다. 제가 잘못 했으면서도 성찰하지 않는다. 잘못했으면 승인하고 고치면 될것을 구태여 구실을 찾아 변명까지 한다. 자존심 때문일가? 잘못을 승인 하면 위신이 내려가는 줄로만 생각한다. 잘못을 승인하고 고치면 사람들이 더욱 우르러 본다. 현명한 지도자라고. 변명할수록 문제를 더크게 만들고 위신이 나락으로 떨어진다. 수양이 모자라도 한참 모자란 사람이다.작은 불씨를 감추려다 큰 화재를 입는다. 작은 일을 크게 만들지 말고 간단한 일을 복잡하게 만들지 않는 것이 책략가이다. 성찰을 통하여 자신의 과오를 미봉하라. 사람들은 일정한 지위에 오르면 자신이 크게 변한 것으로 착각한다. 사람도 그대로이고 성격도 그대로 이다. 변한 것은 권리 뿐이다. 과부가 홍두께 만난듯 권리를 보니 제멋대로 함부러 할려고 한다. 모든 것은 법규가 있는 것이다. 황제도 법도를 지켜야 한다. 신호등에 따라 음직이여야 한다. 성찰하는데 제일 놓

제2부 나의 활동 무대

은 방법은 소통이다. 소통하는데 몇몇 사람한테 듣는 것으로 끝내서는 안된다. 중국의 당태종은 재상 위징의 비평을 잘들었다. 위징은 황제의 잘못을 곧이곧대로 알려주었다. 위징의 말을 들을 때는 낯이 뜨거워 났지만 그의 말을 들어서 낭패본 일이 없었다. 위징이 죽은 후 당태종은 위징을 거울로 삼아 자신을 견책 하였다 한다. 중국 역사에서 당조시기에 전성기를 맞아 강성한 국가로 되였다. 바로 당태종의 참다운 성찰, 스스럼 없는 소통이 잘못을 고치고 사업을 개진하고 새로운 것을 추구 하였기때문이다.

소통은 경청하는 것으로 끝내는 것이 아니다. 소통은 문제 실질을 파악하는 것이다. 즉 이론적 근거와 과학적 근거를 찾아내여 그릇된 판단을 버리고 옳은 판단을 내놓아야 하는 것이다. 이것이야 말로 진정한 성찰이고 소통이다. 세상은 혼자 사는 것이 아니다. 더불어 사는 것이다. 셋만 모여도 스승이 있고 제갈량이 있다. 일을 성사시키려면 성찰하고 소통해야 한다. 지위가 높을수록 더 겸허하고 자기를 낮추보고 시시각각 성찰하면서 살아가자 . 꼭 거울을 보라. 그래야 자신을 알 수 있다.

6) 실사구시 하면서 약속을 지키라

사람들은 [[척]]을 잘한다. 아마 본능 인것 같다. 모르면서 아는 척, 없으면서도 있는 척, 자그마한 나부랭이면서 대감인 척, 짠돌이면서 통큰 척, 아둔하면서도 총명한 척, 겁쟁이면서도 용감한 척, 척이 하도 많아 일일이 꼽지는 못한다. 왜 사람들은 [[척]] 할가? 진실이 드러나면 자신의 존재가 가리워지기 때문이다. 덮어 감추려 하지만 사람들은 다알고 있는데 자기만 모르고 있다. 손바닥으로 어찌 하늘을 가릴 수 있겠는가? 헛풍은 일시적이다. 당신의 헛풍을 몇번 겪고나면 사람들은 당신곁을 떠나 버린다. 허풍쟁이는 진실을 싫어 한다. 허풍쟁이는 허풍쟁이끼리 모인다. 그래서 사람들은 다리 부러진 노루 한곬으로 모인다고 한다. 허풍쟁이가 한단계 오르면 사기꾼이 된다. 사람들은 진실을 좋아하고 실사구시를 좋아한다. 실사구시는 용기가 필요하다. 즉 사실을 인정해야 한다. 신체 장애가 있는사람은 극력 자신의 장애를 감추려 한다. 창피해서. 나를 깔보지 않겠나 해서. 이것은 콤플렉스다. 만약 자신의 장애를 감추지 않고 대수롭지 않게 공개한다면 사람들의 동정도 받고 도움을 받을 수 있다. 내놓은 허물인데 감추어서 없어지나? 거짓과 진실은 한사람의 인격과 본성을 반영한다.누구든 직위를 막론하고 착실하게 살려면 실사구시 하여야 한다. 쌀 100근밖에 질 수 없는데 150근 진다고 하면 사람들이 정말 해보라고 하면 금방 들통이 나는데 어쩔 셈인가? 돈자랑을 하는데 옆에서 좀 빌려 쓰자면 어쩔 셈인가? 바로 들통날 일을 왜 그렇게 말하는가? 거짓은 자기 무덤을 파는 것이다. 자신은 무덤인줄 몰랐다. 오직 하나 허위로 자신을 과시 하려다가 망신을 당한 것이다. 일처리함에 있어서 실사구시 하는 것이 좋다. 매일 가난하다고 우는 소리를 하면 반겨줄 사람이 없다. 참을줄 모르는 가벼운 사람이라고 한다. 거짓은 믿음을 깬다. 실사구시대로 말하여

206

양해를 구하고 도움을 요청해야 한다. 이것이야말로 명석한 두뇌를 가진 사람이다. 세상에 완전무결한 사람은 없다. 거짓에 속으면 허탈감 받고 배심감을 받는다. 약속도 실사구시 하여야 한다. 지키지 못할 약속은 절대 하지말아야 한다. 내가 별을 따다주리라, 내가 그 빚을 갚아주리다. 허황한 약속 하지 말라. 친구간 약속을 깨면 믿음과 신뢰가 깨져 버린다. 대장부 일언 중천금 이라는 것을 잊지 말라. 황당무계한 약속은 값이 떨어진다. 나는 선생님들과 이런 약속을 한 적이 있다. 일년에 지각 3차, 조퇴 2차, 결석 하루를 줄테니 위반 하지 않으면 정상 출근으로 하고 이 약속을 지키면 상금을 준다고 하였다. 선생님들은 이 약속을 지키기 위해 무척 노력하였다. 지각, 조퇴, 결석에 따라 벌금을 했더니 효과가 매우 나빴다. 지킬 수 있는 약속을 하라.

7) 믿고 의심하지 말라.

사람을 믿지 못하는데는 여러 가지 원인이 있다. 흔히 볼 수 있는 것이 콤플렉스다. 자신의 렬등감에서 온다. 내가 저사람보다 한수 떨어져, 내가 저사람 보다 학력이 좀 낮아, 내가 저사람 보다 인물 체격이 좀 못해, 내가 저사람 보다 뒷심이 약해 등등으로 위축되면 의심을 가지게 된다. 저사람이 누구와 접촉한다는 데 무슨 꿍꿍이를 꾸미지 않을가? 뒷조사를 해보았다. 그런데 그 뒷조사가 틀린 것이었다. 목적이 틀린 것이다. 먼저 목적이 있었고 사건은 후에 만들어진 것이다. 모자를 먼저 만들어 놓고 씌운 것이다. 머리에 맞추어 모자를 만들어야지 모자를 만들어 놓고 머리에 씌우면 그사람이 아닐 수 있다. 저사람이 도적질을 했을 거야? 아니면 무슨 돈으로 아파트를 사? 조사해보니 바늘 도적을 한일이 있었다. 그렇지 바늘 도둑이 소 둑이 된다니까. 또 조사범위를 넓혔다. 이렇게 눈덩이를 굴렸다. 의심을 하게되면 먼저 주변사람을 의심 하게 된다. 주인을 버리고 떠나는 사람은 최측근들이다. 의심은 또 다른 의심을 낳는다. 중국의 류방은 항우를 이기고 한고조를 건립하였다. 황제가 된후 개국공신들을 하나하나 처단하였다. 이렇게 무한 반복을 하였다. 의심으로 대방을 찾고 또 처단하고, 그러고나니 민심이 소란해졌고 최측근들이 떠나게 되였다. 의심 끝에 마지막에는 자신이다. 까마귀 열두가지 소리에서 마지막 소리는 자기가 총맞아 죽을 소리를 한다고 한다. 의심 많은 황제는 절친이 없다. 의심 많은 사람은 가정환경과 주변환경의 영향을 받아서 그렇게 될 수도 있다. 의심이 많은 사람은 자기의 고약한 버릇을 잘 버리지 못한다. 만나는 사람마다 다 의심스럽다. 의심많은 지도자 주변에는 아첨쟁이가 많다. 잘못 보였다가는 잘리기 때문이다. 의심 많은 사람은 특점이 있는데 사람들 앞에서 자기의 속심을 드러 내지 않고 입에 바른소리를 한다. 분명히 못생겼는데도 꽃처럼 예쁘네요 라고 말한다. 그사람의 진실을 모른다. 못난것도 예쁘다하니 그사람의 기준점이 어디 있는지? 내가 예뻐서 예쁘다고 하는지 헷갈린다. 사업에서도 꼭 이런 방식으로 한다. 저보다 높은 사람앞에서는 자기의 자랑을 모름지기 늘여 놓는다. 진짜 실력은 없다. 이런 지도자들은 선동하는 능수다. 선동으로 제위신을

제2부 나의 활동 무대

올리고 환심을 쌓고 대방을 공격한다. 히틀러는 대중들 앞에서 기막힌 연설을 한다고 한다. 자기의 모든 것을 불태워 나라를 살리고 백성들을 살리겠다고 하였다. 그러나 연설 뒤에는 무자비 하게 유대인을 600만이나 도살 하였다. 이런 사람이 단위의 책임자가 된다면 그 단위는 파별이 생겨나고 화약냄새가 코를 찌르는 살벌한 전쟁터가 되어버린다.

사람이 사람을 못 믿으면 누구를 믿고 살아가야 하나. 그 어떤 사람이건 믿어보라. 나쁜 사람은 극소수다. 일인자라면 더우기 모든사람을 믿어야 한다. 믿지않고 어떻게 사업을 이끌어 나가겠는가?

영국에서 생긴 일이다. 수감생활을 마친 죄수가 한 별장에 뛰어들었다.

[[사장님, 돈을 내 놓으시오. 그렇지 않다간 이 비수가 가만 있지 않을 것이오!]]

[[그뜻을 알겠는데, 그냥 줄 수는 없소. 돈을 어디에 쓰겠는지 말해줄 수 없소? 들어보고 믿음이 가면 그만큼 줄 수는 있소. 이유가 명확하지 않으면 당신 생활비로 석달만 줄것이오.]]

젊은 청년은 수감한 사실을 요약해서 말하고 자기의 타산도 말했다. 그러자 주인은 두말없이 수표를 꺼내여 금액을 써넣고 청년에게 주었다.

[[다음에 올때는 부자가 되어 오시오. 그리고 홀어님을 잘 모시오.]]

주인은 죄수의 말을 믿었다. 청년은 생활난에 못 견디어 도둑질을 한번 했는데 붙잡혔고 자기의 소원은 자그마한 구두방을 차리는 것이다 라고 말하였다. 이 이야기는 강도 사건이었다. 주인은 청년을 믿었고 청년은 감동을 받았다. 그후 청년은 5년동안 열심히 일하여 돈을 벌었고 모은 돈을 가지고 회장을 찾아갔다. 믿음보다 진실한 것은 없다. 진실하면 믿음이 가고 믿음이 간것은 진실때문이다. 의심만 하지말고 진실을 믿으라. 잘못을 보았을때 그때그때 지적하여 과실이 나타나지 않게 하면된다. 처음부터 의심해서는 안된다. 부단히 학습하고 성찰하면서 최고의 실력자가 되라. 콤플렉스를 없애라. 의심은 주변 친구를 빼앗아가고 믿음은 친구를 데려다준다. 의심은 강물이 줄어들게 하고 믿음은 강물이 불어나게 한다.

8) 자만하지 말고 겸허하라.

세상에서 제일 흉악한 범인은 자만이다. 자만이라는 무기를 가지고 전쟁터에 갔다면 100 % 실패한다. 쥐꼬리만큼 알고서 어디에 가서 써 먹겠는가? 자만은 애초부터 없애야 했다. 지도자가 된다음 없앤다는 것은 힘든 일이다. 자만은 밑천만 생기면 코브라처럼 머리를 쳐들고 아무에게나 덤벼든다. 자만은 누구에게나 원시적으로 잠복해 있었다. 내가 뭘 좀 안다고 하면 자만은 머리를 들고 나선다. 세상일을 내 혼자 다 아는 것처럼. 세상이 얼마나 큰데 다알겠냐고? 내가 돈이 좀 생겼다고 머리를 쳐들기 시작 한다. 마치 내가 이 세상의 돈을 모두 가진것처럼. 내가 저사람 보다 좀 나으면 머리를 쳐들기 시작한다. 그러면 가차없이 잘라 버려야한다. 자만을 하는 순간부터 자신은 한계에 도달한것이다. 자만을 하게되면 책과 이혼을 하게 된다. 책보기 싫어서 자만 하게되는 것이다. 아무리 아는 것이 많다하여도 십년이면 밑동아리가 드러난다. 죽을 때까지 공부를 해야지 자만으로 중동무이를 해서야 되겠는가? 자만은 사람을 라태하게 만든다. 자만하게 되면 나만 똑똑해 보이고 다른 사람은 머저리로 보인다. 자만 할적마다 [[뛰는 놈우에 나는 놈 있다.]]는 것을 항상 명기 하고 채찍질을 해야 한다.

진정 많이 배웠고 수양이 있다면 겸허하라. 잘익은 벼이삭처럼 겸손 하면서도 자신의 마음을 비워둔다. 내가 누구보다 아는 것이 많다고 생각하면 겸손할 수가 없다. 이미 당신의 머리속에는 아는 것이 많다는것으로 꽉 찼기 때문에 겸손이 비집고 들어갈 자리가 없다. 자만이라는 불청객이 먼저 들어가 둥지를 틀고 있기 때문이다. 항시 마음을 비워야 겸손이 들어갈 자리가 있다. 내가 똑똑한줄 알았는데 다녀보면 나보다 센사람이 많다. 황제가 되었더라도 백성만 못할 때가 많다. 자신을 갈고 닦는 일은 평생일이다. 내가 오늘 군자라고 평생 군자인 것은 아니다. 자신을 낮추었다 하여 머저리가 아니다. 낮출 수록 덕망이 더 높아진다. 자신의 마음을 비우고 겸손해야 주위에 사람이 모인다. 다른 사람에 대하여 존중하고 허심히 배우는 품성을 갖추어야한다. 다른 사람의 말을 경청 해야 한다. 배우는 것은 죽을때까지 배워도 다 못배운다는 속담이 있다.현재 있는지식으로 만족해서는 안된다. 사회가 비약적으로 발전해 나가는데 언제 자만할새가 있는가? 자만의 원수는 겸손이다. 자만을 물리치고 겸손을 살리자. 지도자는 더욱 이런 수양을 갖추어야 한다.

9) 분위기를 조성하라.

위생이 깨끗한 길가에 담배 꽁초를 던지기가 뭣하다. 초상집에 가서 흥겨운 노래를 못한다. 이것은 분위기 때문이다. 분위기에 따라 사람들은 그 환경에 맞춘다. 흥분 되여 노래하고 춤 추는데 그자리에서 어머니 죽었다고 대성통곡 할 수 없다. 도서관에 가서 왈츠 음악을 틀어놓고 춤을 출 수 없다. 분위기를 보면서 동참 하여야지 자기만 좋다고 싶은대로 할수없다. 그렇게 하면 사람들의 질타를 받는다. 법을 위반 하지 않았지만 예의범절이 노리고 있다. 도덕과 예의범절은 무성의 총이다. 어떤 사람이 중국운남에 가 발수절에 참가했다.(潑水节) 발수절은 악운을 불살라 버리고 행운을 맞이하는 축제이다. 그런데 난데 없는 물벼락을 맞았다. 내가 화를 냈다. 화내는 당신을 보고 어처구니가 없어 말이 나가지 않았다.산에 가면 산노래하고 들에 가면 들노래 해야한다. 어떤 곳에 가던 그곳의 분위기를 따라야 한다. 한 집단의 분위기는 지도자의 역활이 매우 중요하다.

제2부 나의 활동 무대

한집단은 서로 돕고, 배우고, 학습 하고, 연구하고 동고동락 하는 분위기가 조성되어야 한다. 서로 비웃고 헐뜯으면 직원들이 출근하기도 싫어 한다. 지도자가 대공무사 하고 편견없고 원칙을 견지하면서 사람들을 관용한다면 좋은 분위기가 조성되어 사업을 해도 힘든 줄 모른다. 우리 중국은 [[하나의 판기]] (一盤棋)라 한다. [[하나의 판기]]란 마작을 말한다. 전국적으로 마작을 한다. 이런 판국을 누가 개변할수 있는가? 할수 없다. 중국도 황하 이남과 황하 이북의 정황이 다르다. 황하 이북은 마작을 많이 놀고 황하 이남은 마작을 적게 논다. 황하 이북은 추운 겨울이 길어 뜨끈뜨끈한 구들에 앉아 마작을 하는것이다. 이것을 북방사람들은 [[고양이가 겨울을 난다.]] 고 한다. 황하 이남은 날이 더워 이모작까지 하니 할 일이 많다. 북방사람들과 비교해 시간에 쫓기는 사람들이다. 그러기에 북방사람은 게으르고 남방사람들은 부지런 하다고 말한다. 한개 단위, 한개 지역, 한개 국가의 분위기를 누가 조성하고 바꾸겠는가? 백성들의 호응도 문제지만 지도자가 어떻게 분위기를 조성 하는가가 중요하다. 분위기는 형식적인 것 같지만 형식의 이면에는 내용이 있고 본질이 숨겨져 있다. 사람들은 형식을 많이 추구한다.그러나 이면에는 암흑, 변절, 거짓이 뒤섞여 있다는 것을 항시 잊지 말아야 한다. 연지 곤지처 바르고 등장하면 누가 누구인지 식별하기 쉽지 않다. 벗기면 민낯이 드러난다. 이런 지도자들은 형식을 잘 바꾼다. 내용은 텅비였는데도. 이런것을 중국에서는 이렇게 말한다. [[한약은 그대로 인데 약탕관만 바꾸었네.]] 분위기는 조성된것 같지만 진짜 분위기는 아니다. 중국 속담에 (换汤不换药), (干打雷, 不下雨) [[벼락만 치고 비는 내리지 않네]]라고 말한다. 사람들은 이에 잘 속는다. 비내리지않는데 비설 거지만 부리나케 했다는 것이다. 지도자라면 진정한 분위기를 조성하기 위해 노력해야 한다. 단기적,장기적 계획을 세워 사람들이 따라 가게 해야 한다. 1년, 3년, 5년 계획을 주밀하게 세워야 한다. 계획은 할수 있는 것을 세우고 허황한 소리를 해서는 안된다. 특히 빈소리로 분위기를 조성해서는 안된다. 빈소리의 분위기는 조만간에 부메랑으로 되여 나한테 돌아 온다는 것을 잊지 말아야 한다.

10) 최적의 방법을 찾으라.

그 어떤 문제이든 해결 방법이 다 있는 것이다. 그 해결 방법에서 최적의 방법을 찾는 것이다. 그 최적의 방법이 [[하늘이 무너져도 솟아날 구멍이 있다]] 는 것이다. 최적의 방법을 찾는데는 두가지 원칙이 있다. 득과 실이 누구한테 더 큰가? 장씨 한테 더 큰가? 이씨 한테 더 큰가? 아니면 김씨인가? 아니면 나한테인가? 나라인가? 백성인가? 핵심 포인트는 나를 제외 해야한다. [[나]] 를 두고 따지면 복잡하다. 내가 챙길까? 나라에 줄까? 백성에게 줄까? 순서를 따지면 먼저 나라, 다음 백성, 마지막에 나다. 지도자라면 이 순서를 꿈에서라도 잊지 말아야 한다. 권리, 재물, 명예를 누구한테 줄 것인가를 생각할때 나 그리고 친인척을 빼면 간단하다. 그러면 문제 해결 방안이 나온다. 문제 해결의 최적 방안은 큰데서 부터 작은데로, 작은데서 부터 큰데로 우로부터 아래로, 좌로주터 우로, 앞으로 부터 뒤로 따져보면 금방 알게 될것이다. 내가 아파트를 마련하려고 한다. 돈이 좀 모자란다. 어떤 방법으로 해결할 것인가? 고리대를 쓸 것인가? 은행 대출을 할까? 친인척 한테서 빌려 쓸까? 최적의 방법을 찾아야 한다. 아무리 힘들어도, 아무리 복잡하게 얽혀 있어도 해결 방법이 꼭 있다. 혼자서 해결방법을 찾지 못하면 동료거나 친구 부문의 영도를 찾아 도움을 요청한다. 제일 중요한 것은 복잡한 것을 간단하게 해결하는 것이다. 도움을 요청할때 시간을 단축하기 위하여 나의 아이디어를 대방에게 진실하게 솔직하게 말해주어 참고로 하게 한다. 이래도 방법이 아니면 포기하는 것이다. 노력해보지 않고 처음부터 포기한다면 비겁한 사람으로 무엇이나 성공할 사람이 아니다. 이런 사람밑에서 일하기는 쉬워도 발전성이 없고 성공의 희열을 느낄 수 없다. 성심껏 했는데 도저히 더는 갈 수 없을때 포기하라. 이렇게 포기한 것이라면 어느땐가 다시 시도 할 수 있다. 먼저의 경험과 교훈을 생각하면서. 지금 포기 하지않으면 더 큰 손실을 볼가봐. 즉 잠시 쉬였다가는 것이다. 삼십육계 중 마지막 계략이 줄행랑인 것이다.

료녕성 민족 사무위원회, 료녕성 교육청, 료녕성 문화청에서 조직한 동북 항일련군 리홍광지대를 노래하는 대합창 시합이 있었다. 이런 대규모의 시합이 있은줄 몰랐다. 학교에서 이소식을 접하였을 때는 20일밖에 남지 않았다. 우리 학교를 홍보 할 수 있는 기회였고 음악선생님의 실력을 자랑할 수 있는 기회였다. 음악선생님과 상론해 보니 할 수 없다는 것이였다. 이유는 우리학교에서 이소식을 너무 늦게 접했기에 남들은 벌써 맹훈련을 하고있는데 우린 아직도 선곡도 하지 않고 합창단 성원도 뽑지 않았는데 어떻게 하냐구? 4,5,6,학년 다 모아 보아야 70여 명밖에 안되는데 심양, 무슨 등 학교는 큰데 우리가 그런 학교와 비교가 되겠는가구요? 승산이 없지만 이런 기회가 또 있겠는가? 기회가 있는데 포기 하면 너무 허무하지 않는가? 단련도 할겸 참여의식으로 참가하기로 합의를 보았다. 이왕 할려고 하면 최선을 다해보기로 하였다. 이틀내로 선곡을 하고 또 이틀 더 시간을 내여 합창단을 뽑아 놓게 하였다. 4일만에 연습을 하게 하였다. 노래배우는 시간을 3일로 정하였다. 점심시간, 하교 후, 토요일을 이용하여 연습을 하였다. 나는 학생들의 질서와 정서를 틀어 쥐였다. 음악 선생님은 노래 연습에 몰두하였다. 시합의 날이 되였다. 결국 료년성적으로 금상을 탔다. 이것이 최적의 방법이였다.

[[이 활동에 참여 하지 않았더라면 이 금상이 날아갈번 했네, 수고했어요. 음악 선생님.]]

음악 선생님은 웃었다.

[[교장선생님은 정말 무서운 추진력을 가지고 있어요? 결정지으면 꼭 해내고 마는, 최선을 다 하는 그 정신력이 대단해요.]]

[[훌륭한 지도자가 되려면]]을 10가지 방면으로 나누어 이야기하였다. 이 열가지는 오늘 생각해서 라열한것이 아니라 18 년동안 루

적하여 정리한 것이다. 료녕성 소수민족학교 과학적 관리 경험교류회에서 대회 발언 하여 청중들의 공명을 불러 일으켰던 것이다. 지도자들이 기본적인 이 한가지를 해보지 않았더라면 참고해 보면 도움이 될 것이다. 그대는 나보다 더 좋은 경험이 있을 수 있습니다. 세상의 길은 천갈래 만갈래 있으니 각자 자신의 길을 걷고 있겠지요. 부단히 학습하고 실천하고 연구하면서 자기의 길을 개척해 나가기를 부탁드립니다.

료녕성 민족 학교
과학적관리 경험교류회 박인훈처장 강화

⑥
교장 수기

1978년 나는 [[료녕성 조선문보]] 통신원이 되였다. 신문에 통신을 써서 육속 발표도 하였고 1981년 훈련 반에도 갔었다. 이것은 디딤돌이였다. 나는 더 큰 꿈을 그리기 시작하였다.작가나 교육가의 꿈을 키워 나가고 있었다. 드디어 왔다.

1982. 5. 20. 료녕성 조선어문 교수연구회를 설립하면서 영구시 교육학원에서 주체 하게 하였다. 성교육학원 박금석, 영구시 교육학원 김도국, 교육국 박명정 선생님이 우리 학교에 오셔서 김재선교장 보고 우수한 선생님을 추천해 조선어문 교수연구회에 공개수업을 내놓게 하였다. 공개 수업을 나에게 맡겼다. 먼저 수업 과문을 선정하고 교수 전반 과정을 검토 하고 교수 흐름까지 자세히 짰다. 이것은 한편의 시나리오였다. 교장선생님은 준비사업에 여념이 없었다. 경비, 차량, 초대,손님접대 등 일련의 문제들을 차질없이 진행하기 위하여 동분서주 하였다.

5학년 조선어문 [[새로 들어온 야학생]] 이란 과문이였다. 이 과문을 세시간으로 수업하는데 둘째시간과 셋째 시간을 공개수업 하기로 하였다. 박금석 선생님과 김도국 선생님은 세차레나 학교에 내려와 교수안을 수정하였다. 둘째 시간은 강독을 통하여 문장을 깊이 이해 하는 것이고 셋째 시간은 글감을 어떤 언어로 표현하였는가를 학습하는 것이다. 두시간 수업을 통하여 강독과 습작을 어떻게 유기적으로 결합 하는가를 연구하는 것이다. 실전의 그날이 왔다. 료녕성 교육청, 료녕성 교육학원, 8개시교육학원, (그시기 조양과 부신을제외. 조선학교가 없음) 료녕 조선문보, 료녕 민족 출판사, 료녕성 조선어문 판공실, 료녕성 조선족 사범 학교, 각시 조선족 학교의 우수한 조선어문 선생님, 개주시 교육국, 개주시 교수 진수 학교 등 선생님들 120여 명이 참석 하였다. 료녕성적으로 이례 없이 큰 규모의 교수활동 이였다. 설립대회에서 [[학생들의 작문 흥취를 어떻게 불러 일으켰는가?]] 란 론문을 발표하여 박수갈채도 받았다. 이렇게 되여 내이름이 료녕성적으로 널리 알려지게 되였다. 이런 기회가 없었더라면 나는 눈속에 파묻혀 있었을 것이었다. 이런 분들이 끌어주고 밀어준 덕분에 나는 빛을 보았다. 그때 나이 30살, 교육 경력 12년차였다. 그후 나는 료녕성 조선어문 교수연구회 회원이 되였다. 그해 9월 나는 료녕성 조선어문 교수연구회에서 추천 하여 동북 3성 조선어문 교수연구회 설립대회에 참석 하였다. 료녕성에서 발표 하였던 론문이 동북 3성 조선어문 제 1 회 론문집에 수록 되였다. 1982년12월 연변대학 통신학부 졸업장까지 받았다. 두가지 대사가 날아든 것이다. 이때까지 나는 외롭게 고독하게 분투하였다. 성공에는 기회, 시간, 인맥 등 3요소가 있어야 한다. 그중 어느 한가지라도 부족하면 파묻혀 버린다. 이것이 인생 철학이다. 한가지 성공 했다고 멈추지 말라. 그 바람을 타고 새로운 것을 연구하고 도전해야 한다. 파도는 항상 뒷 파도가 앞 파도를 삼켜버린다. 인생도 예외가 아니다.

아름다운 꿈은 언제나 짧다. 성공의 희열을 느끼고 하루가 다르게 성장하고 있는데 예상치 못한 일이 터졌다. 1984년 3월, 개학하여 일주일이 되었는데 교장 선생님이 보이지 않았다. 동네 소문에 교장 선생님이 개주시 교육국으로 발탁되어 갔다는 것이었다. 이제는 소학부만 남아 편제도 넉넉 한데, 경비도 크게 쪼들리지 않는데 왜 학교를 떠나지? 사범학교를 졸업하고 1963년 이 학교에 와서 30년이란 세월이 흘렀는데 왜 떠나지? 이해가 가지 않았다. 나는 이제야 뜨기 시작 했는데 밀어주던 교장이 떠나버린 것이었다. 학교 풍기도 좋지 않았다. 나도 이 자리를 뜨자. 더는 있고 싶지 않았다. 다른데 가서 새롭게 출발 해보자. 그래서 사방으로 편지를 띄워 보냈다. 그때 통신 수단이 편지였다. 20여 일이 지나서 소식이 왔다. 나는 편지를 가지고 교장선생님을 찾아 갔다. 교장선생님께서 래일 교육국에 나와 보라는 것이었다. 이튿날 교육국에 가니 교장선생님이 나를 데리고 인사국장 한테로 데리고 갔다. 처음 교육국에 가보았고 국장도 처음 본다. 국장도 이렇게 많은 줄을 처음 알았다. 인사국장은 나를 반기여 맞아 주었다.

[[듣건데 학교를 떠나겠다고 하는데 정말인가?]]

[[네, 떠날려고 합니다. 나를 받겠다는 학교에서 당안을 가져 오랍니다.]]

[[예, 그렇지요, 당안을 볼려고 할 것입니다. 그건 기본이지요. 그러나 어쩌지요? 선생님의 당안을 줄 수 없어요.]]

[[왜요?]]

[[그것은 간단해요. 료녕성 공개 수업도 하고 론문까지 발표 했는데 이것은 우리가 배양한 것입니다. 이런 인재를 왜 다른데 보내겠습니까? 다른데 줄것 같으면 애당초 배양하지도 않았을 텐데. 이제야 시작인데, 그래도 한10년 복무 했으면 몰라도 ……. 마음 들떠 있지 말고 사업이나 잘 해요. 당안은 절대 줄 수 없어요. 누가 와서 사정 해도 절대 안되니 신경 끄세요.]]

나는 할말을 잃었다. 아, 이제 나는 묶인 몸이구나. 접수 단위만 있으면 갈 수 있는줄 알았는데 당안을 꺼내기가 쉽지 않구나! 더우기 지명인사, 인기 인물은 조동되기가 매우 힘들다. 평교원이면 가능 한데. 나는 이미 점 찍힌 사람이 되었다. 방법이 없었다. 제자리에 눌러 앉고 말았다. 나는 묵묵히 내 할 일만 하였다. 또 한학기가 지났다.

1984. 10월 이학기 교장의 적극적인 추천으로 향정부의 동의를 거쳐 교무주임으로 임명되었다. 1984. 12 이학기 교장께서 수능 시험을 거쳐 료녕성 당정간부 학교에 입학하였다. 학제는 2년이였다. 이렇게 되어 교육국 인사과와 당위 판공실에서 연합하여 우리 학교에 교장 후보민의 측험을 하러왔다. 선생님들은 만장 일치로 나를 추천 하였다. 교육국에서는 민의 측험을 마치고 향정부 의견을 수렴

하여 교육국 당위에서 가결을 지었다. 1985, 10 부교장으로 임명한 문건을 개주시 각 학교에 보냈다. 이듬해 10월 교장으로 임명되였다. 1948년 학교가 건립되여 제5대 교장으로 발탁 되였다. 평교원 15년 줄곧 담임을 하였다. 15년 열심히 교육을 연구하였다. 이 15년은 보람찬 나날이 였다. 정신없이 뛰었다. 나는 개주시 교장 중에서 제일 나이 젊은 교장이 되였고 료녕 성적으로 조선족 학교 교장에서도 제일 젊은 교장이 되였다. 영도들이 신임해주고 선생님들이 믿어 주었기에 교장이 되였으나 내가 교장 자격이 있는지 ? 내가 잘해날 수 있는지? 두려웠다.

1985. 10 교장으로 발탁된 후 2001. 9 까지 15년간 교장사업을 하였다. 폐교 될 때 나는 국가 인사국에서 관리하는 교원이 아니고 국가 농컨부에서 관리하는 (农垦部) 교원으로서 본 시내에서는 조동이 가능하나 다른 성시에 는 갈 수 없다. 같은 농컨부에서 관리하는 학교에는 갈 수 있다. 중국에는 농장이 적다. 국가 정책에 따라 영구시로 갈 수 없게 되었다. 그래서 2002. 3월에 서해향중심 소학교 부교장으로 가게 되었다. 2003. 9. 서해향 중학교 총무주임으로 사업하다 2012. 5 정녕 퇴직하였다. (서해향에 6개 소학교가 있고 학생 2000명, 교직원 100여 명 있고 중학교는 1200여 명 학생, 교직원 100여 명 있었다. 지금은 학생들이 대폭 줄어 소학교 1000여 명, 중학교 600여 명 학생이 있다.)

지도자라면 세가지를 잊지 말아야 한다. 첫째는 본색, 둘째는 실력, 셋째는 관리다 . 이 세가지를 지켜 낸다는 것이 무척 힘들다. 마치 처절한 전정터에 가서 가렬한 전투를 격는 것이나 다름이 없다.

사람들은 한자리만 하면 본색을 잊어 버린다. 개구리가 올챙이 때를 잊는 것과 같다. 본색을 잃는 것은 집단과 백성을 잃는 것으로 배가 뒤짚힐 지경까지 이른다. 본색은 하루 아침에 잃는 것이 아니다. 뭍으로 가다가 서서히 신발이 젖어 들어간 것이다. 그러니 경각성을 한치도 늦추어서는 안된다. 계속 보존 하려면 학습을 하고 연구를 하고 성찰을 해야 한다. 그렇지 않으면 더는 희망이 보이지 않고 쌓놓은 업적을 파먹는 것이다.업적을 쌓기는 힘들어도 파먹기는 한순간 밖에 안걸린다.부단히 자신을 보완하라. 그래야 배터리가 충전된다. 꼭 자신을 랭철하게 성찰할줄 알아야한다. 가슴이 아파도 자신을 엄격히 해부해 보아야 한다. 이것이야말로 진정한 지도자다. 아무리 유명한 가수라도 노래연습을 안한다면 펜들이 하나둘씩 빠져나 간다. 관리를 제대로 못하면 들쑥날쑥 하여 동심일체가 못된다. 대중들과 끝임없는 소통을 하면서 관리능력을 제고 해야 한다. 관리는 모세 혈관과 같아 잘못하면 피를 본다.

나는 장군이 되보려고 생각해 보지않았다. 교장으로 발탁 되면서 영도 예술을 연구하고 전임 교장들이 어떻게 하였는가? 곰곰히 따져 보았다. 집행과정과 결과를 보면서 그들의 사상은 무엇이고 방침과 책략은 무엇이었는가? 내가 얻어야할 경험은 무엇이고 교훈은 무엇인가? 모든것을 착실하게 진심으로 과학적으로 예술적으로 사업해 나갈 설계도를 그렸다. 이 설계도는 허황하게 만들어 낸것

이 아니다. 현대 교육이론과 학교실정에 맞추어 선생님들의 눈높이
에 맞게 그려진 것이다. 나는 이 설계도 대로 실행해 나가게 되었다.
평교사 일때는 자질을 향상하는데 정력을 쏟아 부었다면 교장으로
발탁 되면서 연구할 대상이 달라지게 되였다. 학교와 선생님들이었
다. 변함없는 것은 나의 열정이였다. 회의에 참석하고 손님 접대 하
는외 나는 매일 학교에 출근하면서 선생님들의 수업을 듣고 평가해
주고 교육잡지를 보면서 미래를 구상하고 자신을 성찰 하고 현안들
을 처리하고 선생님들과의 소통을 하였다. 선생님들의 생각, 근간에
내가 일처리 잘못한 것들을, 미처 생각하지 못한 것들을 수시로 알
아내고 어떻게 해결해 나가야 하겠는가 방법까지 토론해 가면서 생
각을 교환하였다. 교장실은 학습의 장소였고, 연구의 장소였고, 선
생님들과의 소통의 장소였고, 문제해결의 수리부였다. 이렇게 하는
목적은 투명하게 하자는 것이였다. 나의 생각은 무엇이고 당신들의
생각은 무엇인데 어떻게 해결하는가? 해결하기 좋은 방법중의 하나
이다. 통속적으로 말하면 부모가 무엇을 생각하고 너희들과 충분히
토론해서 결정했으니 꼭 따라 줄것을 약속 한것이나 다름없었다. 한
번 해보다가 잘못되면 고칠 수있게 문을 열어놓았기 때문에 걱정할
필요는 없는것이였다. 이렇게 하여 규례나 조례들을 몇년에 걸쳐 고
정하기도 하였다. 규례나 조례들은 다같이 지키자는 것이지 어느 한
그룹을 위하거나 나를 위하여 제정한 것이 아니라는 것을 지도자들
은 명심하고 또 명심하여야 한다. 그러기에 수시로 고칠 수 있고 없
앨수 있으며 새롭게 만들 수 있다. 지도자를 빼고 나라와 백성을 위
한 것이라면 시비가 없다. 항상 명석한 두뇌를 가져야 한다. 지도자

제2부 나의 활동 무대

는 나를 포기하라. 그래야만 성군이 된다.백성들이 환영하는 지도자
가 된다.

세상에는 영원한 것이 없다. 때가되면 물러 나야 한다. 새싹은 꼭
마른 줄기를 밀어내고 올라온다. 이것은 항거할 수 없는 진리다. 내
가 최적일때 물러 설 준비를 해야 한다. 그러기 위하여 후계자를 발
견하고 배양해야 한다. 대담하게 일을 맡겨주고 밀어 주어야 한다.
후계자도 부지런히 학습하고 사업을 연구하는 사람이 되게 하여야
한다. 박명옥주임은 아주 훌륭한 분이였다. 본교에서도 잘했자만 중
심 소학교(한족학교)에 가서도 위신이 대단히 높았다. 원칙을 견지 하
면서도 너그럽게 사람을 대하고 책임성 있게 사업을 하여 한족 선생
님들의 찬탄을 자아냈다. 자신의 도덕과 수양이 높은 데다가 진정성
이 있어 환심을 쌓았다. 한족 선생님들은 박주임보고 [[큰언니]] 라
고 (朴大姐) 불렀다. 우리 조선족들의 위상을 떨치였다. 이것으로 민족
의 자호감을 느끼군 하였다.

1) 본색을 지키다.

본색을 지키려면 본래대로 해야 한다. 어느때 이건 본래데로, 무
지게 처럼 나타났다가 사라지지 말고. 무지개가 나타날때는 아름답
지만 사라지면 흔적도 없다. 본색을 지키려면 재물을 탐내지 말라.
재물과는 십만팔천리 거리를 두라. 공가돈으로 초대하지 말고 초대

받지도 말라. 이것은 절대 오는정 가는정이 아니다. 오는정 가는정을 돈독히 하려면 자신의 돈으로 하라. 초대하고 초대 받는것은 시간 양비이고 국가 돈을 뜯어 먹는 것이고 사업이 해이해지기 시작한 것이다.자신을 엄격히 관리 하기 위하여 나는 [[래빈 초대]] 라는 장부책을 만들어 놓았다. 어느 영도자를 잡으려고 한것이 아니라 자신을 혹독하게 관리하기 위해서였다. 장부책에는 어느 영도, 어느 단위, 무슨 일로, 어느 식당에 가서 초대, 메뉴는 무엇이고, 가격은 얼마였다고 기입하였다. 지금 까지 보존 하고 있다. 이 장부책은 나의 본색이 변하는가 검토하는 거울이였다. 양심은 가슴속에 넣어 두어야지 토끼간처럼 꺼냈다 넣었다 하면 암병에 걸린다. 지도자들이 옥좌에 올라가면 본색을 잃고 암병에 걸리는 원인은 돈에 어두어 권리를 마구 이용 하는 데서 얻은 병이다.

1976년 새교사를 지었다. 앞뒤 동네 사이 산우에 지었다. 산을 사이두고 갈라졌기에 거리상으로 비슷하게 하기 위하여 산 위에 지은 것이다. 그러나 그때 자금난으로 교실 바닥을 흙으로 다지었다. 그래서 교실안이 습하고 비오는 날이면 흙을 묻혀 들어와 교실이 울퉁불퉁 하고 책상 걸상이 성할날이 없었다. 콘크리트 시공을 해야겠다. 시장조사를 거친 후 보고서를 써서 촌에 올렸다. 촌에서 흔쾌히 동의하였다. 1995. 7 여름 방학 첫날에 학생들을 동원하여 물을 긷게 하고 선생님들은 콘크리트로 시공하게 하였다. 13명 교원들과 120명 학생들이 21개 교실, 1000평방 되는 교실 바닥을 콘크리트로 시공하였다. 학교에 수도물이 없었기에 앞뒤 동네의 우물에서 길어와야 하였다. 선생님들은 시멘트와 모래와 섞어 이긴 다음 삽으로 날라가야 하였다. 원시적 노동이었다. 남성 셋이서 발라야 하였다. 비록 몸은 힘들었지만 마음은 후련하였다. 20년 만에 해결하였다. 재료값 5000원으로 이렇게 큰 공사를 이틀동안 해냈다. 그때는 시공값이 올라 5000원을 내야 하는 것이다. 콘크리트 시공하는데 만 원 이상 들어갈 것 같아 교육국 이라든가, 재정국에 신청하면 끝도 없고 전시적으로 위험한 교사도 보수하지도 못하는데 언제 이런것을 보수할리 없다. 최선의 방법은 촌에서 재료값만 해결해주면 나머지는 우리가 책임지고 하겠다고 장담하였다. 길은 없으면서도 있다. 결심이 중요하다. 결심만 내리면 방법을 찾게 되고 최적의 방법을 찾은 다음 성공할 수 있는 주밀한 계획을 세우는 것이다. 계획이 주밀하지 않으면 사고가 나고 질이 떨어진다. 혹은 양이 떨어져 실행 하는데 큰 어려움을 격게 되고 일하는것도 힘들어 지고 짜증만 난다. 관건은 예산과 청시보고 였다. 누구한테서 돈을 얻어오는가? 보고서를 보고 안주면 안되는 충분한 이유가 있어야 하고 시장조사가 있어야 한다. 경제 문제가 해결되면 어느 때, 누가 무엇을 하는가? 분공이 세밀해야 한다. 어떤 문제가 발생하므로 어떻게 방지해야 하는가? 예측하고 순회하면서 그때그때 해결해 주어야 한다. 단계를 나누어 임무를 락착시키는 동시에 어느때 결속지으며 누가 최후 검수를 하는가? 큰 일일수록 물샐틈 없이 세밀해야 한다. 이렇게 일하는 본색을 잊지 말아야 한다. 그래야만 손실을 줄이고 곳간에 재산이 쌓이여 부유해진다. 집안 살림이나 나라 살림이나 다를바 없다.

학교 논을 도와 많은 사람이 여러 차례 술을 청하였다. 번번마다 사절 하였다. 쌀을 주겠다고 하여도 거절하였다. 나는 학교 논은 학교 재산이지 나의 것이 아니다고 말하면서 내가 향수 받을 관리가 없다고 하였다.

[[교장선생님은 융통성이 하나도 없네요? 지나치게 고지식 해요. 권리 있을때 쓰지 않으면 무효입니다. 이 쌀은 우리 집에서 주는 것이예요. 다른뜻이 없어요.]] (有权不用 , 过期无效)

[[권리도 백성이 준 것이에요. 그리고 감나무 밑에서 심발 끈도 매매지 말라는 말도 있어요. 감사합니다.]]

중국 격언에 다른 사람의 술을 얻어 먹으면 혀가 짧아 진다는 말이 있다. 공짜를 먹는 순간부터 당신은 이미 좀벌레가 자기의 몸에 달라붙어 야금야금 먹기 시작했다는 것을 알아야 한다. 세상에 공짜는 없다. 공짜를 좋아하는 사람에게 좀벌레가 달라붙는 것은 너무나 당연하다. 공짜는 병의 근원이고 좀벌레는 가장 취약한 공짜를 좋아한다.

학교 지붕이 내려 앉기 시작하였다. 큰 돈이 들어야 한다. 3만원 내지 5만원 들어야 했다.시장 조사를 거쳐 보수공사신청서를 교육국, 재정국, 향정부로 올리뛰고 내리뛰고 하여 겨우 보수공사를 결정지었다. 향정부에서 자금을 대주기로 결정이 났다. 하루하루 미루다나니 일년이 되였다. 마지막에는 하는 수 없이 [[안전문제 신청서]]를 각 부처에 보내서야 사태의 엄중성을 알고 연합으로 다섯개 부처가 내려와 현지 검증을 하고 나서야 결론을 지은 것이였다. 그런데 아무리 기다려도 공사 비용이 학교장부로 내려 오지 않는 것이였다. 향정부와 당위에서 결정한 것인데 열흘이 넘도록 감감무소식 이였다. 장마철은 코앞에 닥쳐왔는데 가슴만 까맣게 타는 것이였다. 돈이 들어와야 재료를 구입하고 준비하여 방학해서 인차 시작하면 다음 개학전 끝마치게 될 것인데? 목마른 사람이 우물을 파게 생겼다. 안전사고가 나면 기층 영도들 책임이지 위에 사람들은 나몰라라 얼굴을 돌리면 그만이다. 경중에 따라 처벌이나 파면이 뒤따른다. 급한 것은 나다. 발등에 불이 떨어졌으니. 그래서 향정부 재정과에 찾아 갔더니 연구해 보겠다는 것이였다. 기막힐 일이다. 지도자가 결정한 일인데 중간에서 꺾은 일이였다. 엉뚱하게 재무과에서 걸린 일이였다. 속에서 열불이 났다. 꿈에도 생각못했던 일이다. 일년 동안 뛰여서 해결한 것이데 여기서 막히다니 생각할수록 분통이 터질 노릇이다. 피가 꺼꾸로 솟는것 같았다. 칼쥔 놈이 칼자루 쥔놈을 이긴다더니 방법이 없구나. 중국에서 [[연구해 보자]] 는 말의 뜻을 잘파악 해야한다. 연구(硏究)는 세가지 뜻을 가지고 있다. 하나는 가능성이 있다는 뜻이고 다른 하나는 안된다는 뜻이고 또 다른 뜻은 좀 노력하면 될 수 있다는 것이다. 첫 경우는 아닐 것이고 마지막일 경우가 될 것이다. 마지막 경우일 때 시기를 놓치면 [[돈이 없으니 기다리라]]하면 큰 일이다. 어느 원숭이 해에 될지 누구도 모른다. [[연구해 보자]]는 말의 뜻을 제대로 읽어내야 한다. 나는 과장네 집에 [[더섯송이 금화]](五朵金花) 담배를 다섯 보루 사들고 찾아갔다. (300원) 뭘 이런 것을 다 가지고 왔냐고 인사치레로 말하는 것이였다. 내일

어떻게 해서든지 꼭 해주겠으니 재정과에 나오라는 것이었다. 이튿날 찾아갔다.

[[김교장, 이번 보수공사는 향정부에서 매우 중시하기에 비용이 다른데로 새나가지 않게 하기 위하여 학교에 내려 보내지 않고 우리 재무과에서 직접 책임지고 보수공사 하는 사람과 거래하니 학교에서는 감독만 잘 하면 됩니다. 김교장 이번에 편하게 되였네요.]]
[[내일로 보수공사 도맡은 사람이 찾아갈테니 그 사람과 구체적으로 락착하세요.]]

앓던 체증이 내려간듯 가슴이 뻥 뚫리었다. 울며 겨자 먹기로 하지않으면 안되었다. 내가 300원을 주고 3만 원을 가져오니 이보다 더 좋은 장사가 어디 있겠는가? 누이 좋고 매부 좋고, 나좋고 다 좋은 것이다. 사회가 이러면 안되지만 누구를 탓하겠는가! 기층에 있으면서 눈뜨고 못 볼일 열불이 난다. 그래도 일을 해나가야 하니까. 어쩔 수 없다. 내가 통치자가 아닌 이상 이런 관례를 뒤엎을 수 없는 것이다. 예사롭지 않은 일을 당하고 나니 앞으로 나는 절대 그러지 말아야 겠다고 결심을 하였다. 응당히 할일도 장애물을 설치하여 돈을 뽑아먹는 탐관오리를 철저히 폐지 해야한다. 중국에서 이런 것을 [[도장값]](红钢印) 이라 한다. 지금은 많이 근절되었다고 한다.

이튿날 보수공사 책임자가 왔다. 알고 보니 재무과 과장의 동생이였다. 시공을 시작하여 끝날 무렵 내가 없는 틈에 일군들을 시켜 천장을 내려앉게 하였다. 천장은 갈대로 엮고 시멘트와 흙을 섞어 바른 것이였다. 비가 새면서 오랜 세월 속에서 새끼줄이 썩어서 조금씩 내려 앉은 것이였다. 이번 보수공사 항목에 넣지 않았다. 그러면 비용이 많아져 우에서 동의하지 않을것 같아 고의적으로 빼놓은 것이다. 기회가 왔다.

[[사장님, 왜 이렇게 일을 크게 만들었어요? 천반 항목은 없는 것인데 시공중에 일어난 일이니 당신이 책임지시오. 나는 책임을 질 수 없으니 그렇게 아시오. 스물 두칸이나 되는 천반을 만들어 내시오!]]

사장은 자기가 재무과에 가서 회보하고 항목을 증가해 오겠다고 하는 것이였다. 나는 쾌자 노래를 속으로 불렀다. 혓바닥도 놀리지 않고 신경도 쓰지 않고 공짜로 천반을 보수하게 되였다. 이런 횡제가 넝쿨채로 떨어진 것이였다. 사장도 원계획대로 라면 큰 돈을 벌지못한다. 그래서 일을 크게 만들었던 것 같다. 이것은 내가 관계할 바가 아니다. 사장도 이렇게 하면 교장이 기뻐할 것이니 두려움 없이 내가 없는 틈을 노린 것이다. 항목을 늘이는 것은 과장인 자기 형님이 눈감아 줄 것이고 천반은 시공중에 내려 앉았 다고하구, 다치지 않아 다행이라고 하면 될 것이다. 상부상조인 것이다. 사장은 여러 차례 나를 초대 하였다. 그러나 나는 한번도 가지 않았다. 그랬더니 집에 보수공사 할 것이 없는가고 물었다. 이 기회에 보수하라는 것이였다. 시공이 끝날무렵 사장이 감자 캐는 계절이여서 집에서 수확한 감자를 우리집에 가져다 주었다.

[[집에 가보니 천장을 아직도 신문지로 발라놓은 채로던데요. 집

지은 지도 십년은 넘은듯 한데 아직도 그대로던 데요? 교장질을 헛했구만, 학교일을 끝내고 잘 보수해 드리리다.]]

[[제발 그렇게 하지 마시오, 그렇게 하지않아도 무탈하게 십년을 잘 살았으니 부질없는 짓이오.그렇게 하지 않아도나는 행복하게 살고 있소.]]

[[이상한 교장이네? 학교 돈도 아니고 내 돈도 아니고 공짜로 해주겠다는데 거절 하다니? 보수공사 하면서 자기네 집 보수하지 않는 교장 처음 보네? 법에 걸릴 것도 아닌데.]]

[[누가 시비 해서가 아니라 양심적으로 살자는 것이오.]]

[[할말이 없네, 이런 교장 처음 보네. 소털 뽑아 제구멍에 맞추는 고직한 사람이구만. 그렇게 철저해도 누가 알아주지 않을 것인데?]]

사람들은 작은 나부랭이라도 하면 술한잔 이라도 얻어 막으려고 입을 벌린다. 작은 놈은 작게 벌리고 큰놈은 크게 벌린다. 공짜가 문제다. 왜? 사람들은 공짜를 좋아 하는지? 나의 힘으로 벌어야지! 이것이 보람차지 않겠는가! 다른 사람이 쓴 론문에 내이름을 올리면 빛이 날까? 왜 이렇게 살려고 하는지? 한자리만 하면 그 권력을 써먹지 못해 안달복달인지? 이것이 힘들게 사는 것이다. 편안하게 행복하게 살라. 그럴려면 본색으로 살아야 한다. 순수한 마음으로,백성의 마음으로. 임시 먹기엔 꽃감이 달다. 그러나 양심적으로 살아가라. 초불처럼 자신을 불태워 주위를 밝혀주라. 남의 고통 위에 나의 행복을 쌓지 말라.

우리 학교는 산중턱을 두층으로 깍아 아래층과 웃층으로 교사를 지었다. 두층 사이가 높아 돌담을 쌓아야 했다. 흙과 돌이 무너져 내려 도랑을 메워 퇴수가 되지 않는다. 그리고 교실이 계속 습기가 차 있다. 별 수 없이 1995. 3 혼자서 돌담을 쌓기로 하였다. 한달동안 아침저녁으로 짬짬이 쌓아 끝내 완성하였다. 길이 40메터, 높이 일 메터 되는 돌담을 나의 힘으로 쌓았다. 큰 돈은 아니지만 500원을 절약하였다. 황소처럼 일하라. 내가 영웅인 것처럼 행동 하지 말라. 올바른 평가는 백성들이 한다. 사람마다 마음 속에 잣대가 있으니까. (人人都有一杆称) 권리가 있게 될 때, 돈이 많았을 때, 나의 명예가 높아질 때, 변색하지 말라. 언제나 백성 때와 같이 살고 권리를 람용하지 말라. 권리는 내것이 아니다. 권리는 군중들이 잠시 나한테 맡겼을 따름이다. 돈이 많아도 검박하라. 곤난한 사람을 많이 도우며. 명예가 높아도 겸허하라. 그러면 속에 든 것이 많다고 할 것이다. 이렇게 해야만 본색을 지켰다고 할 수있다. 지도자가 된 후 이렇게 하였는가 비추어 보라. 사람마다 생긴 것이 같지 않는것 처럼 속마음도 같지 않겠지.

2) 전문가가 되라.

지도자가 되려면 덕만 있어도 안된다. 반드시 전문가 쯤은 되어야 한다. 그 단위, 그 지역의 최고 실력자가 되어야 한다. 이렇게 되려면 매일 학습하고 연구하고 실천해 보아야 한다. 이 세가지를 지키지 않고 최고 실력자가 된다는 것은 운운할 수 조차 없다. 최고의 실력자는 하루 아침에 되는 것이 아니다. 구슬은 닦을 수록 빛이난다. 최고의 실력자가 되여야 호소력이 있다. 교장은 최고 실력자나 전문가가 되여야 한다. 교장은 끊임없는 도전을 해야하고 학교를 이끌어가는 선구자가 되어야 한다. 새로운 것을 모색 하지 않고 낡은 틀에 매워 있으면 잠간 사이에 뒤떨어져 경쟁 속에서 밀려난다. 중국에서는 지도자가 된 다음 큰 과오를 범하지 않으면 파면 당할 일은 없다. 그러나 존재가치를 상실하게 되여 그 자리를 지탱하지 못하고 다른 단위의 부책임자로 가게 된다. 아무런 직위도 없고 숨쉬는 생명체로 전락하고 만다.

나는 중국의 교육정책, 교재연구, 교수방법에 대하여 체계적으로 연구하였다. 연구를 하면서 스크랩도 만들고 교육일지를 썼다. 몇개의 개념을 알았다고 교육전문가 라고 할수 없다. 명실공히 교육전문가가 되고 싶었다. 나는 교육실천 속에서 교육이론을 다시 증명하고 새로운 것을 발견하고 재인식 하는데 공력을 들였다. 실천 없는 근거는 무의미 하다. 그것은 간접 경험이다. 나는 교장 직책을 수행하면서 15년동안 교수를 놓지 않았다. 역사, 미술, 지리를 바꾸어 가면서 학생들을 가르쳤다. 한시간의 수업을 한시간의 교수실천으로 삼았다. 그러기에 수업일기를 쓴 것이다. 선생님들의 수업을 듣고 평가해주고 나머지 시간에는 학습과 연구에 몰두하였다. 나는 한학기 40시간 넘게 수업참관을 하였다. 15년동안 1000여 시간넘게 수업 참관을 허였다. 80여 차례 선생님들의 교수 평가를 하여 주었다.

　　　　　　　　　　　　제2부 나의 활동 무대

교장으로 발탁된후 나는 매 선생님들의 수업을 듣고 놀랐다. 내가 생각 했던것과 전혀 달랐다. 초원의 야생마를 연상하게 되였다. 어떻게 지식을 전수해야 하는지 갈팡질팡 하였다. 지식의 중점 조차 모르고 있었다. 모든 것은 처음부터 시작해야 한다. 누가 좋은 말인지 몇년 지나면 갈라지게 되니 어느 류에 속하겠는지 자신의 선택이라고 하였다. 나는 선생님들의 업무 학습을 시키기 시작하였다. 매주 목요일 퇴근 전 한 시간씩 업무 학습을 시켰다. 업무학습에서 수업평가 할때면 보편성 문제만 말해주고 개별적인 문제는 말해 주지 않았다. 개별적인 문제를 말하게 되면 체면이 깍이는 일이기 때문에 개별적으로 말해주었다. 개별적으로 말할때는 잘한 것은 무엇이고 부족한 것은 무엇이고 앞으로 어떤 면에서 개진 해야 하는것을 허심탄회 하게 말해 주었다. 15년동안 300시간 넘게 업무 학습을 시켰다. 업무 학습을 통하여 교재를 어떻게 읽어야 하며 교수안을 어떻게 쓰며 어떻게 강의 해야 하는가 하는 문제를 가지고 학습시켰다. 여기에 근거하여 수업을 하며 평가해야 한다는 것을 인식시켜 주었다. 한시간의 수업은 아무렇게 되는대로 하는 것이 아니며 기준 이 있으며 과학적이여야 한다는 것을 교내 수업참관과 토론을 거쳐 인식 시켰다. 몇년이 지나니 선생님들이 부담으로 느끼지 않고 진지하게 학습하였다. 중국에 보편적으로 사범학교를 졸업하고 농촌학교로 오는 사람이 적다. 그래서 농촌학교에는 사범생이 부족한 상태다. 우리 학교도 예외가 아니다. 80~90년대에 우리 학교 사범졸업생이 3분의 1을 차지하였다. 사범교육을 받지 않은 선생님이 더 많았다. 업무학습은 필수적이였다. 교육학원이 아니고서 한 학교에서 업무 학습을 시킨다는 것은 기본상 없다. 업무학습을 하고 나서 선생님들은 감탄해 마지 않았다.

　[[교장선생님은 언제 이런것을 다 배웠어요?]]
　[[책을 읽다나면 다 알게 되요.]]

　한번은 음악을 청과 하게 되였다. 청과가 끝났다.(听课)

　[[학생들이 청음한 것이 옳은데 왜 선생님은 틀렸다고 했어요?]]
　[[아, 그랬나요, 기억이 잘 안나는데 …….]]
　[[수업참관 기록부에 써 놓았는데 [미]를 [도]라고 하지 않았습니까?]]
　[[그 학생은 자신있게 손을 들고 대답했는데 선생님은 틀렸다고 했으니 얼마나 섭섭 했겠습니까?]]

　나는 아직도 그 음악 선생님이 왜 그렇게 했을지 모르고 있다.

　한번은 한어문과를 청과 하였다. 청과가 끝났다.

　[[선생님, 오늘 수업은 시간 배당이 잘못되었어요, 남은 시간이 15분인데 그 시간을 채우느라 진땀을 뺐어요?]]
　[[교수안 쓸 때 새지식을 더 넣으면 분량이 많아질 것 같아 빼놓았더니 그렇게 되였네요 .]]
　[[그래서 교육은 과학이라고 했습니다. 교수안 작성 할때 고려 했어야 하지요 .]]

선생님들은 자신의 실수가 두려워 학생들의 배를 굶길 때도 있어요. 내가 만약 수업참관을 하지 않았다면 그 선생님은 꼭 새 지식을 끼워 넣었을 것이다. 자기의 진도를 위하여.

한번은 수학과문을 청과 하였다. 청과가 끝났다.

[[선생님은 오늘 수업할때 자신이 없는지 우왕좌왕 했어요, 혹시 교수안을 쓰지 않았지요?]]
[[네? 요새 집에 일이 많아 교수안 쓸새가 없었어요, 한번 배워 준 것이여서 대수롭지 않게 생각 했습니다.]]
[[같은 지식이 라도 전수 받는 대상자가 다르므로 교수사로가 변하게 되지요. 그래서 교수안을 쓰라는 것입니다.]]

[[아무리 바쁘 더라도 교수안을 써야지요. 김 매러 가는데 호미를 가지고 가지 않으면 어떻게 하나요?]]

간혹 선생님들이 이럴때도 있답니다.

나는 수업참관을 세가지로 나누었다. 요해성 수업참관, 회보성 수업 참관, 지도성 수업참관. 이런식으로 수업참관을 하면 중점 공략도 잘되고 연구효과도 좋다.

■ 수업참관 세가지 방법

① 요해성 수업참관 (了解性听课)

개학하여 선생님들이 어떤 새로운 교수방법으로 새학기의 문을 열었는가? 전학기와 다른 점이 무엇인가? 교수에 안착 되였는가를 요해하는 참관교수이다. 학생들도 흥분 상태에서 가라앉았는가 관찰한다. 개학이 3월과 9월 이기에 이 한달은 요해성 청과기간이다.

② 회보성 수업참관(汇报性听课)

갈고 닦은 기량을 뽐내는 교수 활동이다. 선생님들과 학생들이 안착되고 차분한 마음으로 가르치고 배우는 최적의 시기다. 선생님과 학생들이 모두 학습에 적응 되였다. 회보성 수업참관은 매 선생님이 한시간씩 수업을 해야 하고 누구나 와서 볼수 있다. 즉 선생님들이 자신의 교수실력을 뽐내는 장이다. 매 선생님들이 공개수업이 끝나면 교장과 교무주임이 토론의논 하여 1, 2, 3등을 발표한다. 그리고 지구적으로 하는 교수 시합에 추천한다. 회보성 수업참관도 수업평가를 해준다. 먼저 개별적으로 하고 그 기초에서 전체적으로 보편적 문제는 무엇이며 아직 어떤 문제가 존재 하는가? 앞으로 무엇을 극복해야 하는가를 제시해 주곤한다. 회보성 수업참관은 합리적인 경쟁으로선생님들이 충분히 준비할 시간을 준다. 5월과 10월이다. (중국은 3월 1일 개학, 7월 14일 여름방학, 9월 1일 개학, 1월 14일 겨울 방학, 남방과 북방이 약간 차이가 있다. 그리고 9월은 전학기, 3월은 후학기, 7월 8일 대학입시 시험이다.)

③ 지도성 수업참관(指导性听课)

두가지 목적이 있다. 하나는 배양하는 목적이고 하나는 끌어 올리기 위함이다. 배양하려는 선생님은 기본 틀이 잡혔거나 앞으로 희망 있는 분으로서 잘 다듬으면 기둥이 될 선생님을 말한다. 이런 선생님은 상급령도 들이 오시게 되면 우리 학교를 대표하여 수업을 내놓을 수 있어야 한다. 교수시합을 나가든가 다른 학교에서 수업참관을 오시면 교수를 내 놓을 수 있어야 한다. 그리고 교내에서 한 학기 한 명내지 두명을 추천하여 공개수업을 시킨다. 지구적으로 손꼽힐만한 선생님이 되어야한다. 이런 선생님이 3분의1을 차지 한다. 많으면 많을수록 좋다. 그러면 경쟁력이 더 크다. 몇년 안되어 정영자, 박명옥, 리원녀, 김춘란, 김경숙, 현만순, 최룡화, 리춘연 등 선생님들이 영구지구 적으로 공개 수업을 하였다. 이 선생님들의 수업은 어느때 참관하여도 흠 잡을데 없었다. 석자 얼음은 하루에 언것이 아니다. 매 수업시간을 착실히 했기때문이다. 천재란 따로 없다. 노력하면 천재가 된다. 최룡화 음악선생님의 공개 수업은 영구시적으로 하였는데 100여 명 넘는 음악 선생님들의 박수갈채를 받았고 영구시 교육학원의 높은 평가를 받았다. 그리고 시 최우수과로 평선되었다. 그가 안무한 북병창은 중국 조선족 학교 문예 콩클에서 금상과 창작상을 수상하였다. 콩클이 처음인데다 규모가 엄청 컸다. 출연자만 500명이 넘었다. 료녕이 2팀, 연변이 3팀, 길림이 1팀, 흑룡강이 2팀, 모두 8팀이였는데 한팀이 40분간의 프로를 내놓는 것이였다.. 연변 예술극장에서 열렸다. 최룡화 선생님을 이어 이춘연 선생님이 지도한 [[풍년든 과원]]은 개주시 신년 문예야회 개막식 프로로 출연 하였다. 이런 선생님들은 학교의 영예를 떨친 분들이다.

지도성 수업참관의 다른 의미는 기본이 되어있지 않거나 사범학교를 금방 졸업한 선생님들을 빨리 적응시키기 위하여 지도하는 것이다.

▨ 문예작품

시기	상세 내용	
1979. 4기	료녕조선문보 (내부간행물) [[나의 몇가지 느낀점]]	
1982. 6기	료녕조선문보 (내부간행물) [[해결 해야할 체육교원들의 애로]]	
1983. 9. 30	료녕조선문보 1회작문 콜클 결속지으며 [[고무와 편달]]	
1984. 6. 1	료녕조선문보 [[뽐내는 멍멍이]] 동화 발표	
1985 출판	료녕민족출판사 [[혁명회억록~리홍광지대]] 출판 [[리홍광지대에서 성장~리봉규]] 164쪽 수록	
1988.(1, 2 호)	[[갈피리]] 잡지 영구시문화관 [[아들친구, 아버지친구]] 발표	
1992. 2. 29	료녕조선문보 [[꼬끼오 수탉과 기우뚱오리]] 동화 발표	
1995. 10. 26	중국조선족소년보 [[사랑하고 아껴야할 길동무]]	
1997. 1. 23	료녕조선문보 8회작문콩클 [[감격과 충격의 한마당]] 개주시 서해 조선족학교 우수조직상 수상	
2008. 5기	아동세계 잡지 [[아동세계는 나의 친구]]	

3) 관리를 잘하라.

개미구멍 하나가 제방뚝을 무너 뜨린다. 아무리 사소한 일이라도 홀시하면 튼튼한 제방뚝도 허물어지니 홀시하지 말라는 경종이다. 소잃고 외양간 고치기 보다 소 잃지 않게 신경을 썼어야 한다. 관리라는 것은 예방이다. 관리는 장마철의 구름장과 같아 항상 우산을 가지고 다녀야 한다. 관리자라면 꼭 그렇게 하여야 한다. 관리를 잘 하려면 첫째, 계획이 주밀하고 둘째는 대중들의 심리를 잘 읽어야 한다.

첫째, 관리에서 계획과 총화를 중시 해야 한다.

계획은 앞으로 가야할 길을 가리켜주는 등대이다. 대중들은 그 계획을 보고 지도자가 무엇을 생각하고 있는지 알 수 있다. 그러므로 계획을 세울 때 과거 현재 미래를 념두에 두어야 한다. 계획은 보이지 않는 건물이다. 그렇다고 과학적 근거 없이 공상하여서 써 넣어서도 절대 안된다. 과거는 어떠 하였고 현재는 어떠 하였는가 미래는 어떻게 될 것이다는 정확한 판단이 있어야 한다. 정확한 판단은 과학적 근거에서 온다. 누가 미워서 그것을 추진했거나 해놓은 것을 파괴 하거나 없애 버려서는 절대 안된다. 당신의 이념 가치관이 잘못된 것으로 매우 위함하다. 사람을 미워하지 말고 일의 가치를 과학적으로 따져 보아야 한다. 근거는 반드시 성공된 이론이며 숫자가 있는 실존이여야 한다. 어떠한 사업을 하였는데 80%이상 성공한 것이였다면 부족점이 얼마든지 보완할 수 있는 것이다. 그런데 그것을 전면 부인한다면 누구도 당신을 따르지 않을 것이다. 큰 오산이다. 이렇게 되면 다음 어떤 일을 하여도 20%가 잘못 될가봐 나서지 않는다. 어떤 일이나 사태를 잘 파악하지 못하면 그 계획은 무용지물이 되어버린다. 지도자라면 사태의 본질을 잘 파악하여야 한다. 한그루의 나무가 말라든다. 잎이 문제냐? 줄기가 문제냐? 뿌리가 문제냐? 외래의 영향인가? 신속히 파악해야 한다. 파악하는 것도 정확해야 한다. 배가 아프다고 배만 갈라 놓으면 어떻게 하겠냐고? 이렇게 대책이 없고 핵심 포인트를 잡지 못하니 시기를 놓쳐서 망가질 대로 다 망가져서 나락으로 떨어졌는데. 그러기에 황당무례한 계획이 잘못 된것이다. 그 계획을 실현하지 못하면 지도자는 책임지고 하차하여야 한다. 별 방법 없다. 장부일언 중천금이다. 지도자라면 이말을 꼭기억 하여야 한다. 계획은 허풍이 아니고 화장하는 일도 아니다. 더구나 쇼하는 것도 아니다. 겉면에서 돌지말고 실속 있게 일하라. 계획에는 중점 항목과 일반항목을 구분해야 한다. 중점 항목도 단계 계획이 없다면 그계획은 무지한 것이다. 계획을 세울 수 없다고 주먹치기로 하여서는 절대 안된다. 계획이 주밀해도 성공되기가 힘든데 주먹치기로 한다하니? 계획에는 반드시 검증 검사하는 시간이 있어야하고 검사하는 내용이 있어야하고 어떤 지표에 도달해야하고 도달하지 못하면 철회 한다는 것이 있어야 한다. 매 단계가 끝나면 총결이 있어야 하는데 잘된 것은 무엇이고 부족점은 무엇인가? 다음 단계로 나갈수 있는가 없는가? 혹은 포기해야 하는가? 득과 실을 실사구시 하게 따져 보아야 한다. 잘 못을 절대 남에게 미루지 말아야 한다. 장군의 기백이 바로 여기에서 나온다. 대중들에게 실패한 원인을 소상히 말하고 양해를 구해야 한다. 자연적인가? 인위적인가에 따라 책임을 져야 한다. 가령 국가급 론문이 발표되면 단위에서 1000원을 준다고 했으면 무조건 주어야 한다. 적극성을 불러 일으키기 위하여 그렇게 했다고 한다면 그것은 민심을 농락한 것이다. 지도자로서 치졸하다. 돈이 없으면 빌려서라도 주어야 한다. 지도자라면 부모와 같다. 어찌 부모가 자식을 속일 수 있단 말인가! 지도자라면 말하는데 앞뒤가 맞아야 하지 않겠는가? 말과 행동이 같지 않으면 무슨 일도 해낼 수 없다. 백성들이 따르지 않을 것이다. 계획을 했으면 철썩 같이 지켜야 한다. 그렇게 철면피 해서야 되겠는가! 계획은 구름처럼 흘러 가고 물처럼 흘러 가는 것이 아니다. 계획은 과거에 뿌리를 박고 현실에 직면하면서 미래로 달리는 웅위로운 설계도다. 이 계획을 실현 하기 위하여 지도자는 선두에 서서 지휘해야 할것이고 백성들은 힘차게 나갈 것이다. 이것이 계획이다. 계획은 실행중에 수시로 인력, 재력이 어떤가? 질과 양은 어떤가? 원래 계획 했던것 보다 얼마나 차이가 나는가? 과학적으로 따져 보야아 한다. 국가나 집단, 백성들이 손해 보는 일이 없어야 한다. 지도자 라면 국가나 백성들이 잘 살게 하는데 모든 것을 걸어야 한다. 계획도 이 원칙에 근거 하여 세워야 한다. 지도자가 국고를 헐어서 흥청망청 쓴다면 천인공노할 노릇이다. 계획을 왜 세우는가? 계획이 없는 행동은 굴레벗은 망아지와 같다. 지도자라면 계획의 중요성을 알아야 한다. 계획의 원칙성도 알아야 하고 과학성도 알아야 한다.

총화는 자신을 랭철하게 돌아 보는 시간이다. 정신없이 떠돌다가 집에 들어와 세수를 하고 거울를 본다. 물덤벙 술덤벙 죽을 새도 없이 뛰었는데 무엇이 잘 되고 무엇이 잘 못되였는지 뒤돌아 보는 시간이다. 그래야 앞으로의 방향이 뚜렸해지고 결단을 내리게 된다. 총화는 칭찬과 고무를 위주로 하고 문제점을 옳바르게 잡아야 하고 신랄한 분석이 있어야 한다. 가치없는 칭찬은 하지 말아야 한다.

[[그것이 무슨 대단한 일이라고 올려치켜 세우는가?]]
[[측근이니까 그렇겠지.]]

잘못 칭찬하면 지도자나 칭찬 받는 사람이 몸값이 내려 간다. 비평하면 지도자와 문제가 있지 않는가 의심이 생기기 쉬우니 소홀히 여기지 말아야 한다. 계획은 지도자의 생각이고 총화는 지도자의 검증이다. 계획은 지도자의 기본이고 핵심이다. 형식을 피면하고 실속 있게 계획을 세우고 냉정하게 총화를 하라. 진실하고 실사구시 하고 장군답게 과오를 승인하고 포기할 줄도 알아야 한다.

둘째, 관리에서 대중의 심리를 읽을 줄 알아야 한다.

지도자라면 백성들이 좋아 하는 것이 무엇이며 싫어하는 것이 무엇인가? 알아야 한다. 백성들의 마음을 안다는 것은 바로 심리를 읽을 줄 안다는 것이다. 백성들은 무엇을 싫어 하고 무엇을 좋아 하는가?

① 모르면서 아는체 하는것을 제일 싫어 한다.

모르면 솔직하게 모른다고 하고 겸허한 태도로 가르침을 받아야 한다. 잘못하고 변명하기 좋아 하고 모르쇄 하거나 묵과하는 것을 싫어 한다. 잘못되였으면 고치면 된다. 다시 범하지 않으면 된다. 인생을 살아가면서 어찌 잘못하지 않을 수 있으랴. 일의 성공을 위하여 잘못을 돌려 세워야 한다. 이것은 창피한 것이 아니다. 살아가면서 어찌 감기 한번 앓지 않겠는가! 병원에 가서 검진을 받고 치료를 받으면 성한 사람과 같을 텐데. 잘못 했는데도 변명만 하고 승인하지 않고 병이 없다고 우기면 되겠는가? 갈수록 더 큰 병이 된다. 오히려 잘못을 시인하고 고치면 대중들이 더 존경하고 우르러 본다. 이것이 정상적인 지도자다. 비평하는 사람을 미워 말고 자기의 잘못을 질타하라.

② 원칙을 버리는것을 싫어 한다.

잘못한 것을 번연히 알면서도 눈을 감아주는 것을 싫어하고 미워한다. 법이있고 조례가 있는데도 사람에 따라, 장소에 따라 변하는 것. 이런 지도자를 싫어 한다. 원칙을 버렸기에 기준이 없어지고 권리가 모든것을 대체 하기에 싫어 한다. 법앞에서 누구나 평등

하다는 원칙이 무너진 것이다. 이렇게 되면 사회가 무법천지로 되여 버린다. 법을 만들때는 누구나 똑같게 하려고 기준을 만들어 낸 것이다. 만약 이 원칙을 버리면 법보다 권리가 더커지고 돈이 법을 대신하게 된다. 중국 3국 시기였다. 조조는 말타고 논밭을 지나다가 보리를 밟았다. 그래서 말에서 내려와 자기의 머리채를 잘랐다.

[[장군님, 이게 무슨 일입니까?]]
[[농작물을 헤치면 목을 베라고 법령을 내렸는데, 내 차마 내목을 베지 못하고 감투를 베였네, 조조는 오늘 부터 죽은 목숨이네.]]

조조처럼 법앞에서 평등해야 한다. 이 원칙이 아직까지 전해져 뭇 사람들의 감동을 자아내고 있다.

③ 인재를 잘 등용하라.

지도자가 되면 자기의 측근을 보좌관으로 끌어 올린다. 이것은 위험한 장난이다. 등용하는 인재의 기준이 없어진 것이다. 기준은 나와 멀고 측근은 나를 많이 도와줄 사람이기에. 보좌관으로 쓴다.

[[저사람은 나의 측근이기에 나를 반대하지 않을 것이야, 반대각을 세우지 않을 것이야, 나의 생각을 제일 잘 알고 있으니까 잘 할거야.]]

이것은 오산이다. 측근이 나의 발목을 잡는다는 것을 명심 하라.

이런 측근들은 당신과 같은 인물이라는 것을, 원칙이 없는 사람이란 것을, 이런 사람들은 내우에 한사람밖에 없고 내아래 만사람이 있다고 생각하고 있다. (一人之下, 万人之上)이런 측근들은 지도자를 등에 업고 만복을 누린다. 이런 자들은 아무런 능력이 없는데 한가지가 돌출하다. 지도자를 아첨으로 섬기기를 잘 한다. 인재 등용에는 두가지만 보라. 도덕면에서 됨됨이가 어떤가? 다음은 실력이다. 도덕면에서 정파답지 못하다면 근본이 틀렸기 때문에 등용할 수 없다. 애초부터 굽은 나무였는데 어떻게 목재로 쓰겠는가? 실력이 모자라면 지도자가 뒤를 봐 주어야 하기에 힘들고 성과가 뜨다. 등용하는 인재를 보면 지도자를 금방 알 수 있다.

④ 인격과 자존심을 존중하라.

사람은 인격에 목숨을 건다. 내가 너보다 못살아도 행복하게 살고 있어. 이것이 자존심이다. 그러기에 자존심을 건드렸던가 인격을 중상했다면 그 사람은 필사적으로 싸울 것이다. 인격과 자존심을 건드렸다면 그의 심장에 비수를 꽂은 것이나 다름 없기에 그는 필사적일 수 밖에 없다. 자존심과 인격은 생명과 같기에 건드리지 말아야 한다. 앞에 앉은 학생이 책상에 엎드려 잠을 자고 있었다. 뒤에 앉은 학생도 잠을 자고 있었다. 두학생이 자는것을 보고 선생님은 이렇게 말하였다.

[[이 학생은 수업시간만 되면 잠을 자거든, 어제 밤에 또 무얼했나?]]

[[연희학생은 또 밤새우며 공부를 했던 모양이지, 참 안쓰러워.]]

똑같이 자는 학생을 보고 같지 않은 평가였다. 앞에 앉은 학생은 밉상이었고 연희학생은 공부를 잘하는 학생이었을 것이다. 만약 앞에 앉은 학생이 어머니가 아파서 병원에 데려가 입원시키느라 잠을 자지 못했다면 어떻게 할 것인가? 얼마나 자존심이 상하고 인격이 문드러 지겠는가?

[[이것두 못해? 세살난 아이도 다하겠다.]]
[[그사람 안돼, 언제나 그꼴이야.]]

자존심을 짓밟아 놓고 선입견까지 있다면 동료들은 점차 떠나가고 그자리에 앉힐 사람도 없어진다. 도덕이 있는가? 인재인가? 알아보기 쉽다. 다른 단위에 가서 어떤가 보면 방금 알수있다. 항상 상대방을 존중하고 존경하는 것을 잊지 말라. 다른 사람의 인격을 건드리지 말고 자존심을 건드리지 말라. 어떤 사람이건 자존심은 다 있다는 것을 기억하라.

■ 40년 교육사업에서 남은 여운 ❶

어느날, 사전 예고 없이 개주시 교육국 국장이 시찰 오시었다. 우리 학교는 시골 학교로서 조선족 학교기에 국장께서 오리라고는 생각조차 하지 않았다. 반갑기도 하지만 정말 당황하였다. 국장은 학교에 들어서자마자 구석구석 다녀보고 심지어 밖에 있는 화장실까지 다녀오고 매우 만족해 하였다. 굳었던 마음이 풀리였다. (중국에는 시내의 중점 학교나 큰 학교를 제외하고 실내에 화장실이 있는 학교가 적다. 보통 화장실은 밖에 있다. 그러기에 학교의 관리를 알아보려면 화장실을 가보면 안다.)

학교가 낡기는 했지만 깨끗하고 정갈하고 밝아 공부하기에 좋은 환경이 마련되었다고 극구 칭찬을 아끼지 않았다. 국장이 무슨 일로 왔는지 궁금 하였다. 암행검찰인지? 종잡을 수 없었다. 국장은 학교의 과정안을 들여다 보시더니 곧장 수업 참관을 하시겠다는 것이었다. 우리는 수업시간에 몽땅 조선말로 강의하니 알아듣지도 못하는데 그만 두자고 하였다

국장은 [[한어문]] 이라는 과문을 가리키면서 이것보면 되겠네 하면서 교실을 찾아 가는 것이었다. 부득불 부랴부랴 국장을 따라나서서 안내하였다. 수업참관을 끝마쳤다.

[[김교장, 수업참관 하면서 열심히 적는것 같은데 내가 좀 보면 안될가?]]
[[국장님은 조선글도 모르는데 봐서 뭘해요?]]
[[아, 내가 좀 보자는 데도?]]

하는 수 없이 수업참관 필기책을 건네 주었다. 국장은 유심히 들여다 보고 말했다.

[[김교장, 소문만 들었지, 정말이네. 진정한 사업가이며 전문가네. 오늘에야 알아보았소.]]

[[조선글도 모르는데 어떻게 알아요?]]

[[중국글과 조선글을 혼합해서 썼구만. 그러니 그 의미를 대체적으로 알 수 있지. 교수중점, 난점이 적혀 있고 수업과정을 차례로 번호를 달았구만. 연구할 문제는 의문표를 달고 수업평가는 밑줄을 긋고 1, 2, 3, 4로 말 했구만. 개학한지 한달남짓 되였는데 벌써 15시간 수업참관을 하다니? 우리 개주시에 만명 선생이 있고 100명 교장이 넘는데 김교장만한 전문가이고 사업가는 하나뿐이오. 여기서 인재가 썩는구만! 우리 개주시에 김교장만 한 사람이 열명만 있어도 좋을텐데…….]]

나는 이것만으로 만족하였다. 국장의 과분한 평가는 나에 대한 신임과 격려라고 생각하였다. 또한 나에 대한 인정이며 내가 하고 있는 일, 가고 있는 길이 정확하다는 것을 입증 되였을 따름이다.

■ 40년 교육사업에서 남은 여운 ❷

2001년 9월 우리 학교가 폐교되어 영구시 조선족 학교로 합병되였다. 나는 농공이여서 따라가지 못하고 서해향 중심소학교 엄무교장으로 가게 되였다. (한족학교) 서해향에는 6개 소학교가 있는데 선생이 100여 명 되였고 학급이 46개 있고 학생이 2000여 명 되었다.

매 학교는 중심학교와 5리 이상 떨어져 있고 심지어 어떤 학교는 십리 넘게 떨어져 있었다. 이렇게 큰 범위에 널려져 있는 학교를 잘 관리 하기란 쉽지않다. 멀리 떨어져 있어 자주 갈 수도 없기 때문이었다. 영도들은 중심소학교에 있었다. 내가 잘 해낼 수 있을가? 우려가 되였다. 향정부와 교육국에서 보낸이상 잘 해봐야지. 처음엔 길이 보이지 않았다. 가느라면 길이 생기겠지. 나는 조선학교에서 하던 방식대로 밀고 나갔다. 먼저 50명되는 담임선생님들의 과목을 청과 하였다. 그리고 본인한테 차근차근 평가해 주었다. 그리고 각학교의 교무주임을 불러 놓고 수업에서 나타난 보편성 문제를 제기하고 그후 노력방향을 제시해 주었다. 첫경험이였다.

[[조선학교 김교장이 전문가라더니 명불허전이네. 조목조목 따지는데 반박할 여지가 없어,]]

[[어쩌면 저렇게 많이 알가? 교육에 조예가 너무 깊어. 교육사업 30년 해왔지만 저렇게 쎈 교장 처음보네.]]

[[허풍쟁이가 아니야. 너무나 조리 정연해. 비평할 것도 금후 개진할 의견이라고 예술성 있게 말해주거든 속이 뜨검하면서 후련해. 진짜 교장이야.]]

중국 선생님들의 극찬이였다. 공든탑은 무너지지 않는구나. 언어가 같지 않다뿐이지 사람은 같구나. 여기도 교육무대구나! 무대가 더 클뿐이지. 여기서도 얼마든지 나의 실력을 발휘할 수 있겠구나. 고마운 중국 사람들, 내 여기서도 그대들을 위하여 한몸 바치리라.

선생님들의 요해성 수업참관을 끝마치고 공개수업을 조직하였다. 11월초 서해소학교 리징련 (李靜蓮) 선생님의 수학과, 동해소학교의 세쇼우윈 (謝曉云)선생님의 국어과 였다. 교수안을 내가 짜고 선생님이 수업하게 하였다. 매우 성공적이였다.

[[김교장의 교수사로가 독특하고 중점을 틀어쥐고 난점을 돌파하는데 교수환절이 너무 깔끔해서 순풍에 돛단듯이 흘러 내려가네요.]]

그후 나는 세쇼우윈의 국어과를 수업일기로 써서 개주시 신문에 투고 하였다.

[[우리 중국 사람들도 신문에 발표하기 힘든데 김교장의 문장이 발표되였어! 정말 탐복해, 수재야.]]

길은 원래 없다. 걷다나면 길이 된다. 나는 길을 찾았다. 씩씩하게, 활기차게 뚜벅뚜벅 걸어갔다. 나는 공작시간 내에 한담을 하지 않았다. 학습하고 연구하고 글쓰고. 나는 언제나 시간이 쪼들리는 편이였다.

▨ 40년 교육사업에서 남은 여운 ❸

개주시 진수 학교에서(教师进修学校) 서해향 중심소학교에 내려 왔다. 중심소학교 선생님 한분을 추천하여 개주시를 대표하여 영구시 교수시합에 참가 시키려고 오늘 모이교수를 하게 되는 날이였다. 모이교수가 끝나고 또 한번의 의견을 수렴하게 되였다.

　[[김교장이 먼저 말씀해 주세요, 김교장의 이름을 들은지 오래지만 여건이 안되여서 만나뵈지 못했습니다. 오늘 보게 되여 영광입니다. 잘부탁 드립니다.]]
　[[그래도 그렇지, 선생님들을 지도하는 진수 학교선생님들이 먼저 말씀 하셔야지? 식견이 높으신 분들이신데.]]
　[[우리가 어찌 로반앞에서 도끼를 휘두르겠습니까? (谁敢在老班门前搬斧子)]]

　30~40대의 선생님들이여서 본적이 없는데? 어떻게 알지? 점심 초대하면서 알게 되였다. 자기네들은 진수 학교에서 다른 선생님들이 하는 말을 들었다는 것이였다. 서해향에 조선사람 교장이 있는데 교육 전문가라고. 보지는 못했지만 조선사람이기에 기억하고 있다는 것이였다. 김상곤 이름이 널리 알려지기도 하였구나. 우리 성내의 조선족 학교에서만 나를 알아보는 사람이 있는줄로만 알았는데 우리 개주시에서도 알아보는 사람이 많구나. 가슴은 뿌듯 했지만 손색없는 전문가가 되리라 다짐했다.

1982. 5료녕성 교수연구회가 설립되면서 2년에 한번씩 세미나를 조직한다. 세미나에서 론문 발표도 하고 의제에 따라 토론회도 열고 공개수업도 한다. 어디에서 개최 하였으면 그지역의 공개수업을 내 놓게 된다. 공개수업은 그 지역의 교수질을 대표한다. 그렇게 되면 그지역의 학원 주임이 수업평가를 잘해 달라고 부탁을 한다.

[[김교장, 김교장은 전문가이니 잘 평가해주어요. 그래야 내 위신 이 올라가지!]]

사람들은 나를 전문가라고 부른다. 전문가 되여보려고 생각해 본 적이 없다. 원래 살아 남기 위해서 아득바득 한것이 지금은 [[전문 가]] 라는 민간칭호를 갖게 되였다. 나는 40년 교육사업을 하면서 종래로 만족해 본적이 없다. 만족을 느껴보지 못했기 때문에 계속 학습 하고 연구한것 같다. 정말 닫는말에 채찍질을 하였다. 일년에 한편의 론문이거나 칼럼 등을 발표하였다. 세미나 토론회에서의 정 론을 피력하면 많은 청중들의 찬양을 받았다.

[[김교장은 글도 잘쓰고 말도 잘 해]]

2003, 9 나는 서해향 중심 소학교에서 서해향 중학교 총무주임으로 조동되였다. 중국에서 총무는 재무를 관리하는 것이다. 학교 설비, 환경미화, 식당 등을 관리 한다. 나는 28년 만에 학생을 가르치는 교단에서 물러 났다. 총무는 자질구레한 일들이 많아 한가한 때가 없다. 전기, 물, 식당, 숙소 할일이 태산같다. 하루는 교장이 찾아 왔다.

[[교육국에서 학교발전사를 써서 올리라는데 김형이 좀 써주면 안될까?]]
[[학교에 당당한 국어 선생들이 많은데 왜 하필이면 나를 찾아 왔나? 내펜이 녹쓴지 오랜데?]]
[[김형, 안되면 또 찾아올테니, 그런줄 알고있어.]]

한주일이 지난 후 국어 산생님들이 쓴 학교발전사를 가져왔다. 한편한편 읽어보니 황당하였다.

[[우리 중학교 국어 선생들이 열명있는데 조선사람인 김형 하나를 당하지 못하니 낯이 뜨겁네, 할말이 없네. 김형한테 맡겼으니 일주일 지난후 나한테 줘요.]]

일주일 동안 재료를 수집하고 사진을 찍고 정리하여 [[해향 중학교 발전사]]를 써냈다. 그후, 교장이 마음에 들었는지 책자로 만들게 하였다. 샘플로 내놓았다. 지금 남아있는지 모르겠다.

1982. 5. 23 료녕성 조선어문
교수연구회 1차회의 공개수업

1994년 박명옥 교무주임 공개수업

맺는 글

   자서전을 왜 쓰게 되었는가? 아침해가 떠서 어느덧 황혼이 깃들었다. 남아있는 인생에서 무엇을 해야 하는가? 노을 지는 서쪽하늘을 보면서 사색에 잠겼다. 40년 몸 담가온 교육사업에서 보고, 듣고, 체험한 것을 깔끔하게 정리하여 자식들이나 사람들에게 남겨주고 싶었다. 물론 누구나 다 겪어본 희노애락이지만 각자의 체험도 다르고 느낌도 다르다. 아마 당신도 유사한 경험을 해봐서 알겠지만 같이 공유하는 것도 재미있으리라 생각된다. '그땐 그랬지….' 하면서 말이다. 18살까지 부모의 슬하에서 자랐다. 19살 되면서 자립, 자강, 자주 하였다. 교육사업 첫10년은 살아남기 위한 몸부림이였고 후30년은 사업형, 연구형 삶이였다. 살아남기 위하여 실력을 차곡차곡 쌓았다. 길이란 없다. 그 누구도 장담할 수 없다. 오직 하나. 누구도 원망하지 말고 꿋꿋이 걸어가라. 절망의 소용돌이에 빠졌어도 그 고비를 넘겨라. 길이 꼭 있다. 탄탄한 대로가 기다린다. 길은 뒤돌아 볼 때만이 알 수 있다. 이생길은 걸어 가면서 기본 바탕을 잘 깔아야 한다.

■ 참된 사람이 되라

진실하고 거짓말을 하지 말고 다른 사람을 이해 할줄 알고 양해하라. 약자를 동정하고 원칙을 지키고 겸손하고 겸허히 사람들의 말을 경청하고 자신의 잘못을 승인하고 고칠줄 알아야 한다. 권리, 재물, 명예를 탐내지 말고 감사한 마음을 키우고 행복을 느낄줄 알아야 한다. 언제나 자신을 성찰하라. 가난과 고통을 참고 견디는 품격을 갖추어야 한다. 옳고, 그름, 좋고 나쁨을 금방 식별하는 능력을 키워야 한다. 그렇지 않다간 경치기 쉽다.

■ 최선을 다하라

자신의 사업터를 생명처럼 사랑하고 직업을 생계형 수단으로만 생각하지 말고 그곳에서 최고의 실력자가 되기위하여 열심히 일하라. 실패를 두려워 하지말고 성공할 때까지 최선을 다하라. 성공하려면 외로움과 고독을 이기라. 다른 사람과 경쟁 하지 말고 자신과의 싸움에서 이겨라. 그래야 최고 실력자가 된다.

미국 서부를 개발 하면서 새로 부임된 철도 부장이 시찰을 나왔다. 점심 식사를 끝냈을 때 한 노공인이 부장에게로 다가와 말을 건냈다.

[[부장님께서 저를 모르시겠습니까? 이전에 우리 같이 철도를 부

설 하지 않으셨습니까?]]

[[네?]]

[[아니 그때 한달에 5달러 봉급 받으면서, 검은 빵 먹으면서 일하지 않았습니까? 부장이 되시더니 옛날을 잊으셨나 보네요.]]

[[아, 그렇게 이야기 하니 생각이 떠오르는군요, 그때 곤란했지요. 우린 같이 일했지요, 저도 기억이 나지요. 제일 적은 봉급을 받으면서. 그때 나는 돈 버는 것보다 어떻게 서부 철도를 부설해야 하는가 고민을 많이 하였습니다.]]

노공인은 뒷말을 잇지 못하였다. 같은 일을 하고 같은 돈을 벌었지만 생각은 달랐구나! 내가 사는 세상은 좁았구나. 아무리 가난 하여도 웅심을 품고 노력해야 큰일을 할 수 있구나. 부장과 나는 이것이 다르구나. 하면서 한탄하였다고 한다. 자기는 생각지도 못하면서 다른 사람이 해냈으면 시기 질투하게 된다. 이것은 고약한 인간의 본능이다.

동심동력 할려면 지도자로서 아는 체 하지 말고 허심하고 대중들과 소통해야 한다. 독단해서는 안된다. 승산이 없을 때는 충분한 민주를 거쳐 결정해야 한다. 지혜는 모아야 하는 것이다. 성공은 더 큰 성공을 꿈꾸게 된다. 자신을 억제 할줄 알아야 하고 강인한 의력을 키워야 한다.

　장애인 이라서 비관하지 말라. 흙수저라서, 공부를 못해서, 인물이 없어서 비관하지 말라. 먼저 받아들이라. 다음 대책을 연구하라. 치아가 없으면 잇몸으로 살아간다. 어떤 상황이던 죽으라는 법은 없다. 살아가기 마련이다. 우둔한 새가 먼저 난다는 말이 있다. (笨鸟先飞) 모자라면 일찍 서두르면 되지 않겠는가? 무엇이나 방법이 있고 대책이 있다. 비관하면 끝장이다. 더는 방법이 없다. 두려워 말고 곤난을 이겨낸다는 신념이 확고해야 한다. 한번 시험해 보라.

　길은 없다. 그러나 사람들은 본능적으로 자기의 길을 걷는 것이다. 길인지 흉인지 모르고 간다. 다 걷고 나면 자기가 걸어온 길을 알게 된다. 이 인생길에서 보람을 느끼고 행복했던가! 후회되는 것은 없던가! 후회 되는 일을 없게 하려면 참된 사람이 되기에 노력해야 하고 최고 실력자가 되기 위해 모든 것을 바쳐야 한다. 그래야 보람있고 행복을 느낄 수 있다. 이 책이 당신에게 조금이라도 도움이 되었다면 감사하게 생각하겠다.

지은이 **김 상 곤**

인생2막
취미생활

수채화

볼펜화

평온한 봄날　　　　　　　　　　　벽계수 두루미

초원의 야생마　　　　　　　　　　유럽풍경

장백산밀림 (볼펜화)　　　　　　　아치교 (볼펜화)

길

미켈란젤로 (볼펜화)

챠이곱스키 (볼펜화)

발자크 (볼펜화)

프랭클린 (볼펜화)

미켈란젤로 (볼펜화)   챠이곱스키 (볼펜화)

발자크 (볼펜화)   프랭클린 (볼펜화)

미켈란젤로 (볼펜화)

발자크 (볼펜화)

길

초판발행일 | 2020년 1월 15일

지 은 이 | 김상곤
펴 낸 이 | 배수현
디 자 인 | 박수정
제 작 | 송재호
홍 보 | 배보배

펴 낸 곳 | 가나북스 www.gnbooks.co.kr
출 판 등 록 | 제393-2009-000012호
전 화 | 031) 408-8811(代)
팩 스 | 031) 501-8811

ISBN 979-11-6446-015-1(03800)

※ 가격은 뒤표지에 있습니다.
※ 잘못된 책은 구입하신 곳에서 교환해 드립니다.